GIANLUCA GOTTO

COME UNA NOTTE A BALI

I edizione Novel giugno 2019
I edizione Oscar Bestsellers settembre 2020

ISBN 978-88-04-72786-6

Questo volume è stato stampato
presso ELCOGRAF S.p.A.
Stabilimento - Cles (TN)
Stampato in Italia. Printed in Italy

oscarmondadori.it

Anno 2022 - Ristampa 7

mondadori.it

Indice

Come una notte a Bali

Dedicato ai sognatori, agli innamorati,
ai viaggiatori, ai ribelli.
A chi, invece di puntare in alto,
sceglie di puntare "oltre".

Prologo

Trascorri anni a immaginare il momento in cui la tua vita cambierà.

Lo fai nelle infinite notti estive senza sonno e nei pomeriggi autunnali osservando la pioggia da dietro una finestra.

Ma anche in quelle giornate anonime che nulla hanno di speciale se non darti la possibilità di vagare un po' con la mente.

Quelle in cui immagini un futuro diverso dal presente che stai vivendo. Il momento in cui tutto cambierà.

Quel momento, però, non arriva.

La vita va avanti come sempre, senza sorprese, senza novità, senza grandi emozioni.

Non ricevi l'illuminazione sul senso della vita mentre osservi un arcobaleno riflesso in una pozzanghera.

Anzi, di arcobaleni non ne vedi più da un pezzo.

Il tempo passa, e tutto resta uguale.

Così alla fine ti arrendi all'idea che la tua esistenza, in fondo, sia davvero "tutta qui".

Senti che la colpa è anche tua: ti sei costruito un'esistenza in cui non ci sono rischi e imprevisti, e che ora scorre senza far rumore, senza lasciare traccia.

A quel punto la rassegnazione prende il sopravvento, e devi smetterla di fantasticare, ti dici.

Un po' come quando ti incanti per l'ennesima volta al

volante, fermo davanti a quel semaforo rosso di cui conosci l'esatta durata.

O quando leggi senza capire le parole sullo schermo dell'ufficio in cui passi le tue giornate. Fuori c'è un mondo intero, e tu sei bloccato dentro quelle quattro mura.

Ma non sei più un adolescente, pensi, non vuoi trasformarti in uno di quei patetici trentenni che sognano le stesse cose che sognavano quindici anni prima.

Così sposti la tua attenzione da ciò che la tua vita "potrebbe essere" a "ciò che è", e ti obblighi a fartela piacere.

Non va né bene, né male, ma "va bene così".

Dici di essere grato, quando in realtà, in fondo, sai di esserti semplicemente accontentato.

Ti metti comodo e lasci il controllo al pilota automatico.

In quel momento, cala il sipario su una parte di te.

Inizi a vivere senza impegno, senza sogni.

Ne avevi alcuni in cui credevi davvero, ma li hai chiusi nel cassetto e sono invecchiati male.

Vai avanti, anche perché indietro non si può andare.

L'apatia scende come un fumo grigio sulla tua vita.

E rende grigio tutto: le persone, gli orizzonti, le esperienze, le sensazioni.

Le giornate sono indistinguibili.

Ma poi, proprio quando ormai credi che nulla possa cambiare, ecco che succede qualcosa di totalmente inaspettato.

È il destino? È colpa di Dio? O forse è l'Universo? O è semplicemente il caso?

Non lo sai, ma quando quel momento arriva tutto viene messo in discussione.

Non succede mai nel giorno che hai segnato sul calendario.

Ed è anche per questo che il suo effetto è devastante.

Potrebbe succedere in un anonimo martedì pomeriggio di febbraio, alle 18.02, mentre stai tornando a casa dal lavoro.

Alla radio passano una canzone che non ascoltavi da anni, e tu scoppi a piangere.

Potrebbe arrivare alle 6.54 di un normalissimo sabato mattina di aprile.

Per qualche motivo, ti svegli di soprassalto e non riesci più a riaddormentarti.

Potrebbe arrivare alle 10.10 di un mercoledì mattina qualsiasi.

Sei al lavoro e ricevi una telefonata dall'ospedale.

Potrebbe arrivare alle 21.24 di un giovedì sera come tanti altri.

Guardi la televisione ma non la ascolti, perché ti sembra che il suono delle lancette dell'orologio appeso alla parete della cucina sia più forte del solito.

Oppure potrebbe succederti quello che è successo a me.

Un martedì come tanti altri, alle 12.07, ti guardi distrattamente in uno specchio, e la persona che vedi non sei tu.

Non puoi essere diventato quella persona. Ti rifiuti di crederlo.

Ti sembra di soffocare. All'improvviso, senti di non avere più riferimenti, né certezze.

E allora ti chiedi: "Davvero desideravo fare questa vita? O semplicemente... è capitato?".

Non ti sai rispondere, così aumenti il volume della radio dell'auto per sovrastare quei pensieri.

Magari ti stai preparando prima di uscire il sabato sera.

Oppure sei in coda per pagare una multa.

E ti viene da chiederti: "Ma non c'è altro? La vita è davvero tutta qui?".

E potrebbe succederti di avere un desiderio assurdo: sparire.

Mollare ogni cosa, mandare tutti al diavolo e partire verso mete lontane.

Dove nessuno ti ha mai visto prima, nessuno sa il tuo nome e nessuno ti giudicherà per la tua storia – perché nessuno la conosce.

Un posto dove poter ricominciare da zero.

Questi pensieri ti conducono dinanzi a un bivio.

Da un lato puoi provare a convincerti che siano tutte stupidaggini e decidere di continuare a camminare su quella strada dritta e asfaltata che è la tua vita.

Quella sempre uguale e senza sorprese, sia che ti volti indietro sia che guardi avanti.

Quella che, lo sai per certo, non ti farà mai scoprire cos'è la vera felicità.

Oppure puoi cambiare tutto.

Davanti a te hai una porta che credevi fosse chiusa a chiave e invece ora è aperta – ma attento, non per molto.

Puoi lasciarti alle spalle i sorrisi falsi del lunedì mattina in ufficio.

Le serate alcoliche il sabato sera per spegnere in fretta il cervello.

Gli stupidi programmi televisivi con cui provi a soffocare l'ansia la domenica sera.

Lo shopping compulsivo quando ti senti troppo triste per tornare subito a casa dopo il lavoro.

Potresti farlo, perché l'Universo o Dio, o chi per lui, ha fatto quello che tu non hai avuto il coraggio di fare.

Ha rotto il lento e noioso scorrere del tempo.

Dopo anni e anni di calma piatta, ora il mare è in tempesta.

Puoi tornare in fretta al porto sicuro che conosci alla perfezione.

Oppure puoi farti trasportare lontano dalle nuove correnti.

Lo so, fa una paura fottuta cogliere quell'opportunità.

Perché è un salto nel buio. Un viaggio di sola andata. Un punto di non ritorno.

Potrebbe andare tutto male, potresti perdere tutto.

Però potrebbe anche andare bene...

Lasciando il porto sicuro potresti trovare qualcosa che non riuscivi nemmeno a immaginare nei tuoi sogni più sfrenati.

Potresti scoprire di non aver mai capito niente su di te e di non aver mai amato davvero.

Potresti riacquistare un sorriso che neanche sapevi di avere: quello vero, che nasce dal cuore.

E un giorno potresti ritrovarti sulla cima di un promontorio a Bali.

Di fronte all'immensità dell'oceano.

Con il sole che tramonta colorando tutto di arancione.

Con una pioggia leggera che scende dal cielo e si mischia con le tue lacrime.

Con nessuno intorno.

Senza alcuna idea di cosa fare del futuro.

Eppure maledettamente felice.

Felice come non eri mai stato nella tua vita.

PRIMA PARTE

Come cazzo è possibile che ad un uomo piaccia essere svegliato alle 6.30 da una sveglia, scivolare fuori dal letto, vestirsi, mangiare a forza, cagare, pisciare, lavarsi i denti e pettinarsi, poi combattere contro il traffico per finire in un posto dove essenzialmente fai un sacco di soldi per qualcun altro e ti viene chiesto di essere grato per l'opportunità di farlo?

CHARLES BUKOWSKI

1

La sveglia suona pochi secondi, giusto il tempo di trovare lo smartphone sul comodino e premere compulsivamente sullo schermo fino a farlo smettere. Per un attimo c'è un silenzio quasi totale, quindi ecco il fruscio delle lenzuola. Con gli occhi chiusi, la mente annebbiata e nessuna voglia di alzarmi, sento Sara muoversi. Poi, in sequenza, il rumore delle molle del materasso e quello, quasi impercettibile, dei suoi piedi che toccano il parquet.

Apro gli occhi e vedo, ancora nell'oscurità, la sua sagoma seduta sul bordo del letto.

«Ciao.»

«Ciao.»

Poco dopo, Sara è in bagno a farsi la doccia, il suono dell'acqua sulla sua pelle è piacevole. Io mi alzo a sedere e prendo in mano lo smartphone, è un gesto automatico ormai. Come togliersi le scarpe quando entri in casa.

Disattivo le sveglie. Ne ho altre tre: una alle 06.17, una alle 06.20 e l'ultima alle 06.30, quella di emergenza. Se la sento suonare significa che non ho sentito le prime tre, *ergo* devo preoccuparmi. Ovviamente non mi è mai successo: sono una persona meticolosa e organizzata, che si è costruita una vita dove non c'è spazio per l'imprevisto. Una vita con tre sveglie di sicurezza.

Quindi tolgo la modalità "aereo" e apro Facebook.

"Devo alzarmi dal letto" penso mentre il dito fa il solco sullo schermo alla ricerca di chissà cosa. Ma alla fine rimango lì, sul bordo, fino a quando Sara esce dal bagno. Mi alzo di scatto e mi dirigo verso di lei, lo schermo del cellulare spento. Non voglio farmici vedere sempre attaccato.

«Eri ancora a letto?» mi chiede lei venendomi incontro.

«Sì, stavo riposando ancora un po'» mento.

A quel punto la nostra routine mattutina si sposta in cucina: io metto la tovaglia, le tazze e i cucchiaini sul tavolo, mentre lei prepara il caffè per entrambi. Quindi prendo il latte per i cereali, e la stessa identica colazione che mangio ogni singolo giorno, anche quando sono in vacanza, è pronta.

«Stasera gioco a calcetto» dico a Sara quando si siede.

«Lo so» risponde soltanto.

«Ti dà fastidio? Volevi che facessimo qualcosa insieme?»

«No, figurati.»

«Dopo passo a prendere qualcosa dai cinesi, che dici?»

«Ottima idea.»

«Vuoi qualcosa in particolare o il solito?» le chiedo.

«Va bene il solito, ma non prendere il gelato al cocco, l'ho assaggiato l'altra volta con Elena e Michi e faceva schifo» dice Sara.

Annuisco senza ascoltarla, perché sto leggendo sul telefono di un evento a cui mi hanno invitato per la domenica successiva. È il concerto di un nostro amico che fa il batterista in una band jazz. Credo che non andranno da nessuna parte, ma nel gruppo dell'evento commento: "Grandi ragazzi, siete fortissimi. Spero di riuscire a passare".

«Scusa, era Stefano con i suoi soliti concerti» dico a Sara. Anche lei sta guardando qualcosa sullo smartphone mentre fa colazione.

«Hai visto Alessandro?» mi chiede senza alzare lo sguardo.

«In che senso?»

Prendo lo smartphone e vado su Instagram, cerco Alessandro. È in vacanza in Messico con la sua ragazza e posta immagini senza sosta: il mare cristallino, il cibo perfettamente impiattato, la posa da coppia che si gode un momento romantico... un po' patetico, penso. Ma alla fine chi sono io per giudicarlo? L'ultima vacanza che abbiamo fatto io e Sara è stata a Cuba, e la foto con il sigaro in bocca l'ho fatta pure io... commento sotto una foto: "Che spettacolo Ale, ti godi la vita, eh!". Aggiungo qualche emoji e torno a immergermi nel feed.

«Che figata il Messico» dico.

«Sembra un posto stupendo.»

«E se ci andassimo? Oggi mi informo, magari domani passo anche in agenzia per vedere se hanno qualche dépliant. Okay?»

«Ottima idea.»

Con un sorso Sara finisce di bere il suo caffè e torna in camera da letto. Io butto piatti e tazze nel lavandino e vado a prepararmi.

Nel mio armadio ci sono dodici camicie, venti cravatte, dieci giacche e cinque paia di scarpe che definisco "scarpe da ufficio". Prendo una camicia bianca, dei pantaloni e una giacca e mi dirigo verso il bagno. In quel momento Sara mi passa accanto. Le rivolgo un sorriso tirato, dopo la colazione non ci guardiamo, non ci parliamo, non c'è tempo: dobbiamo prepararci per andare al lavoro ed è già tardi. È sempre tardi.

In bagno mi passo il rasoio elettrico sulle guance e sul mento. Poi mi fermo un secondo a guardare la mia immagine riflessa allo specchio: ho ventinove anni, tra qualche mese diventerò ufficialmente un trentenne. Ho gli occhi scuri, il viso ben rasato e i capelli castani leggermente mossi, che tengo tirati indietro in un taglio di capelli che mia madre definisce "ordinato". Il naso non mi piace, mi sembra troppo grande, ma tutto sommato non mi dispiace il mio volto. Ho il volto di uno che sta bene in giacca e cravatta, ho il volto giusto per il lavoro che svolgo: impiegato in banca.

Quando rientro in camera Sara si sta infilando un paio di pantaloni neri e larghi. Ha già indosso una camicia bianca. Si gira e si rigira davanti allo specchio appeso alla parete. Scuote la testa e si sbottona la camicia.

«Stavi bene vestita così» le dico.

Lei scuote la testa. Non so cosa intenda di preciso con quel gesto.

La osservo per un po', mentre è intenta a guardarsi allo specchio dopo aver indossato una camicia azzurra con polsini bianchi. Sarebbe bello riuscire a dirle qualcosa di diverso dal solito, ma non mi viene in mente nulla.

«Io vado.»

«Ciao amore, buon lavoro» replica lei prima di scuotere la testa e togliersi i pantaloni.

Mi avvio verso la porta. Urlo ancora un «ciao» e Sara mi risponde dalla camera da letto. Poi esco.

Mi sembra solo ieri quando, era agosto, siamo tornati dalle vacanze e io riprendevo a lavorare con un bel sole nel cielo. Invece siamo già a settembre inoltrato, comincia a far freddo e tutto è già più grigio, dal cielo ai palazzi. Gli alberi hanno perso le foglie, la gente il buonumore.

Vivo in una zona periferica di una città industriale del Nord Italia, la stessa in cui sono nato e cresciuto e che conosco come le mie tasche. Mi piacerebbe vivere in centro, potrei andare in ufficio a piedi, ma gli affitti sono troppo cari.

Salgo in auto e ci metto più di mezz'ora per percorrere otto chilometri e arrivare a destinazione. Mi avvicino alla torretta, inserisco il badge, la sbarra si alza ed entro nel parcheggio sotterraneo della banca internazionale per cui lavoro. Trovo subito un posto, prendo la ventiquattrore, chiudo l'auto. Le luci al neon del parcheggio mi danno un po' fastidio, ma mai come quelle dell'ascensore, che mettono in mostra senza pietà le occhiaie – sarà per questo che quando entro in ascensore evito sempre di guardare la mia immagine riflessa.

Risalito al piano terra, mi incammino verso il grattacielo in cui trascorro la maggior parte del mio tempo. È alto, imponente, ed è stato costruito solo pochi anni fa, appena prima che mi assumessero. Ricordo che noi "matricole", ovvero gli under trenta neoassunti, fummo costretti a partecipare attivamente alla cerimonia di apertura di quella filiale, la più grande in Europa. Si era svolta al ventiquattresimo piano, il piano "Riunioni e congressi". Mentre l'amministratore delegato parlava di risultati e progetti futuri, noi matricole stavamo in piedi su un palco, avevamo tutti indosso una maglietta con il logo della banca all'altezza del cuore e la scritta UN NUOVO INIZIO sul retro. Ci avevano istruiti su ogni cosa: quando salire sul palco, quando applaudire, quando levarci dai piedi. Ci avevano detto di sorridere, sempre e con entusiasmo.

Entro nell'edificio, supero il metal detector, poi passo accanto alla reception.

«'Giorno» dico alla ragazza che si trova dietro al bancone. La vedo ogni mattina da due anni e ancora non ricordo come si chiama.

«'Giorno» risponde lei senza alzare lo sguardo.

Passo il badge sul sensore davanti all'ascensore, le porte si aprono e io entro. Premo il pulsante del quarto piano. Insieme a me ci sono due colleghe.

«'Giorno.»

«'Giorno.»

Esco dall'ascensore e mi dirigo a passo spedito verso la mia scrivania. Non ho un ufficio privato, nessuno ne ha più. Al giorno d'oggi si lavora in ambienti open space, ognuno di noi ha una scrivania, ma non ci sono mura a dividerci. Solo i grandi capi hanno un ufficio.

Mi siedo e accendo il computer.

«Ciao» dico a Mirko, il mio vicino di scrivania.

«Ehi» risponde lui senza spostare lo sguardo dallo schermo.

«Come va?» mi chiede.

«Bene» rispondo subito. «Tu?»

«Tutto bene.»

Prendo le pratiche del giorno, che in realtà avevo preparato il giorno precedente. Leggo le informazioni sul cliente della prima: Eugenio Maifredi, sessantaquattro anni, in pensione da due anni, cliente da ventotto.

Ha smarrito la carta di credito. In due anni mi sarò occupato di cento casi simili. Metto le cuffie e con il mouse clicco sul pulsante chiama.

«Signor Maifredi, buongiorno. Mi chiamo Luca Ravelli, codice matricola 4815162342 e la chiamo in merito al problema che ci ha segnalato.»

«Chi?»

«Signor Maifredi, sono Luca Ravelli. Sono un assistente telefonico della sua banca. La chiamo per fornirle assistenza, come da sua richiesta.»

«Guardi, non ricordo.»

Ricontrollo la richiesta di assistenza: sulla piattaforma che utilizziamo per interagire il collega della filiale ha scritto che il cliente ha smarrito la carta di credito ed è andato a richiederne una nuova in banca. «Ha smarrito la sua carta di credito?» chiedo al cliente.

«Scusi... ma lei chi ha detto di essere?»

«Signor Maifredi, sono Luca Ravelli, codice matricola 4815162342. La chiamo per offrirle assistenza in merito allo smarrimento della sua carta di credito.»

«Come faccio a sapere che posso fidarmi di lei? E se lei fosse un truffatore?»

Alzo gli occhi al cielo. Sento che sarà una giornata lunga.

«Signor Maifredi, lei ha aperto una richiesta di assistenza e io le voglio solo fornire assistenza.»

«Ma io sono andato in banca a chiedere informazioni, non al telefono.»

«Mi dispiace, signor Maifredi. La procedura non prevede la sua presenza fisica in agenzia. Deve inviare il modulo di richiesta attraverso una raccomandata con ricevuta di ritorno.»

«...»

«Il costo per la fornitura della nuova carta di credito è di cinque euro.»

«Cosa?»

«Il costo per la fornitura della nuova carta di credito è di cinque euro.»

«Ma siamo impazziti? Cinque euro per un pezzo di plastica?»

«Signor Maifredi, non dipende da me, sono cost...»

«Ma andate al diavolo, farabutti! Farabutti e ladri! Io ritiro tutti i miei soldi dal conto, altroché!»

Proprio mentre pronuncia queste parole con rabbia, leggo la nota di un collega in riferimento a un caso precedente: "Il cliente minaccia di chiudere il conto corrente". È una nota di due anni fa.

«Signor Maifredi, non si agiti. Vede, lei ha accettato i nostri termini e le nostre condizioni quando ha firmato il contratto.»

«Ma quando mai ho accettato di pagare cinque euro per avere una carta nuova?»

«Un attimo solo.»

Accedo al database, digito alcuni comandi e leggo ciò che il computer riporta.

«In data 9 novembre 2017, signor Maifredi.»

«Ma che significa?»

«In tale data ha firmato il contratto per via telematica.»

«...»

«Significa che ha apposto una firma digitale su Internet, attraverso la sua area privata. Il cosiddetto home banking.»

«...»

«Signor Maifredi, c'è altro che posso fare per lei?»

«Vada al diavolo. Lei, la banca e tutti quanti. Bastardi!»

Il signor Maifredi mette giù. Prendo il foglio con la sua pratica e lo inserisco nella cartellina delle pratiche concluse, alla mia sinistra. Sul computer segnalo la pratica come "risolta". Poi guardo la pila di fogli alla mia destra e passo al cliente successivo.

Le ore passano così, tra una telefonata di assistenza e l'altra. È un lavoro noioso, ripetitivo e avvilente. Ma paga discretamente bene e ho un contratto a tempo indeterminato. Inoltre permette a mia madre di dire in giro che suo figlio lavora in banca – ho sempre omesso di dirle che in realtà faccio solo assistenza telefonica.

Alle 12.50 concludo una telefonata. Mi dico che manca troppo poco per iniziarne una nuova, perché alle 13.00 stacco per la pausa pranzo. Accedo a Facebook dal browser del computer. Perdo tempo per dieci minuti, facendo finta di lavorare. Guardo l'ora: le 13.01.

«Io vado a pranzo. Vieni?» chiedo a Mirko. Spero dica di no.

«No, vado più tardi» mi risponde senza guardarmi.

«A dopo.»

Scendo in mensa e, mentre sono in fila col vassoio mando un messaggio a Sara. Le scrivo solo: "Ciao. Sono in mensa. Come va la tua giornata?".

Sara mi risponde: "La solita rottura. Tu?".

"Idem" replico. Rimetto il cellulare in tasca e appoggio il vassoio sul pianale davanti al cibo. Prendo da mangiare le solite cose: un piatto di pasta, un'insalata e una bottiglietta di acqua frizzante.

Mangio cazzeggiando allo smartphone. Quando ho finito mi alzo e me ne vado, lasciando il vassoio sul tavolo.

Non fumo, altrimenti questo sarebbe il momento perfetto per fumare una sigaretta. Invece torno alla scrivania. Sono le 13.57. Troppo presto per iniziare a lavorare. Che fare? Tiro fuori lo smartphone, passo un po' di tempo su Instagram e poi vado su YouTube. Non so precisamente cosa sto cercando. Guardo qualche video senza il volume. Sono le 14.07. Torno a lavorare.

Le ore passano come sempre: le solite telefonate, le solite richieste, i soliti insulti ricevuti. Il solito lavoro. Quando guardo l'ora sono le 16.53.

"Esco ora, passo da casa e vado a giocare a calcetto" scrivo a Sara.

"Passi da casa?" mi chiede immediatamente.

"Sì, stamattina ho dimenticato la borsa. Perché me lo chiedi?"

"Così, per sapere. Divertiti."

Alla fine dell'ultimo messaggio inserisce un cuore. Spengo lo schermo del cellulare e lo metto nella tasca della giacca.

«A domani» dico a Mirko.

«A domani. Buona serata.»

«A te.»

Ascensore, badge, parcheggio, radio e traffico. Nel giro di mezz'ora sono sotto casa, salgo su a prendere la borsa che avevo dimenticato e scendo di corsa per le scale, perché l'ascensore è sempre occupato. Salgo in automobile, accendo la radio e passo altri venticinque minuti nel traffico. C'è un semaforo rosso che dura un'eternità. La radio parla e nessuno la ascolta. Da dietro sento un clacson suonare furiosamente. Alzo lo sguardo: è verde. Parto facendo fischiare le ruote, il tizio che mi stava dietro mi supera lo stesso e mentre mi è accanto mi urla un «vaffanculo» che non sento ma capisco benissimo. Forse dovrei rispondergli a modo, infuriarmi, dirgliene quattro. Ma non mi importa nulla.

Al campo da calcetto ci sono già cinque o sei miei amici. Ci raduniamo e iniziamo a fare qualche passaggio per scaldarci in attesa che arrivino tutti.

«Ciao raga, come va?»

«Bene.»

«Tutto okay.»

«Tu?»

«Bene.»

«Il lavoro come va?»

«Tutto bene.»

«Tu invece?»

«Tutto bene, le solite rotture di palle.»

«Ahah.»

«Eh sì...»

Silenzio.

«Cazzo, fa freddo eh!»

«Eh sì..»

«Be', dài, siamo a settembre.»

«Eh be', sì, ci sta.»

«Avete visto Alessandro?»

«È in Messico.»

«Eh già.»

«Cazzo, noi qui al freddo e lui con le palle al caldo.»

«Ahah.»

Silenzio.

«Avete visto la Juve ieri?»
«Eh sì.»
«Come cazzo si fa a perdere così, all'ultimo minuto?»
«Boh, veramente.»
«Scandaloso.»
«Eh sì.»
Silenzio.
«Raga, ma Ste non viene più a giocare?»
«Eh davvero.»
«Da quando è diventato padre non viene più.»
«Ci ha abbandonati.»
«Eh sì.»
Silenzio.
«Ci siamo tutti, raga? Giochiamo?»
«Eh dài.»

Per un'ora inseguo un pallone su un campo di erba sintetica. Fa freddo, ma correndo non me ne accorgo. Mi sento leggero, non penso a niente, solo a giocare. Alla fine la mia squadra perde, 4-2. Ci stringiamo la mano tra di noi, facciamo qualche battuta sul modo in cui abbiamo giocato e poco dopo siamo sotto la doccia. Sono tra gli ultimi a uscire dallo spogliatoio. Gli altri sono fuori dall'ingresso del centro sportivo, sotto un lampione, la cui luce illumina i loro volti pallidi e stanchi. Fa freschino e teniamo le braccia incrociate come per tenerci più al caldo.

«Raga, che fate sabato?»
«Boh.»
«Non saprei.»
«Il solito?»
«Sì, dài.»
«Dài, va bene.»
«Poi andiamo a ballare al Magic?»
«Ma sì, perché no.»
«Eh sì, che facciamo altrimenti?»
«Dài, andata.»

Prendo il borsone, saluto tutti e salgo in auto. Accendo subito il riscaldamento e, tolta la giacca, scrivo a Sara:

"Ho finito, sto arrivando. Passo a prendere qualcosa dai cinesi?"

Mi viene il dubbio di averglielo già chiesto ma non sono sicuro.

"Sììì" mi risponde lei.

Lascio l'auto in doppia fila davanti al ristorante. All'interno vengo accolto da una donna cinese minuta e sorridente. Io non sorrido, qui non sto lavorando, sono un cliente e ho tutto il diritto di essere incazzato se voglio. Ordino un po' di cose, le solite: riso alla cantonese, involtini primavera, pollo alle mandorle. Prendo anche il gelato al cocco, per Sara.

So che dovrò aspettare una ventina di minuti. Nell'attesa apro Instagram. Sara è stata taggata in un'immagine da una sua collega. Sta facendo finta di dormire alla scrivania dello studio associato in cui lavora. Fa la contabile. La collega ha aggiunto questa didascalia: "Come si lavora duro oggi".

Metto "mi piace" e commento con una faccina sconcertata. Leggo gli altri commenti. C'è un tizio che ha inserito solo un cuore. Apro il suo profilo e scopro che è un giovane avvocato. Ha quasi esclusivamente foto di lui in giacca e cravatta. In una foto c'è anche Sara, sono vicini in uno scatto che ritrae alcuni membri dello studio. Sono tutti vestiti eleganti, come si vestono gli avvocati nelle serie tv. Sara è molto carina in quella foto.

La signora cinese dietro al bancone dice che è tutto pronto e mi porge il cibo, inserito dentro scatolette di alluminio a loro volta inserite in un sacchetto di plastica già unto.

Pago, non conto il resto, prendo il sacchetto ed esco. Salgo in auto, appoggio il cibo per terra davanti al sedile del passeggero. Altri dieci minuti nel traffico, dieci minuti a cercare un posto e poi sono finalmente nell'ascensore. Entro in casa. È calda.

«Ciaooo.»

«Ciaooo» risponde Sara.

È in cucina. Mi avvicino, poso il cibo sul tavolo apparecchiato e le do un bacio veloce. È il primo che ci diamo da quando ci siamo svegliati. Mi sento un po' in colpa, non so perché. Forse vorrei solo passare più tempo con lei e darle una versione migliore di me. O almeno diversa. Ma che ci posso fare? Così va il mondo. Bisogna lavorare, non si vive di aria.

Guardo l'ora: sono le 20.47. Vado in camera a cambiarmi e con un paio di pantaloncini e una maglietta torno in cucina.

Sara sta spacchettando il cibo. Mi siedo e le do una mano.

«Ti ho preso il gelato al cocco» le dico.

«Lo sai che non mi piace... te l'ho detto stamattina» risponde lei seccata.

Non ricordavo che mi avesse detto una cosa del genere, anzi ricordavo proprio il contrario.

«Ero convinto che ti piacesse. Vabbè, che problema c'è... lo mangio io» dico.

Scende il silenzio. Mangio cibo unto che nemmeno mi piace. Non me ne rendo conto, sto pensando a tutt'altro.

«Com'è andata la tua giornata?» mi chiede Sara.

«Tutto bene. Tu?»

«Bene, sì.»

«Ho visto la foto su Instagram.»

«Sì, è la mia collega che si è messa a scattare foto. Oggi è stata una giornata fiacca.»

«Bene, dài» dico.

Finiamo di mangiare, sparecchio. Sara è allo smartphone, sta commentando la foto su Instagram che ho visto poco fa. Risponde anche al mio commento. Lo scopro dal *bip* del cellulare. Abbiamo avanzato parecchia roba, ma butto tutto dentro un sacchetto, che poi metto sul balcone.

«Ci guardiamo qualcosa in tv?» propongo a Sara.

«Dài.»

Ci buttiamo sul divano del nostro bilocale. Ci siamo trasferiti qui due anni fa, quando sono stato assunto a tempo indeterminato in banca. Sara si siede vicino a me. Ha l'aria stravolta e io inizio ad avvertire un certo mal di testa che mi viene ogni tanto alla sera. Vorrei solo andarmene a dormire, ma non si può andare a dormire alle nove e mezzo, devo reggere ancora un po'. Alla fine, dopo un po' di zapping, guardiamo un reality show nel quale alcune coppie mettono alla prova la loro fedeltà su un'isola paradisiaca.

«Come si fa a farsi umiliare così?» chiedo a Sara di fronte a un concorrente che piange a dirotto perché ha tradito la sua ragazza e ora la implora di perdonarlo.

«Be', gli avranno dato un bel po' di soldi per andare in quel posto a fare gli idioti.»

«Tu ci andresti?»

Sara fa spallucce. Ha ventisette anni, due meno di me. È mora e ha gli occhi scuri. Ha un seno abbondante, sul quale, negli anni, ho sentito battutine sussurrate da parte di amici. Continuiamo a seguire il programma per qualche minuto, ma poi la stanchezza per la lunga giornata si fa sentire e io mi addormento. Quando mi risveglio la televisione è ancora accesa, ma Sara sta scrivendo a qualcuno sullo smartphone.

«Chi è?» le chiedo.

«Una collega. Dormi pure, amore» risponde lei.

E così faccio: mi trascino in camera da letto, mi butto sul materasso e chiudo gli occhi. Tutto diventa nero, finalmente.

2

Ho vissuto migliaia di giornate così, tutte uguali.

Sveglia, Sara, lavoro, calcetto, televisione e tante ore a osservare lo schermo del mio cellulare o quello del computer. Inevitabilmente, non mi sono rimasti grandi ricordi di quegli anni. Niente che mi bagni gli occhi di felicità, ma nemmeno che mi faccia infuriare: è come se quegli anni fossero una specie di nuvola grigiastra senza episodi da imprimere nella memoria.

Quando era iniziato questo vuoto esistenziale? Forse alla mia firma su quel contratto a tempo indeterminato? O quando andai a vivere con Sara? Poi arrivò quel giorno di fine settembre. Un giorno che prese il via come tanti altri, ma che si rivelò al tempo stesso la fine e l'inizio di tutto. Uno squarcio profondo nella tela della mia vita, il fiocco di neve che cadde innocuo nella mia quotidianità e che sarebbe diventato, nel giro di poco tempo, una valanga in grado di travolgere qualsiasi certezza.

Anche quel giorno iniziò con il suono della sveglia alle 06.15. Tutto proseguì nella norma, come sempre. Finché arrivarono le 12.07 e fu come se l'Universo mi avesse lanciato un salvagente, anche solo per vedere se avrei continuato ad affondare nell'apatia o avrei trovato il coraggio di salvarmi.

«Buongiorno!» disse qualcuno a gran voce mentre stavo parlando al telefono con un' anziana signora che non riusciva a effettuare una ricarica telefonica per la nipote attraverso l'home banking.

Mi girai infastidito e vidi un uomo alto e rotondo, con indosso una ridicola salopette di jeans. Aveva un cappellino in testa, con sopra ricamato il nome di una ditta. Aveva un bel sorriso e occhi piccoli e azzurrissimi incastonati in un volto roseo e paffuto.

«Scusi, signora, mi concede solo un secondo... grazie» dissi alla cliente prima di rivolgermi bruscamente a quello strano personaggio: «Salve, chi è lei?».

«Sono Ubaldo, lavoro per la ditta che ristruttura gli uffici» rispose lui pacifico.

«E allora?»

«Devo sostituire alcune scrivanie e installare alcuni pezzi di arredamento.»

«Ma... proprio ora?»

«Eh sì. Cercherò di fare poco rumore» disse con un'espressione rilassata.

«Va bene, ma noi qui stiamo lavorando, eh... per favore» gli dissi con un tono severo.

Qualche minuto dopo quel tale, Ubaldo, tornò di fronte alla mia scrivania tenendo sotto il braccio un imballaggio di cartone sottile, largo e lungo, parecchio voluminoso.

«Le dispiace se lo lascio qui?» mi chiese sottovoce.

Interruppi nuovamente la conversazione telefonica con l'anziana cliente e gli risposi di sì con espressione esasperata. Ubaldo annuì e per scusarsi mimò il gesto di fare silenzio, con l'indice davanti alle labbra.

Ripresi a parlare al telefono mentre osservavo quest'uomo goffo, panciuto e sorridente finché la cliente volle sapere quando aveva effettuato l'ultima ricarica telefonica alla nipote e io mi girai verso lo schermo del computer.

«Non esiti ad aprire un'altra richiesta di supporto nel caso in cui ne abbia bisogno» le dissi dopo averle comunicato la data.

«Stia pur certo che lo farò!» esclamò la vecchina.

Quando rialzai lo sguardo, di Ubaldo non c'era più traccia. Pensai che fosse in giro da qualche parte e che presto sarebbe tornato. Invece non lo avrei mai più rivisto. E alcuni mesi dopo, mentre mi trovavo in tutt'altro posto ed ero intento a ragionare sulla mia vita, mi sarei persino chiesto se Ubaldo fosse mai esistito.

L'unica certezza, in quel momento, è che di fronte alla mia scrivania, al suo posto, c'era uno specchio. Un grande specchio da parete appoggiato allo schienale della sedia vuota del collega di fronte a me. Era stato lasciato lì, in attesa che qualcuno lo appendesse chissà dove.

«Ma questi lasciano la roba in giro, così?» chiesi a Mirko.

Lui fece spallucce e non mi rispose, continuando a fissare lo schermo del suo computer.

Io mi girai e i miei occhi incontrarono i miei stessi occhi riflessi nello specchio.

Fu quello il momento in cui la tempesta si abbatté sul mare piatto che era sempre stata la mia vita.

Osservare la mia immagine fu come scivolare dalla cima di una montagna e precipitare in un burrone: per qualche secondo mi sentii mancare l'aria sotto i piedi e restai senza fiato. E pensare che era la stessa immagine che vedevo ogni giorno nello specchio del bagno, nelle fotografie sui social network, riflessa sullo schermo nero del mio cellulare. Questa volta, però, non la stavo vedendo di sfuggita. In quella vita frenetica e scandita da mille scadenze, mi ero concesso il lusso di prendermi qualche secondo di tempo in più per osservarmi. Ciò che vidi mi lasciò senza parole.

Il ragazzo che avevo davanti aveva occhi spenti e occhiaie profonde. Aveva un'espressione seria, dura e severa come quella delle vecchie professoresse incattivite dalla solitudine, ma sembrava anche rassegnato. Vedevo un taglio di capelli che non ricordavo di aver mai scelto, il viso pallido e flaccido rasato alla perfezione e una cravatta che stringeva esageratamente il collo. Quel ragazzo aveva l'aria di chi trattiene il fiato da troppo tempo, ma non riesce nemmeno a morire. Un'apnea senza fine.

Ero davvero io quella persona? Non mi riconoscevo. Non

ricordavo di aver mai scelto di diventare così. Ma poi, pensandoci bene, cosa ricordavo degli ultimi anni della mia vita? Quel pensiero mi spezzò il fiato.

La laurea, la firma sul contratto, qualche giornata speciale con Sara... e poi? Non ricordavo nient'altro. Mi ricordavo però giovane, sorridente e abbronzato su una spiaggia di Ibiza. Un ragazzo pieno di vita e di sogni.

Quando me la scattarono, quella foto, mi ero appena laureato ed ero pronto a spaccare il mondo. All'epoca ero convinto che avrei aperto una start-up rivoluzionaria e avrei fatto la differenza. Immaginavo la mia vita come una continua avventura, ricca di ostacoli ma anche di passione. E quel sogno... lo dicevo a tutti: passerò un periodo della mia vita in Australia. Era una nazione che mi affascinava fin da piccolo.

La sera del diploma, ubriaco fradicio, lo avevo annunciato a gran voce ai miei ormai ex compagni di classe. Poi, però, avevo sempre rimandato quel viaggio: da adolescente ero troppo giovane, a vent'anni dovevo pensare alla laurea, dopo l'università non avevo soldi, poi dovevo preoccuparmi di trovare un lavoro, una volta conquistato un impiego sicuro avevo le ferie solo ad agosto, non il miglior periodo dell'anno per andare in Australia... alla fine il sogno era stato accantonato talmente tante volte da essermene dimenticato io stesso. Era finito in quel buco nero che aveva assorbito tutto, le emozioni, le esperienze, i desideri e le ambizioni.

E quell'immagine di Luca sorridente, abbronzato e pieno di vita, ora, non era altro che la mia immagine profilo su Facebook.

Ebbi la sensazione di aver tradito me stesso. Come se mi fossi fatto una cosa molto brutta, di cui vergognarsi. E provai una profonda tristezza.

«Va tutto bene? Sei un po' pallido» mi chiese all'improvviso Mirko facendomi trasalire come un bambino scoperto a fare una marachella.

Mi girai di scatto e gli sorrisi, con un sorriso che già non sentivo più mio. Quello dei "'giorno" automatici che distribuivo ogni mattina in ufficio, quello che mostravo a Sara alla sera, quello che tiravo fuori quando un amico faceva una battuta, ma a me non veniva da ridere. Non riuscivo a capire perché sentissi il battito del cuore accelerare, né perché avessi la vista leggermente offuscata. Tutti quei pensieri, tutti insieme e all'improvviso, generavano un'ansia nuova dentro di me, che mi toglieva l'aria dai polmoni. Guardai un'ultima volta la mia immagine riflessa nello specchio, sapendo che non l'avrei mai dimenticata. Mi venne solo voglia di piangere. Non lo feci, non piansi. Riuscii a trattenermi e dissi a Mirko: «Ho solo un calo di zuccheri, vado giù in mensa».

«Vengo con te» replicò lui togliendosi le cuffie.

«No... dài, non è il caso, è così presto. Raggiungimi dopo» dissi.

Mirko mi guardò con un'espressione buffa, simile a quella di un cane che non comprende il nuovo comando del suo padrone. Ma io iniziavo a stare male. L'ansia stava divampando da qualche parte dentro di me e non trovava una via di uscita.

«Sai... prima devo passare in bagno» gli dissi celando nel migliore dei modi la disperazione che provavo.

«Ah...»

«Già.»

«Okay, a dopo.»

Quando le porte dell'ascensore si chiusero mi sentii soffocare, bloccato in uno spazio che di colpo sembrava minuscolo. Inoltre sentivo alle mie spalle la presenza dello specchio, ed ero convinto che, se mi fossi girato e avessi rivisto di nuovo quel mio volto pallido e spento, sarei morto sul colpo. Feci per allentare il nodo della cravatta, ma le mani mi tremavano e non ci riuscii. Guardavo il display posizionato sopra le porte scorrevoli: i numeri che indicavano il piano erano rossi e, ogni volta che uno spariva per lasciare spazio al successivo, sentivo mancarmi il terreno sotto i piedi. Quel mezzo secondo in cui il display restava tutto nero mi toglieva il fiato. Le mani formicolavano come mai mi era successo. Quando il numero 1 sparì lasciando spazio al nero, ebbi l'impressione che il tempo si fosse fermato e con esso anche l'ascensore. Non sentivo più nulla, tutto mi sembrava sbiadito e incolore.

«Apriti!» urlai disperato.

Dopo mezzo secondo le porte si aprirono e mi ritrovai davanti tre persone con l'aria confusa.

Uscii di corsa, sempre di corsa percorsi la hall e raggiunsi l'uscita. Misi le mani sul maniglione di sicurezza e mi ritrovai fuori, al freddo e sotto la pioggia, con il respiro corto e gli occhi che mi sembravano schizzati dalle orbite. Mi piegai appoggiando le mani sulle ginocchia. Non capivo cosa stesse succedendo, ma soprattutto non sapevo come uscire da quell'incubo, come scrollarmi di dosso la tremenda sensazione di cadere nel vuoto. Provai a sedermi sul muretto che costeggiava l'ingresso. Non fece alcun effetto: la respirazione aumentò ancora, fino a quando mi resi conto di non poter resistere un secondo di più.

L'attacco di panico ebbe la meglio su di me, svenni e fu tutto buio. Finalmente.

3

«Sei svenuto?»
«Eh sì...»
«Ma come?»
«Eh, sono svenuto...»
«E per quale motivo?»
«Te l'ho detto: mi girava la testa e avevo mal di stomaco già da stamattina. Devo aver avuto uno scompenso, o qualcosa del genere.»

Balle. Quelle che raccontavo a Sara da anni e quelle che raccontavo a me stesso da ancora prima di conoscerla.

«Be', è strano, non credi?» mi chiese lei.

In base a ciò che mi aveva raccontato l'addetto alla sicurezza ero crollato "come un sacco di patate". Mi avevano svegliato spruzzandomi un po' d'acqua sul volto. Il risveglio era stato traumatico, brutale: la testa mi scoppiava, le orecchie fischiavano e le gambe restavano molli. Ma quando mi avevano chiesto se stessi meglio, avevo detto che andava tutto alla grande. Non solo: avevo aggiunto che sapevo benissimo il motivo per cui ero svenuto, ovvero il prelievo di sangue che avevo fatto al mattino. Balle su balle.

Non ero tornato a lavorare. Ero andato a casa e mi ero sdraiato sul letto, provando a dormire, ma ero rimasto per un'eternità a fissare le crepe sul soffitto, immaginando che fossero quelle che avevo dentro. Cosa diavolo era successo?

Me lo chiesi un milione di volte quel pomeriggio, e scartai centinaia di risposte.

«Non credo sia strano, semplicemente stavo poco bene.»

«Vai a farti controllare dal dottore.»

«Non è il caso...»

«Invece sì.»

«Va bene, ci andrò» chiusi la discussione con Sara. Mentendo, perché non ci sarei mai andato.

Mangiammo e cercai in tutti i modi di celarle la tempesta che avevo dentro. Ero un ottimo attore perché, mi resi conto, recitavo da tanto tempo.

Non solo con lei, ma con tutti. Da anni parlavo con le persone senza ascoltarle. Udivo la musica senza sentirla. Mangiavo senza avere fame. Sorridevo senza essere felice. Dicevo di interessarmi a cose che non mi interessavano. Vivevo senza pensare. Non provavo niente. Niente di niente. Facevo quello che mi era stato indicato come "giusto". Lo avevo sempre fatto: ero un figlio modello, uno studente modello, un impiegato modello, un fidanzato modello.

Almeno all'apparenza, perché in fondo sapevo di essere tutt'altro che perfetto. Sapevo che Sara sorrideva di più, un tempo. E i miei genitori? Erano ancora convinti di avere un figlio che stava rapidamente scalando le gerarchie della prestigiosa banca in cui era stato assunto, quando in realtà era poco più che un centralinista. Ma poi, ai pranzi in famiglia o durante le serate fuori con gli amici, se qualcuno mi chiedeva come andasse sul lavoro, rispondevo con frasi vaghe e idiote come: «Sai, in questo periodo i mercati sono difficili da gestire». E loro annuivano, ammirati.

L'episodio dello specchio, però, mi aveva aperto gli occhi: la mia vita era una continua menzogna. Perché se la persona che vedevo riflessa non potevo essere io, nemmeno la vita che mi ero costruito poteva essere davvero mia. Era una finzione anche quella.

Ma all'inizio ripresi la mia solita routine, comportandomi come avevo sempre fatto. La sera stessa dello svenimento io e Sara guardammo un film che finsi di ritenere interessante. In ufficio a chi me lo chiedeva risposi che andava tutto alla grande, e al calcetto settimanale non dissi niente a riguardo. Segnai persino due reti e a nessuno venne in mente che qualcosa potesse andare storto nella mia vita. A nessuno interessava scrutare tra le tenebre dietro un sorriso apparentemente perfetto.

Iniziai a rendermi conto, ora che ero dall'altra parte della barricata, che alle persone "normali" non interessa niente di niente. Ti pongono delle domande, ma non desiderano davvero delle risposte.

Ma poi arrivò il sabato sera. Io e Sara andammo in discoteca con alcuni nostri amici. E a un certo punto, in mezzo alla pista, con la musica assordante che copriva tutto, mi fermai. Restai immobile per un po', guardandomi intorno e chiedendomi cosa ci facessi lì e quale fosse il senso di tutto ciò che facevo e vedevo ogni giorno. Ero con dieci-dodici persone, ma nessuno mi chiese cosa mi stesse succedendo. Tutti erano impegnati a pensare a loro stessi. Improvvisamente, mi sentii un alieno ed ebbi per la prima volta davvero paura. Qualcosa, nel profondo, si era rotto e non c'era più verso di tornare indietro. Ero in mezzo a un sacco di gente e mi sentivo all'improvviso terribilmente solo.

Provai a far finta di niente, a mostrarmi divertito, il solito. Nessuno dei miei amici si accorse di nulla.

E il giorno dopo neppure Sara si accorse di nulla mentre, facendo l'amore con lei, la mia mente si mise a saltellare da un pensiero all'altro – pensieri nuovi, assurdi e spaventosi.

"Quanto sei diventato bravo a mentire?"

Quanta distanza avevo messo tra la persona che credevo di essere e quella che scoprivo di essere?

Se con gli altri riuscivo a mentire, quando ero solo, però, quella maschera cadeva. E capitava che restassi sdraiato sul divano a guardare un punto fuori dalla finestra, mentre il televisore acceso parlava per nessuno. Le settimane passavano, arrivò ottobre, la temperatura scese notevolmente e io mi sentivo sempre più solo, incompreso e triste. E, quando cercavo una ragione, non la trovavo.

O meglio, sapevo che c'era e potevo intuirla, ma preferivo schivare certi pensieri e guardare il tempo passarmi davanti.

Finché, un lunedì mattina, mi svegliai non solo senza alcuna voglia di andare a lavorare, ma senza nemmeno un briciolo di voglia di vivere.

A quel punto capii che era arrivato il momento di smettere di mentire a me stesso e tirare quella tenda spessa che avevo dentro e che copriva non sapevo bene cosa. Dovevo tirarla e guardare cosa ci avevo nascosto dietro negli anni.

Fu quello il periodo della mia vita in cui iniziai a camminare.

4

Mi imposi di passare almeno un'ora al giorno a camminare. A Sara dissi che lo facevo per tenermi in forma.

Camminavo per le strade della mia città senza una meta in particolare. A volte con la musica nelle orecchie, a volte in silenzio. Non mi costringevo a pensare a qualcosa, lasciavo che la mia mente vagasse e mi portasse dove preferiva.

Fu così che smisi di scappare da tutti quei nuovi pensieri strani. Anzi, li assecondai ritrovandomi ben presto a chiedermi se fossi mai stato felice in vita mia.

Era una domanda che all'inizio mi sembrò idiota: certo che ero stato felice nella mia vita. Non ricordavo però più quali sensazioni desse la felicità. Mi sforzavo di cercare i momenti in cui lo ero stato: erano pochi e sbiaditi. E, soprattutto, lontani nel tempo, come la foto profilo su Facebook che avevo pubblicato nel 2011.

Con il passare dei giorni, mi resi conto che stavo piombando in una vera e propria depressione, che non si palesava all'esterno ma prendeva fuoco internamente. Bastarda e subdola. Una depressione che ti isola e ti spinge sempre più in fondo al tunnel, fino a farti perdere.

Ero come un bambino che si sveglia in piena notte e sente che infuria un temporale. Si avvicina alla finestra ma spera che nessun lampo illumini il paesaggio là fuori. Non sa cosa potrebbe vedere e non lo vuole scoprire. Preferirebbe l'oscurità e il silenzio. Preferirebbe tornare a dormire.

Mi sarebbe piaciuto eccome tornare così: bambino. Perché in mezzo a quel vortice emotivo in cui ero finito sentivo che la mia vita era diventata troppo complicata. Io stesso ero diventato troppo complicato, come mi rendevo conto ogni volta che mi ponevo una domanda apparentemente semplice: "Cosa ti rende felice?".

Se lo chiedi a un bambino, lui ti risponde subito. Non deve nemmeno pensarci. Io invece riuscivo a rispondere solo attraverso lunghe e complesse argomentazioni interiori che inglobavano elementi come il lavoro, Sara, la famiglia, gli amici... ma, a ben pensarci, tutto questo mi rendeva davvero felice?

La disperazione era tale che mi convinsi a cercare un aiuto esterno, ma avevo la sensazione che in quei giorni si decidesse il resto della mia vita.

L'occasione me la diede mio padre, che un giorno mi chiamò e mi chiese di passare a casa perché aveva un problema sul cellulare.

Era solo in casa, mia madre era uscita. Mi accolse senza sorridermi, e mi offrì un caffè con l'espressione di chi ha smesso da tempo di credere nella gentilezza. Lo rifiutai.

Nei miei ricordi di bambino mio padre era un uomo alto, perennemente abbronzato, con un sorriso perfetto, giovanile nei modi e amante dei vestiti eleganti, che arrivava a casa il sabato mattina e spariva la domenica sera.

Papà era un venditore di prodotti farmaceutici ed era sempre in giro per il mondo. Non fu un buon padre, anche perché non c'era praticamente mai. Divenne più presente solo durante la mia adolescenza, periodo che coincise con una brutta crisi lavorativa. Ma anche allora non divenne un genitore migliore. Più le cose andavano male sul lavoro e più mio padre diventava cinico e incattivito. Mi capitava di rientrare a casa e vederlo seduto su una poltrona a fissare il vuoto, con il televisore spento. Mi sembrava vecchio e solo.

Inoltre era sempre stato un grande amante delle donne. Me lo raccontavano tutte le lacrime che mia madre aveva trattenuto a sforzo durante gli anni della mia infanzia.

Mentre smanettavo sul suo cellulare cercando di risolvere il problema che aveva – sosteneva di essersi abbonato per sbaglio a un servizio di notizie sportive che gli stava consumando rapidamente il credito –, iniziai non so come a parlargli a ruota libera, come non avevo mai fatto. Era l'ultima persona con cui avrei pensato di potermi aprire: i nostri rapporti, infatti, erano ormai ridotti a pure formalità.

«Come stai, papà?»

«Come sto?», sembrava stupito di quella domanda. «Sto così e così.»

«Mh. Come mai?»

«Mi sento vecchio.»

«Mi dispiace.»

«Sì...»

«Senti, vorrei farti una domanda... forse è una domanda un po' imbarazzante.»

Non disse nulla ma si irrigidì.

«Secondo te cosa serve per avere una vita felice?»

«Avere successo fa di te un uomo felice» rispose poi appoggiando la schiena alla poltrona.

«In che senso avere successo?»

«Nel senso che se sei un uomo di successo puoi ritenerti felice. Se mantieni la tua famiglia, ad esempio.»

«Dici?»

«Se hai una bella casa, se puoi comprare l'automobile senza pagarla a rate, se guadagni bene e ottieni buoni risultati al lavoro... come puoi essere infelice se hai tutto questo?»

Aveva elencato ciò che avevo o che avrei facilmente ottenuto continuando a lavorare in banca. Eppure ero tutt'altro che felice.

«Secondo te la felicità non è qualcosa di più complesso?»

Restò in silenzio per qualche secondo, poi mi guardò negli occhi. Per mezzo secondo pensai che avrebbe detto qualcosa di profondo, ma fui immediatamente smentito.

«Non ti seguo. E non li ho mai sopportati questi discorsi. Lavora duro, sii furbo nel gestire i soldi e non avrai mai alcun problema. E poi secondo me la felicità non esiste nemmeno, è un'invenzione. La vita è tanta sofferenza, ricordatelo.»

Lo ringraziai, lo salutai e me ne andai.

Qualche giorno dopo mi si presentò l'occasione di parlarne anche con mia madre, che vidi per pranzo. Magra come un grissino, con i capelli tenuti corti, aveva sempre avuto un'espressione severa. Mi ricordo che quando mio padre non c'era lei invitava le sue amiche a prendere il tè ogni pomeriggio dal lunedì al venerdì. A loro raccontava con orgoglio che da grande io sarei diventato un medico o un avvocato o un *bravissimo* bancario. Quando mi proposero il lavoro in banca, esultò come se avessi vinto alla lotteria. Non avevo mai avuto il coraggio di dirle che in realtà non sapevo nemmeno cosa facesse esattamente un bancario.

«Secondo te cosa vuol dire avere una vita felice?» le chiesi di punto in bianco mentre aspettavamo che ci portassero da mangiare.

Fece un'espressione strabiliata, quasi sconvolta. La bocca serrata da labbra sottili, gli occhi leggermente più grandi del solito e la pelle del viso arrossata.

«Perché mi fai questa domanda?» mi chiese allarmata.

«Mah, niente... stavo riflettendo.»

«Riflettendo su cosa?»

«Così, sulla felicità? Credo.»

«È successo qualcosa con Sara?»

«Ma no, che c'entra!»

«Allora è il lavoro... non ne parli mai. Ci sono problemi in banca? Ho sentito qualcosa al telegiornale.»

«Ma no, mamma! Non ho niente, lo vuoi capire?»

Iniziavo a scaldarmi. Non era abituata a sentirmi alzare la voce. Nessuno lo era, nemmeno io.

«Scusa, non volevo. Era semplicemente una domanda. Non farne un dramma, okay?»

«Okay.»

Mangiammo e dopo un po' ripresi il discorso.

«Sai cosa mi ha detto papà quando gliene ho parlato?»
Sgranò gli occhi.
«Mi ha detto che per lui la felicità è poter comprare l'auto senza doverla pagare a rate.»
Si sciolse un po', scosse la testa e poi disse: «Il solito. Crede che i soldi possano comprare qualsiasi cosa. Dovrebbe aver capito che non è così».
Rimase in silenzio per un istante.
«Però... se hai dei problemi sul lavoro devi dirmelo. Se perdi il lavoro è un dramma, di questi tempi. Tienitelo ben stretto, non fare stupidaggini. D'accordo?»
Le dissi di sì, misi in mostra quel che restava del mio sorriso preimpostato da "va tutto bene", pagai il conto, la salutai e tornai in ufficio.

5

Sara aveva una famiglia premurosa alle spalle, si era laureata a pieni voti in Economia e inseguiva una carriera in quell'ambito fin da quando era ragazzina. Mi piaceva l'idea che avessimo una casa in affitto insieme, che avevamo arredato insieme. Mi piaceva cenare con lei e addormentarmi sapendo che era lì, vicino a me. Ero attratto da lei fisicamente.

Ma dall'episodio dello specchio c'era un dubbio che si era conficcato dentro il mio cuore come un proiettile: ero davvero innamorato di Sara?

A quasi trent'anni, però, come potevo pensare di interrompere una storia che durava da tempo con una ragazza per cui molti avrebbero fatto carte false? Non poteva che essere amore... *doveva* essere amore.

Provai a parlarle una mattina come tante. Ero tesissimo e non sapevo perché. Anche l'odore di caffè, che un tempo mi faceva sentire a casa, ora quasi mi infastidiva.

Alla fine, dopo una serie di tentennamenti, mi buttai.

«Sara, vorrei farti una domanda.»

Sara sgranò gli occhi, come se si sentisse colpevole di qualcosa.

«Secondo te cosa significa avere una vita felice?» chiesi.

Sara distolse subito lo sguardo e si fermò per un paio di

secondi a guardare un punto imprecisato sul pavimento, ai piedi del frigorifero.

«Be', mi renderebbe molto felice ottenere un contratto a tempo indeterminato nello studio.» In quel periodo era preoccupata che non le rinnovassero il contratto in scadenza.

Rimasi spiazzato.

«Okay... forse non mi sono spiegato. Al di là del lavoro, cosa rende una vita felice secondo te?»

«Avere quel lavoro mi renderebbe felice.»

«Tutto qua?»

«In che senso?»

«Se ti danno quel lavoro sei felice e questione chiusa?»

«Be', sì. È importante il lavoro. Inizierei a guadagnare bene. Non si vive di aria, Lù.»

«Eh, lo so bene... ma non credi che la felicità sia qualcosa di più grande? Qualcosa che vada oltre il lavoro che svolgi?»

Sara ci pensò per qualche secondo.

«Non mi piacciono queste domande. Mi sembrano inutili e mi danno fastidio.»

Quella risposta mi fece innervosire.

«Praticamente io e te non possiamo mai andare oltre la superficie. Mi stai dicendo questo?»

Sara mi guardava scioccata.

«Ma sei impazzito?»

«Boh, Sara, forse sì. Forse sono impazzito. Ma tu dimmi se non è da pazzi vivere una vita del genere senza porsi mai alcuna domanda. Dimmi se non è una follia pensare che la vita sia tutta qui e che non ci sia un mondo intero di cose, persone... opportunità da scoprire là fuori. Dimmi se questa è felicità.»

«Luca, io...»

«Dimmelo! Dimmi se questa è felicità!»

Pronunciai l'ultima frase ad alta voce, quasi urlando, dopo averla interrotta. In quel preciso istante mi resi conto che tra di noi tutto funzionava bene perché non parlavamo mai di qualcosa che potesse turbare la nostra routine. È facile vincere una corsa a ostacoli se nella tua corsia non metti gli ostacoli. Ma così stai barando. L'amore non può essere solo questo, l'amore dovrebbe essere anche una sfida, un ballo che può essere entusiasmante ma durante il quale, ogni tanto, ci si pesta anche i piedi. Anche così si impara a ballare meglio.

«Non mi parlare mai più così, Luca» disse Sara. «Devi piantarla.»

Quelle parole mi diedero una scossa. Sara mi guardava dritto negli occhi, visibilmente incazzata.

Mi resi conto in un attimo che avevo provato ad andare fuori strada con Sara, ma che lei odiava abbandonare la strada asfaltata.

Io, invece, su quella strada asfaltata stavo morendo giorno dopo giorno e sentivo che la direzione giusta da prendere era tutt'altra.

«Non ne posso più di questo tuo atteggiamento» continuò Sara. «Da qualche tempo sei diverso. Sei pure dimagrito. Sei cambiato.»

"Da quando c'è stato l'incidente dello specchio" pensai. Ma non lo dissi.

«Una volta eri più... normale. Facevi le tue cose, avevi le tue abitudini. Ti comportavi diversamente. Con me e con gli altri. Non credere che non l'abbia notato.»

«Cosa?»

«Il modo in cui parli con me e con tutti gli altri. Ma anche il modo in cui *non* parli. Quando siamo usciti con gli altri sabato sera, sembravi un fantasma. Stavi zitto, fissavi il vuoto, ridevi a sforzo. E poi queste passeggiate, e adesso queste riflessioni sulla felicità, tutto questo nuovo modo di comportarti... non sembri più tu.»

«Te l'ho detto, ho dei pensieri strani in testa... mi viene da chiedermi se questa vita mi renda davvero felice» dissi io guardando il caffè dentro la tazza e immaginando che la mia anima, in quel momento, avesse lo stesso colore.

«Ti rendi conto che queste parole sono offensive nei miei confronti?» mi chiese Sara.

La fissai stupito.

«Se dici di essere infelice, stai dicendo di non essere felice con me. È grave.»

«Sara, non è così semplice, e lo sai. Io sono felice di stare con te. Magari hai qualche suggerimento per me? Qualcosa per stare meglio? In fondo sei la mia ragazza...»

«Non lo so cosa puoi fare... ma fai qualcosa. Così non mi piaci. Una volta eri diverso, eri concentrato, mentre ora hai sempre la testa tra le nuvole. Vorrei che cambiassi.»

Mi fermai a pensare a quelle ultime tre parole: "Vorrei che cambiassi".

Si può amare una persona e desiderarla diversa da com'è?

Me lo chiedevo in silenzio fissando il vuoto, mentre Sara iniziava a digitare qualcosa sullo smartphone. Avrei voluto strapparmi di dosso i vestiti, lanciare contro il muro la tazza che avevo in mano. Avrei voluto urlare. Urlare a più non posso, con la speranza di spaventare quella cosa che avevo dentro, costringendola a uscire.

Non lo feci, però. Così come, il giorno dopo, non uscii di casa senza radermi quando Sara mi fece notare: «Scusa, ma la barba non te la fai?».

No, non me l'ero fatta. Lì, davanti allo specchio, mi ero detto che quel giorno sarei andato al lavoro così. Perché no?

«Si nota tanto?» domandai invece.

«Certo che si nota, Luca...»

«Non ti piaccio con un po' di barba?»

Poi, per provare a sdrammatizzare, visto che il clima era già teso e non erano nemmeno le otto di mattina, dissi: «Potrei essere il tuo Bradley Cooper, come in quel film che abbiamo visto».

Nel momento stesso in cui pronunciai quelle parole, mi sentii un completo idiota. Dentro di me pregai che Sara scoppiasse a ridere, perché ne avrei avuto davvero bisogno. Ne avevamo bisogno entrambi.

Ma lei non rise.

«È proprio questo che intendo. Non l'hai mai avuta la barba. Lavori in banca, Luca. Non puoi fare quello che vuoi.»

Non puoi fare quello che vuoi.

Sentii esplodermi dentro una rabbia incandescente, che però misi subito a tacere.

Mi infilai in bagno e mi feci la barba. Mentre passavo il rasoio sulle guance, mi venne da piangere. Trattenni le lacrime e uscii di casa, urlando il solito «ciao».

Quel giorno non avevo nessunissima voglia di incolonnarmi con l'automobile nel traffico così mi diressi verso la metropolitana, immergendomi nella fiumana di persone che si muoveva nella mia direzione.

Ed eccomi là, riflesso nelle porte di vetro che si apriranno quando il treno si fermerà alla stazione.

In quel momento non posso sfuggire allo specchio che, ancora una volta, mi ritrovo davanti.

Non avevo mai scelto di diventare la persona che vedevo, mi dissi. Non mi piaceva il suo modo di vestirsi, non mi piaceva la sua faccia, non mi piaceva il suo taglio di capelli. Odiavo il lavoro che quella persona svolgeva. Detestavo la sua vita.

Quella persona ero io, un uomo stanco, depresso e confuso. E i suoi erano occhi profondi, rassegnati e tristi.

Quello sguardo mi rimase in testa anche quando le porte si aprirono e le persone intorno a me si misero a sgomitare per entrare per prime e accaparrarsi i posti migliori. Io, invece, non mi muovevo. Stavo lì fermo, assorto, mentre la gente mi passava vicino come se non esistessi. Lo avevo già visto quello sguardo, così pieno di sofferenza e solitudine, ne ero sicuro. Ma dove?

Abbassai un po' la testa e fissai un punto nel vuoto, cercando di ricordare. Dopo qualche secondo, finalmente, il ricordo tornò a galla con forza. E tutto mi sembrò improvvisamente più chiaro.

6

Un giorno di tanti anni prima – avrò avuto sette-otto anni – mio padre era arrivato a casa e ci aveva detto di fare le valigie, perché avremmo trascorso il weekend in un bellissimo agriturismo sulle montagne di proprietà di un suo cliente. La struttura, come protetta dalle colline circostanti, era in pietra, immersa nel verde e distante poche centinaia di metri da un ruscello.

Al nostro arrivo il proprietario mi aveva subito chiesto se volessi vedere gli animali: le galline, i maiali, i suoi fidati cani da tartufo e soprattutto i cavalli.

«Sono forti, ma non solo: sono eleganti» mi disse con occhi sognanti mentre accarezzava il suo preferito e lo guardava come se fosse un figlio. «I cavalli sono veloci, ma posati. Possono correre per centinaia di chilometri, ma possono anche camminare lentamente. Sono potenti, guarda che muscoli, ma anche gentili. Sono leali, ma hanno uno spirito selvaggio...»

A un certo punto lo interruppi.

«Perché quel cavallo è da solo?»

Lo chiesi indicando un animale con l'aria triste che se ne stava in un recinto sporco e molto più piccolo, vicino a quello ampio e curato dei cavalli.

Mio padre scoppiò a ridere, probabilmente imbarazzato. L'uomo fece un sorriso compassionevole.

«Figliolo, quello non è un cavallo. Quello è solo un asino.»

Mi faceva pena quell'asinello solo e dimenticato da tutti. L'uomo mi aveva fatto vedere tutti gli animali della sua fattoria, ma quell'asino non lo aveva nemmeno menzionato, come se non contasse nulla. Era immobile come una statua, con le zampe nel fango e gli occhi pieni di tristezza. Però, al tempo stesso, sembrava... forte, e dotato di una pazienza antica e rara, quella che ti permette di sopportare qualsiasi dolore e ingiustizia.

«A me piace quel cavallo.»

«È un asino. Non è un cavallo.»

«Mi piace l'asino» ripetei.

A quel punto l'uomo mi si avvicinò, si inginocchiò per mettersi alla mia altezza e guardarmi negli occhi.

«Figliolo, gli asini sono animali odiosi. Sono testardi e non ti ascoltano. Quando un asino si impunta, non c'è verso di farlo muovere. Puoi frustarlo, picchiarlo, urlargli contro e prenderlo a bastonate, ma l'asino non si muove. È tempo perso. Se un asino non comprende il significato di ciò che deve fare, non lo fa. Sono animali cocciuti e a modo loro ribelli. È esattamente il genere di animale con cui non vorresti avere a che fare.»

Quindi riprese a decantare le caratteristiche del cavallo, ma io continuai a guardare il povero asinello, solo e immobile nella sua testardaggine: avrei voluto andare da lui e abbracciarlo forte, incantato com'ero da quegli occhi scuri e profondi, pazienti e tristi.

Vent'anni dopo, mentre ero fermo davanti ai binari della metropolitana, mi resi conto di essere diventato come quell'asino. Ero solo, mi sentivo diverso dagli altri, ed ero sicuro che molto presto le persone avrebbero cominciato a puntare il dito e giudicarmi.

Avrebbe dovuto farmi una grande paura quella prospettiva. E invece... mi sentivo stranamente orgoglioso di aver visto nei miei occhi gli occhi di un asino. E così decisi di diventare anche io cocciuto come quell'animale da sempre denigrato: da quel momento in avanti, prima di fare qualsiasi cosa, mi sarei chiesto se lo volevo davvero oppure se mi sentissi soltanto in dovere di farla. Se ciò che stavo per fare mi rendeva felice oppure no. Se c'era un significato o se semplicemente mi comportavo così per abitudine.

E in tal caso non mi sarei mosso. Nemmeno a costo di prendermi bastonate e insulti. Anche a costo di ritrovarmi solo come quel povero asinello che tanta pena mi aveva fatto da bambino.

Ritrovarmi solo.

Quelle parole rimasero incastrate da qualche parte dentro di me come un aquilone tra i rami di un albero. Avevo sempre evitato la solitudine come una brutta malattia, preoccupandomi di apparire in un certo modo agli occhi degli altri. Avevo inseguito i *loro* sogni, avevo fatto di tutto per rispettare le *loro* aspettative, e soprattutto mi ero fatto convincere che la *loro* idea di successo dovesse essere per forza quella giusta. L'unica valida.

Ma non era così: il vero successo appartiene solo a quanti sono felici del proprio percorso e del presente che si sono costruiti.

Fermo e immobile davanti ai binari della metropolitana, mentre sempre più persone si accalcavano intorno a me in attesa del treno successivo, mi dissi che dovevo smettere di vivere in funzione degli altri e iniziare a seguire il mio cuore. "Prendermi cura di me" pensai. "Apprezzarmi. Amarmi per quello che sono realmente. Volermi bene. Preoccuparmi di non deludere una sola aspettativa: quella della mia felicità."

Quel povero asino non poteva farlo, dipendeva dal suo padrone. Ma io, invece, se lo volevo potevo davvero prendere in mano la mia vita.

Fu come se mi si fosse accesa una luce dentro. Una debolissima e piccola fiammella che cercai immediatamente di proteggere, perché rappresentava una speranza a cui volevo aggrapparmi con tutto me stesso.

In quel momento, sotto le luci della metropolitana, sentii di aver trovato finalmente una risposta. Anzi, *la* risposta. Ecco cosa mi era mancato negli ultimi anni della mia vita: l'amore per me stesso. Quello che significa tante cose, tra cui il rispetto per i propri sogni, le proprie passioni e le proprie inclinazioni.

Mi venne voglia di piangere, per la seconda volta durante la mattinata. E stavolta lo feci davvero, avvertendo subito lo sguardo severo e imbarazzato delle persone intorno a me. Mi vergognavo, eppure al tempo stesso mi sentivo meglio, come se avessi trovato rifugio in un pensiero confortevole.

Alla fine, mi venne una inspiegabile voglia di sorridere. E poi di ridere, e poi di urlare di gioia. Perché forse l'avevo risolto, il rebus: non dovevo chiedere agli altri cosa fosse la felicità, ma dovevo trovarla e curarla ogni giorno imparando ad ascoltarmi e a seguire le mie inclinazioni.

Intanto era arrivato un altro treno, le persone mi passarono di fianco facendo attenzione a schivarmi e a evitare il mio sguardo. Forse erano spaventate da un uomo in lacrime. Invece io ero contento di averlo fatto. Avevo aperto le porte del mio cuore e ci avevo trovato dentro troppa spazzatura. Quelle lacrime ne avevano trascinata un po' fuori, come un fiume in piena. Era poco, ma era già qualcosa.

Le porte si chiusero e anche il secondo treno partì.

Vidi la mia immagine riflessa sui vetri. Il mio volto era paonazzo, gli occhi gonfi e lucidi. Ma in quell'immagine iniziai a vedere una persona che mi sembrava di conoscere. Sorrisi. Un sorriso nuovo e mai visto prima. Mi sentivo strano... felice?

7

L'episodio dello specchio mi aveva svegliato da un lungo tepore.

L'episodio del pianto, invece, fece saltare in aria la diga che tratteneva l'emotività e i miei sentimenti, che a quel punto si riversarono ovunque dentro di me. Piangere come un bambino in metropolitana mi aveva fatto tornare umano. Mi aveva fatto tornare me stesso. Aveva dato colore a una vita che negli ultimi anni avevo conosciuto solo in bianco e nero.

Improvvisamente mi sentivo rinvigorito. Non avevo più paura, non ero più confuso. E soprattutto non avevo più dubbi su quale fosse il problema: ero infelice, perché non mi ero preso cura di me dove conta davvero, dentro. Non mi ero donato amore. E così la piantina della mia felicità era appassita. Quelle lacrime venute fuori all'improvviso, però, avevano ricominciato a bagnarla.

Ora c'era soltanto una cosa da fare: cambiare.

E sapevo che la vera rivoluzione poteva iniziare solo dentro di me.

Per prima cosa dovevo smettere di mentire. Non volevo vivere un'intera esistenza facendo finta di niente, pensando che "tanto è così per tutti" e concentrandomi su pochi stupidi svaghi per non pensare al tempo che passava inesorabile.

Novembre aveva dato il cambio a ottobre e fu durante

una delle mie passeggiate "terapeutiche", in un pomeriggio freddo e ventoso, che ebbi una sorta di illuminazione.

Per giorni avevo cercato di ricordare cosa, da bambino, sognassi per il mio futuro, ma, per quanto mi sforzassi, non ci ero riuscito. Forse ero stato un bambino strano, senza sogni.

Ma ecco che di colpo un ricordo mi passò pigramente per la testa, e per lo stupore dovetti fermarmi lì sui due piedi: da bambino amavo gli animali e a mia madre dicevo che da grande avrei voluto diventare un veterinario.

Come avevo potuto dimenticarlo dopo aver ricordato quell'asinello maltrattato?

"Amo tutti gli animali" specificavo ai miei genitori. Amavo il mio cane, Bobby, che era morto di vecchiaia quando io avevo dieci anni: era il mio migliore amico. Amavo accarezzare gli animali domestici a casa di altri, era la prima cosa che facevo. Amavo osservare le formiche e prendermi cura delle lucertole quando d'estate ne entrava una nella mia cameretta. Le dicevo di stare tranquilla, perché non lo avrei detto a mia madre. Lei avrebbe preso una scopa e l'avrebbe uccisa, io la volevo difendere. Mi facevo regalare libri e videocassette sugli animali e mi vantavo di conoscerne più di cento specie. Nessuno mi dava retta.

«Sai che bello, ma'?» dissi una sera più seriamente a mia madre. «Poter lavorare con gli animali vorrebbe dire essere pagato per fare qualcosa che mi piace!»

Lo ricordo bene, era una domenica sera, il momento in cui mia mamma si rabbuiava perché il giorno successivo mio padre sarebbe ripartito per uno dei suoi viaggi lasciandola da sola. Ricordo che c'erano i cartoni della pizza d'asporto che avevamo mangiato per cena sul tavolo, erano ormai secchi e freddi.

Di fronte a quelle mie parole, mia madre si era girata verso di me, si era tolta i guanti di gomma gialli che stava usando per pulire le posate e guardandomi dritto negli occhi aveva detto: «Luca, tu non diventerai un finto dottore. Tu avrai un lavoro importante e prestigioso. Togliti dalla testa questa idea del veterinario». Aveva continuato a fissarmi per qualche secondo con uno sguardo strano, che io non avevo retto. Poi era tornata a lavare le stoviglie.

Così, il mio sogno di diventare un veterinario si era infranto prima che potessi fare anche solo un piccolo passo per realizzarlo. E alla fine ero diventato un triste impiegato di banca che si doveva autoconvincere di valere qualcosa e diceva a tutti di avere un impiego prestigioso, affinché sua madre fosse orgogliosa...

Riscoprire di avere avuto quel sogno fu una sensazione strana, al tempo stesso rivelatoria, perché riuscivo a riscoprire qualcosa sul mio conto, e spaventosa, perché mi accorgevo di essere diventato l'adulto che mai e poi mai avrei desiderato essere. Dov'erano gli animali nella mia vita? Il Luca undicenne non ci avrebbe creduto a una vita senza nemmeno un gatto in casa o la tessera di volontario al canile.

Seguendo questo ragionamento, mi venne spontaneo chiedermi quante altre cose avrei potuto mettere in dubbio. Com'ero arrivato a essere così infelice? Se me lo avessero chiesto, avrei risposto: "È capitato...". Ma tanto non me lo chiedeva nessuno.

Nei giorni successivi al pianto in metropolitana, crebbe in me la convinzione che dovessi rivedere ogni aspetto della mia esistenza, anche quelli a cui non avevo mai pensato. Specialmente quelli. A partire dalla città in cui vivevo: mi piaceva davvero? Oppure credevo che fosse la città giusta per me solo perché lì ero nato e lì avevo costruito la mia vita adulta?

Ed era una questione strettamente legata al lavoro. Perché con il mio stipendio di circa milletrecento euro, vivendo in affitto in una delle città più care d'Italia, non mi restava molto da parte. Anzi, quasi nulla. Ma guai a dirlo in giro: mi avrebbero accusato di essere un ingrato, perché c'è gente che un lavoro nemmeno ce l'ha, e magari chi ce l'ha non arriva a quelle cifre. Mi avrebbero detto di vergognarmi.

In quei giorni, iniziando a ragionare come un asino testardo e libero da pregiudizi, mi resi conto che è proprio la paura di sembrare irriconoscente (verso chi, poi? verso un'azienda che pretendeva la maggior parte del mio tempo e delle mie energie mentali in cambio di una somma di denaro ridicola rispetto ai fatturati che chiudeva?) il motivo per cui milioni di persone portano avanti esistenze di cui non sono per niente soddisfatte ma che "si fanno andare bene". Si dicono che non possono lamentarsi, non devono, perché c'è chi sta peggio. Ma il fatto è che, indipendentemente da chi tu sia, ci sarà sempre qualcuno che sta peggio di te. Nessuno, però, ti mette un dito sotto il mento e ti costringe ad alzare la testa, mostrandoti che c'è anche chi sta meglio.

Fu come accendere un faro. Come togliermi i paraocchi e rendermi conto che il sogno di un lavoro fisso in una grande azienda, almeno per uno come me, si era trasformato in un incubo.

Ma non potevo certo mollare il lavoro dall'oggi al domani. Così la frustrazione divampò dentro di me, al punto che un giorno mi esplose tra le mani come una granata.

«Voi siete dei ladri! Schiavi delle banche!»

Era un cliente, il signor Marra. Lo conoscevo già per i suoi modi bruschi e scortesi. Oltretutto era un pessimo cliente: spesso lasciava il conto a secco e andava in rosso per il mancato pagamento dei bolli e delle commissioni bancarie. Era proprio quello il motivo della mia chiamata: avvisarlo che, se non avesse pagato ciò che doveva pagare, avremmo chiuso il conto e dato incarico agli uffici legali di gestire la situazione.

«Mi fate schifo! Siete dei ladri! Ladri e bastardi.»

«Se mi facesse parlare, potr...»

«Non c'è bisogno di parlare! Basta! Lo ammetta: siete dei farabutti.»

A un certo punto non ce la feci più.

«La vuole piantare o no?» dissi con decisione, alzando la voce. Anche se una parte di me gli avrebbe voluto dare ragione, visto che la banca in qualche modo mi stava rubando la vita.

Il cliente dall'altra parte tacque bruscamente.

«Come ha detto?»

«Ho detto che la deve smettere. Deve imparare il rispetto e l'educazione. Lei è prima di tutto un maleducato, poi anche un pessimo pagatore.»

«Mah...»

«"Mah" un bel niente. La questione è semplice: se non paga ciò che deve pagare, finisce nei guai. Quando va al supermercato fa tutte queste scenate in cassa? Oppure paga e basta? Allora, visto che ha firmato un contratto accettando delle condizioni, deve pagare. Se lo vuole mettere in testa, sì o no?»

Il signor Marra rimase in silenzio per un secondo. Poi disse poche parole, con un tono di voce indignato.

«Ma come si permette... io la segnalo. Io la rovino.»

Nella mia testa era in corso una rivoluzione, partita dal cuore. Anche per questo motivo non esitai a rispondergli.

«Faccia quello che vuole, non me ne frega niente. Mi chiamo Luca Ravelli, codice matricola 4815162342. E le auguro di andarsene al diavolo.»

Quando chiusi la chiamata, mi sembrava che il cuore mi martellasse nel petto al ritmo di *Killing in the Name* dei Rage Against the Machine. Mi voltai e vidi che Mirko mi osservava con la bocca spalancata. Era sconvolto, ma chissà, forse anche un po' affascinato dal mio gesto di ribellione.

Avevo appena fatto una cazzata così grossa che mi sarebbe potuta costare il posto di lavoro e, incredibilmente, c'era una parte di me che sperava succedesse davvero. Avevo sognato per anni di mandare al diavolo un cliente a quel modo, ma farlo davvero aveva un sapore che non avrei mai immaginato.

«Mirko, chiudi quella bocca» dissi al mio compagno di scrivania, ancora imbambolato a fissarmi, prima di effettuare la telefonata successiva.

«Buongiorno, sono Luca Ravelli, codice matricola 4815-162342. La contatto in merito a...»

8

Se quell'episodio fu emblematico dell'uragano che avevo dentro, poi ne venne uno ancora più significativo.

Qualche giorno dopo, mi presentai al calcetto settimanale come ogni giovedì. Entrai nello spogliatoio, come ogni giovedì. Salutai e venni salutato, come ogni giovedì. Mi vestii ed entrai in campo, come ogni giovedì. Corsi dietro a un pallone, come ogni giovedì. Ma quando tornai negli spogliatoi e mi misi sotto la doccia, successe qualcosa di completamente diverso da tutti gli altri giovedì.

«Ragazzi, ma a voi questa vita piace davvero?»

Intorno a me notai espressioni cariche di stupore e imbarazzo, quasi spaventate. Forse quell'improvvisa tensione era anche dovuta al fatto che fossimo tutti nudi e insaponati.

«In che senso?» chiese qualcuno.

«Cazzo, lavoriamo ogni giorno dal lunedì al venerdì, il giovedì sera ci ritroviamo a giocare a calcetto, il sabato sera andiamo a ubriacarci e la domenica la passiamo a cazzeggiare» proseguii. «Ma secondo voi la vita è tutta qui? Volete passare tutta la vostra esistenza in questo modo?»

Silenzio.

«Dài, ditemi che ci avete pensato anche voi almeno una volta.»

Lo avevano pensato, lo capivo dai loro sguardi evasivi

e dalle espressioni sui loro volti. Ma non avevano le palle per dirlo.

«A me non dispiace questa vita» disse Andrea, un amico dai tempi del liceo. Era ingegnere. «È vero, a volte non è esaltante, ma come possiamo lamentarci? A chi un lavoro nemmeno ce l'ha non pensi? Siamo fortunati.»

«Non lo metto in dubbio» dissi, cercando di scegliere con cura le parole. «Però non credi che proprio perché abbiamo il privilegio di avere tante possibilità sia un grande spreco il fatto di non sfruttarne quasi nessuna? Siamo in salute, abbiamo un lavoro che ci permette di mettere due soldi da parte, eppure la nostra vita è sempre la stessa, sempre uguale. Se è vero che dobbiamo essere grati, non dovremmo anche fare di tutto per valorizzare le opportunità che abbiamo avuto?»

Silenzio.

«Voglio dire, solo io sto male a pensare di fare e rifare sempre le stesse cose per i prossimi trent'anni della mia vita? La sveglia alle sei del mattino, il solito traffico, l'ufficio, i soliti colleghi, le solite stronzate sul lavoro, il solito calcetto, le solite serate, i soliti volti... non pensate che ci sia qualcosa di più... grande, oltre questa routine? Credete davvero che siamo destinati a questo?»

Non mi ero mai aperto così tanto, con nessuno. Lo stavo facendo davanti a nove miei amici, tutti nudi e sotto le docce. Ero emozionato, sentivo il cuore battere forte. Parlarne mi faceva stare bene, come quella volta in cui avevo pianto. Sentivo che tutto usciva, ed era una sensazione meravigliosa.

«Secondo me la vita non è tutta qui, come ci hanno sempre fatto credere» andai avanti, desideroso di togliermi tutto il peso che avevo dentro. «Ci sto pensando molto, ultimamente. Non può essere questa vita una vita felice. Non ci credo.»

Silenzio. Finché trovai il coraggio di chiederlo.

«Ragazzi, ma voi siete felici?»

Silenzio totale, interrotto solo dallo scroscio dell'acqua.

Poi qualcuno mormorò qualcosa di incomprensibile. Altri avevano lo sguardo basso e muovevano la testa come se ci stessero pensando. Alla fine nessuno rispose e l'atmosfera divenne davvero imbarazzante.

«Dài, basta con 'ste seghe mentali» disse con vigore Edoardo; conoscevo anche lui dai tempi del liceo. «Basta con 'ste cazzate, Luca. Ci fai salire il magone. Siamo venuti qui per divertirci, non per fare filosofia spicciola. E poi, come diceva mio nonno, chi si fa i cazzi suoi campa cent'anni!»

Tutti, come cogliendo al balzo l'assist di Edoardo, scoppiarono a ridere. Tutti, dal primo all'ultimo. Ma la battuta non era così geniale. E non faceva così ridere. Ridevano, anche in maniera molto rumorosa, perché quello era il loro modo di sfuggire alle mie domande. Che poi non erano *mie*, ma appartenevano a chiunque avesse una vita simile alla mia. Sì, appartenevano a tutti loro, ma decisero di non rispondere. Gli avevo avanzato il dubbio che forse ognuno di noi trentenni italiani con titoli di studio e un lavoro fosse davanti a quel bivio: accontentarsi di una vita piatta e sicura mascherandosi dietro una finta gratitudine oppure puntare oltre, allontanarsi dalla strada battuta e rischiare di perdere tutto nel tentativo di trovare la vera felicità? Proprio perché eravamo più fortunati di milioni di altre persone, dovevamo provare a fare della nostra vita una fottutissima storia indimenticabile. Forse i veri stronzi viziati non sono quelli che sognano qualcosa di diverso e migliore, ma quelli che svolgono il compitino invece di rischiare.

Gli avevo sbattuto in faccia tutto questo, e loro non mi avevano detto: "Ehi Luca, stai dicendo un mare di stronzate e ora ti spiego perché". Se lo avessero fatto, li avrei ascoltati e li avrei stimati a prescindere dalla loro opinione. E non mi avevano neanche detto: "Cazzo, hai ragione! Hai qualche idea per cambiare le cose?". No, loro avevano scelto di non scegliere. Non avevano detto sì o no, avevano riso e poi, velocemente, erano usciti dalle docce. Uno dopo l'altro.

Così rimasi solo sotto l'acqua calda, a pensare.

Avevo capito che quelli che consideravo amici non erano

altro che conoscenti. D'altronde, non li avevo scelti come amici, me li ero ritrovati vicini in vari momenti e luoghi della mia vita. Era stato tutto casuale: uno era stato casualmente il mio compagno di banco il primo giorno del liceo, un altro era il figlio di un'amica di mia madre, un altro lo avevo incontrato proprio giocando a calcetto... Così ci eravamo conosciuti, e quello era bastato per renderli amici? La risposta mi era giusto arrivata: non appena avevo perforato la superficie e mi ero lanciato più in profondità, nessuno mi aveva seguito. Nessuno. Qualcosa di simile a ciò che avevo provato parlando con Sara.

Quando uscii dalla doccia, gli altri erano già vestiti. Facevano finta di parlare tra di loro, ma sapevo che volevano solo evitarmi. Era successo qualcosa di strano e spiacevole sotto la doccia, me ne rendevo conto. Da sempre, l'essere umano isola chi si comporta diversamente dalla massa, perché ne ha paura. Ha paura che abbia ragione.

Uscii dallo spogliatoio, l'ultimo. Salii in automobile, guidai fino a casa. Salii, disfai la borsa e misi tutto a lavare, subito. Poteva essere in corso una rivoluzione profonda dentro di me, ma sarei comunque rimasto la persona precisa e ordinata che ero sempre stata. Poi presi lo smartphone e mi cancellai dalla chat del calcetto su WhatsApp.

Avevo scelto di essere un asino, testardo e tenace nella mia ricerca della felicità. Ma proprio come quell'asinello che avevo visto da bambino, ero già solo. Mi tornarono in mente le parole del cliente di mio padre che mi mostrava i suoi animali: "Non vorresti avere a che fare con gli asini. Sono odiosi. A nessuno piacciono gli asini".

Però avevo compiuto il primo passo nella direzione giusta, e non perché lo avessero fatto tutti gli altri prima di me, né perché qualcuno mi avesse bastonato per costringermi a muovermi. Mi ero mosso perché ero diventato un asino, e gli asini si muovono solo quando vogliono muoversi.

Avevo deciso di decidere.

9

La mattina successiva mi ritrovai con le chiavi dell'auto in mano, seduto al posto di guida. Come ogni mattina, stavo per accendere il motore e andare a lavorare. Ma quando mi intravidi nello specchietto retrovisore, con il colletto bianco e il nodo della cravatta, con quei capelli ordinati e il volto pallido perfettamente rasato, mi venne voglia di vomitare e decisi che non ci sarei andato: sapevo che, se lo avessi fatto, sarei morto. Letteralmente. Il mio cuore non avrebbe retto a un'altra giornata chiuso dentro la filiale, con le cuffie nelle orecchie e la luce del computer a illuminare il mio viso stanco. Aspettai che Sara uscisse, risalii in casa, chiamai in ufficio e dissi che ero stato male, improvvisamente. Non avevo saltato nemmeno un giorno da quando ero stato assunto e mi dissero che non c'era alcun problema. D'altronde, in quella grande macchina che era la banca per cui lavoravo, contavo meno di un bullone.

Dopo quella telefonata mi guardai a lungo nello specchio del bagno e finalmente mi rividi. Nel volto di quel tizio che aveva detto di no all'infelicità, mi rivedevo. Rivedevo me stesso. La mia autoterapia, per quanto sconvolgente, stava funzionando.

«Bentornato, cazzo» dissi a me stesso.

Mi levai tutti i vestiti e così, completamente nudo, andai in cucina. Aprii il frigorifero: c'era mezza teglia di tiramisù che la madre di Sara aveva preparato un paio di giorni prima. In piedi, come Madre Natura mi aveva fatto, mangiai tiramisù alle 08.43 di mattina. Poche volte ero stato così soddisfatto in vita mia. Mangiavo e sorridevo.

Quindi mi feci una doccia, la seconda della giornata. Una doccia lunga e calda, quasi bollente. Ripensai al giorno in cui ero scoppiato a piangere. Pensai che fosse stato un segnale inequivocabile, non una semplice coincidenza. E pensai anche a quanto faccia bene piangere ogni tanto. La gente crede che ci si debba vergognare, quando invece è uno degli atti più naturali che esistano, per una persona dotata di emotività.

Uscii dalla doccia e scrissi un messaggio a Sara: "Andiamo a pranzo insieme oggi?".

Mi rispose subito: "Ma come? Non sei al lavoro?".

"No. Dopo ti spiego. Ti va?"

Vidi che stava scrivendo la risposta, ma il messaggio non comparve prima di un'ora. Evidentemente stava scrivendo, cancellando e riscrivendo. Alla fine mi inviò un semplice "Okay".

Quando posai lo smartphone, non sapevo come occupare il mio tempo. Una volta avevo letto una frase: "Il vero schiavo è chi non ricorda più cosa significhi essere libero". Ecco, io non ne avevo più idea. Restando a casa avevo come interrotto, per la prima volta, una catena di montaggio. Se fossi stato davvero male, mi sarei messo a letto con una bevanda calda sul comodino. Quelle erano le istruzioni, ma non c'erano istruzioni per una mattina di totale ribellione e libertà.

Dovetti andare indietro di parecchio per ricordarmi cosa facessi una volta con il mio tempo libero. Mi tornò in mente la chitarra che mi aveva regalato mio padre, e che avevo imparato a suonare da autodidatta – con risultati disastrosi. Andai in camera, aprii l'armadio e la trovai lì, dentro la sua custodia. Era scordata e io ero scarso, però mi rese felice prendermi del tempo solo per me cantando, storpiandola, una canzone dei Nirvana, *Come as You Are*. Così mi venne in mente un'altra canzone di Kurt Cobain che non sapevo suonare, ma che riuscii finalmente a capire dopo tanti anni ad ascoltarla. Diceva che a volte pensi di essere stupido, ma forse sei solo felice. E io riflettei: forse la felicità è facile come mangiare il tiramisù alle nove di mattina e suonare la chitarra quando ne hai voglia.

Dopo aver suonato decisi di dormire un po'. Già, dormire alle dieci di mattina. Non lo avevo mai fatto, nemmeno quando ero un bambino.

Mi sdraiai sul divano con una coperta calda, vagando con la mente tra sogni e progetti che molti avrebbero bollato come follie. Era anche di questo che avrei parlato a Sara. Poi crollai. Fu un sonno profondo e senza sogni. Quando mi svegliai, mi sentivo pronto a conquistare il mondo.

Misi un vecchio paio di jeans a cui ero affezionato, ci abbinai una maglietta bianca, una felpa nera e presi la mia fidata giacca grigia da trekking. Un paradosso per me, che raramente uscivo dalla città. Uno dei tanti paradossi della mia vita perfetta e infelice.

Decisi di raggiungere a piedi la zona in cui lavorava Sara. Niente auto, volevo muovermi lentamente e con le mie gambe. Volevo osservare i dettagli di quella città su cui nutrivo sempre più dubbi, volevo annusarla, ascoltarla, percepirla sul mio corpo. E mi resi conto che la mia città era maledettamente grigia: il cielo, le facciate dei palazzi, le strade, i visi delle persone. Clima, colori e umori: tutto grigio.

"Dov'è la natura?" mi chiesi. C'erano gli alberi, ma erano spogli. Sembravano privi di vita, come molta della gente che ci passava di fianco.

E pensare che avevo sempre detestato coloro che criticavano la "mia" città. Quando sentivo qualcuno dire che era una delle più inquinate d'Italia, rispondevo sempre che io tutto quell'inquinamento non lo vedevo. Mi erano bastate una mattinata libera e una camminata, invece, per cambiare idea. La mia era, a tutti gli effetti, una città inquinata. "Se avessimo più tempo libero, di cosa saremmo capaci? Quali consapevolezze riusciremmo a generare?" pensai.

Giunsi davanti allo studio di Sara alle 12.41. Le scrissi un messaggio per chiederle se potevo entrare. Volevo vedere il luogo in cui lavorava, per capire se era deprimente come il mio ufficio. Mi rispose subito, dicendomi di no, e che mi avrebbe raggiunto al bar.

Si trattava del classico locale studiato appositamente per chi è in pausa pranzo. Mi sedetti a un tavolino d'angolo nel dehors esterno, che per fortuna era riscaldato, e Sara arrivò poco dopo. Non l'avevo mai vista vestita da ufficio fuori di casa. Era molto bella: indossava una gonna stretta, calze scure e scarpe con il tacco, una giacca e una camicia leggermente scollata sul suo seno prosperoso. Al collo aveva un ciondolo che le avevo regalato io anni prima. I capelli erano legati in una coda bassa.

Ci salutammo con un bacio sulle labbra, appena accennato.

«Sei bellissima» le dissi.

«Anche tu stai bene» disse lei osservandomi con stupore. «Hai qualcosa di diverso.»

«Già» risposi io sornione.

«Hai vinto alla lotteria?»

«No, però oggi non mi andava di lavorare.»

Sara rise. Poi si rese conto che non scherzavo e la sua espressione cambiò. Nelle ultime settimane, dall'episodio dello specchio, aveva osservato il mio mutamento con preoccupazione. Dopo avermi chiesto di rimettermi in sesto, non aveva più detto niente a riguardo, ma sapevo che era spaventata.

«Non rischi che facciano un controllo per vedere se sei a casa e stai davvero male?»

«No, non ti preoccupare.» In realtà non me ne importava nulla.

«Ma come?»

«No, Sara. Ed è proprio di questo che ti vorrei parlare.»

Non mi ero preparato alcun discorso, ma tutto girava intorno a un'idea folle che mi era venuta pochi giorni prima. E, quella mattina, l'idea non mi era sembrata poi così assurda. Anzi, mi sembrava geniale. La scelta giusta al momento giusto.

Un giorno, cazzeggiando su Facebook prima di uscire dall'ufficio, avevo visto che una mia vecchia compagna delle elementari aveva condiviso sulla sua bacheca l'articolo di un blog.

L'immagine di copertina raffigurava un ragazzo più o meno della mia età, seduto su un prato verdissimo davanti a un tempio orientale, credo buddhista. Il ragazzo aveva barba e capelli lunghi, e sorrideva. Era un sorriso sincero, il suo. Non ricordo il titolo dell'articolo, ma parlava di grandi cambiamenti di vita e la mia amica aveva scritto, condividendo il post, che erano parole ricche di ispirazione.

Solitamente, di fronte a contenuti del genere sui social network, passavo oltre alla velocità della luce. Articoli del tipo "mollo tutto e vado alle Maldive" mi avevano sempre fatto innervosire. Ma stavolta avevo dato una possibilità a quell'articolo, senza sapere che in realtà stavo dando una grande possibilità a me stesso: scoprire che la vita non doveva essere per forza *così* come la vivevo io, perché il mondo è grande e pieno di strade da percorrere.

Il ragazzo della foto raccontava di quanto viaggiare gli avesse cambiato la vita. Prima l'Australia, poi il Canada, poi l'amore sconfinato per l'Asia. Scriveva che lasciare la grigia città del Nord Italia in cui era cresciuto gli aveva dato l'opportunità di seguire le "coordinate" della sua felicità. Spiegava anche come era riuscito a mantenersi viaggiando, ma non nutrivo particolare interesse per quell'aspetto. Ciò che mi catturò profondamente fu una sua riflessione:

Dopo un viaggio molti tornano a casa con mille idee per la testa e un'unica certezza: il bisogno di cambiare vita. Perché stando lontani dalla comfort zone hanno capito che quell'insieme di abitudini e sicurezze che una volta credevano vitali non è altro che un ostacolo verso una vita molto più intensa di quella che conducevano prima. E sai qual è il primo step per cambiare vita? Risolvere i problemi che accumuliamo da anni. Per farlo, a volte, hai solo bisogno di un viaggio. Nient'altro. Un viaggio che ti dia la possibilità di ritagliarti del tempo per l'introspezione e di cresce-

re come individuo. Perché tutto si può cambiare nella vita e tutto si può risolvere. Ma nessun grande cambiamento è possibile se prima non si cambia dentro. Un viaggio ti cambia e in questo modo ti permette di cambiare tutto ciò che hai intorno.

L'ultima frase mi era risuonata dentro, come una bella melodia. Avevo guardato l'ora e scoperto che le cinque erano passate da un po'. Ero uscito dall'ufficio e avevo letto decine di articoli su quel blog, fermo dentro il parcheggio sotterraneo. Avevo scoperto cos'è la comfort zone, quell'insieme di abitudini e situazioni ripetitive che ti danno sicurezza ma a lungo andare prima ti annoiano, poi ti causano grande frustrazione e infine ti rendono infelice. Quell'articolo sembrava scritto per me. Lessi anche che ci sono molti modi per distruggere la schiavitù delle abitudini, ma il più efficace è viaggiare. Perché viaggiando ti allontani dalla tua vita e così riesci a giudicarla meglio, a capire cosa ti rende davvero felice.

Avevo trovato un'ispirazione che non avevo mai avuto e mi ero sentito un po' meno solo. "Forse a questo mondo non sono l'unico asino che vuole essere felice" avevo pensato.

Quegli articoli, tra storie e riflessioni, avevano messo in moto dentro di me una serie di pensieri che con una specie di effetto domino mi avevano portato alla tessera finale. Doveva cadere solo più quella per trasformare un progetto apparentemente assurdo in realtà, e dipendeva tutto da Sara.

«So che te l'ho già chiesto una volta e so che poi abbiamo pure litigato, quindi non ti chiederò di nuovo cos'è per te una vita felice» dissi a Sara.

Lei restò immobile. Mi guardava, con gli occhi scuri e piccoli pieni di dubbi su ciò che avrebbe fatto seguito a quella premessa.

«Lasciamo stare le definizioni e tutta la filosofia che c'è dietro a questo argomento» proseguii. «Parlando concretamente... io non mi sento felice. Voglio dire, sono felice di avere una ragazza come te, sono grato di avere un corpo in salute, un lavoro, una casa e tutto il resto. Ma sento che se non faccio qualcosa ora, qualcosa di grande, arriverò alla fine dei miei giorni pieno di rimpianti.»

Quell'ultima frase l'avevo proprio letta sul blog. Il tizio con la barba e i capelli lunghi sosteneva che dovremmo avere una sola paura: arrivare in punto di morte con tanti rimpianti.

«Ho quasi trent'anni, ho dei risparmi da parte, sono in salute e per qualche strano motivo ho trovato le palle di mettere in atto un cambiamento, anzi una rivoluzione» continuai.

Sara era sempre immobile.

«In queste ultime settimane ho combattuto tante battaglie interiori. Ho fatto tante scoperte su me stesso e ho capito che questa vita non è una vita felice per me. Ho capito che devo cambiare.»

Sara si rianimò per farmi una domanda che mi spiazzò: «Mi vuoi lasciare?».

Mi pose quella domanda in un modo strano, che subito non riuscii a comprendere. Sembrava quasi sollevata.

«Ma no... no, Sara. Sento un profondo cambiamento in corso dentro di me, ma non sento alcun cambiamento nell'amore che provo nei tuoi confronti.»

Non ero sicuro al cento per cento che fosse vero. Però volevo crederci. In fondo non stavo male assieme a Sara, eravamo una bella coppia. Ce lo dicevano tutti, per quanto potesse valere quell'opinione. E, puntando la mia mente sul futuro, vedevo Sara come una mamma attenta. Non avevo particolari motivi per lamentarmi di lei o per non pensare a una vita insieme, nonostante fosse così indisposta verso la mia personale rivoluzione della felicità.

«Sara... c'è un'idea che mi frulla in testa. Te lo dico, è pura follia.»

Nessuna reazione da parte sua.

«Ci sto pensando da qualche giorno e il solo pensarci mi fa sorridere... quindi dev'essere la cosa giusta, no? In ogni caso, basta giri di parole, te lo chiedo direttamente: e se mollassimo tutto e partissimo?»

Ecco, lo avevo detto. Su quel blog avevo letto tante storie di coppie che avevano fatto esattamente così: avevano mollato tutto, dalla casa al lavoro, alle famiglie, ed erano partite per un viaggio verso la propria felicità. Subito mi ero chiesto: "Okay, ma dopo?". Ma poi mi ero reso conto di quanto fosse inutile quel modo di ragionare: perché pensare sempre al domani e poi vivere un presente deprimente? Magari dopo si torna comunque alla vita di prima, ma nel frattempo quell'esperienza straordinaria te la ricorderai per sempre. La felicità l'hai davvero assaggiata, e forse hai pure capito come portarla nella tua quotidianità. Perché viaggiare ti permette di vedere con occhi diversi anche le cose a cui eri abituato. Mi sarebbe piaciuto, un giorno, poter raccontare una storia del genere.

Lei distolse gli occhi dai miei. Guardò fuori e lontano, verso il traffico. Aveva un'espressione seria e desolata.

«Partire per dove?» mi chiese con un tono quasi esasperato.

«Per l'Asia. Ti ricordi quella volta, quando andammo al cinema? Era forse il nostro terzo o quarto appuntamento. Ti ricordi cosa mi dicesti mentre camminavamo verso casa dei tuoi? Dicesti che avresti tanto voluto visitare il Myanmar. Io non sapevo nemmeno dove fosse. Dicevi che ti sarebbe piaciuto camminare così, come stavamo facendo in quel momento, ma tra i templi di Bagan. E allora perché non lo facciamo? Perché non ci prendiamo sei mesi e andiamo in Myanmar e ovunque ci dica il nostro cuore? Non ti sto chiedendo di partire e non tornare mai più. Ti chiedo sei mesi, solo per noi. Io e te alla scoperta del mondo. Ho già cercato i voli, c'è un diretto per Bangkok...»

«Hai già cercato i voli?»

«Sì...»

«Mio Dio...»

«Ti sembra una follia? È così una follia?»

«Be', vedi tu!» sbottò Sara alzando gli occhi al cielo. Rideva in modo nervoso, e il suo era un sorriso brutto, come quello di certi fumatori quando sfogano la loro agitazione sulla sigaretta.

«Sara, ma tu non hai mai desiderato qualcosa di diverso

da questa vita tutta uguale? Non ti piacerebbe viaggiare e scoprire il mondo? Cazzo, abbiamo quasi trent'anni e non siamo mai usciti dall'Europa!»

«Sì, tutto bello... ma i soldi? Come facciamo con i soldi?»

«I soldi che abbiamo bastano. E se non bastano ce li facciamo bastare. Possiamo farcela, ho letto su un blog che c'è chi viaggia spendendo pochissimo...»

«Su un blog?»

«Sì.»

«Dio mio... ma che ti è successo, Luca?»

Sembrava disperata. Non mi aspettavo quella reazione, non di nuovo.

«Ma perché dici così?»

«Tu non eri così. Eri un ragazzo serio. Quando ti ho conosciuto mi sei piaciuto perché volevi una vita stabile e avevi le idee chiare. Eri il classico ragazzo con cui costruire qualcosa di lungo e durevole. E ora te ne vieni fuori con questa follia?»

«Sara, io sono io. Che c'entra se sono qui a fare una vita di merda o a Bagan a passeggiare tra i templi? *Io sono io*, Sara. Se mi ami non importa dove siamo o cosa stiamo facendo.»

«Sei cambiato» disse lei dopo un po'. Come se non avesse ascoltato una parola di ciò che avevo detto. Odiavo quando lo diceva, e lo diceva sempre più spesso.

Rimasi in silenzio. Cercai le parole giuste. La stavo perdendo.

«Sara... ti assicuro che se mi concederai il tempo giusto ti mostrerò che questo cambiamento è solo positivo. Per me e per la nostra storia.»

Tornò a guardarmi negli occhi. Erano lucidi e carichi di lacrime.

«Luca...» iniziò con decisione. Poi si fermò e distolse lo sguardo. Sembrava sul punto di scoppiare. Ma quando mi guardò nuovamente negli occhi aveva un'aria più dolce, quella di chi ci vuole provare un'ultima volta.

«Luca, anche io ti amo. Anche io credo che siamo una bella coppia. E non pensare che non abbia fantasticato sul nostro futuro insieme. Ormai stiamo insieme da quasi cinque anni e ci avviciniamo ai trenta. Luca, io voglio stare con te, ma questa tua idea è pura follia.»

Quelle parole erano lame. Fui io a distogliere lo sguardo. Ma poi decisi di non arrendermi.

«È la questione lavorativa che ti preoccupa? Io posso chiedere un'aspettativa di sei mesi, credo...»

«E io?»

«Ma tu lo odi quel lavoro!» sbottai. «Lo dici sempre che sei lì a fare la schiava sperando che un giorno ti prendano a tempo pieno, ma hai l'impressione che questi non facciano altro che fare leva sulle tue speranze per sfruttarti.»

Sara distolse lo sguardo, di nuovo.

«Mi dispiace se sono stato brusco, ti chiedo scusa...» iniziai. Poi, però, cambiai idea. «Anzi, no, non ti chiedo scusa. Ti ho solo detto la verità. Fa male? Sì, ma è la verità. Stai sperando di farti assumere a tempo indeterminato in un posto di lavoro che odi, come uno schiavo che chiede al padrone di mettergli la catena. La verità è ben diversa da quella che ci raccontiamo, Sara! E lo sai benissimo anche tu.»

«E con le famiglie come ti comporteresti?»

«Sara, sono solo sei mesi. Non cambierà nulla qui. Non cambia mai niente qui, pensaci... è tutto sempre maledettamente uguale. Il vero cambiamento avverrà dentro di noi.»

«Dio, mi sei diventato Osho?»

«No... sto solo iniziando a ragionare. Non credo di averlo mai fatto.»

«Ma se sei superintelligente...»

«Sì, forse a scuola. Però, se a quasi trent'anni sono così infelice della mia vita, tanto intelligente non lo sono stato.»

Per un po' restammo in silenzio. La cameriera venne a domandarci se volevamo ordinare qualcosa. Le chiedemmo ancora un minuto, ma lei fece un'aria come per dire: "Siamo nel pieno del servizio e mi occupate il tavolo: ordinate o andatevene". Ordinai due insalate. Né io né Sara avevamo fame in quel momento.

«Luca, non so cosa dirti» disse Sara.

«Di' qualcosa. Di' quello che provi.»

«Non so se ti farà piacere.»

Stavo perdendo la pazienza.

«Dài Sara, dimmi quello che pensi.»

Sara sbuffò. Gli occhi non erano più lucidi.

«Penso che dovresti crescere. Mettere la testa sulle spalle e crescere. Hai trent'anni, Luca. Basta con queste fantasie. Posso dirlo? Queste puttanate. Sei un uomo adulto. Pensa al tuo futuro, al nostro. Non vuoi avere una famiglia un domani? E come manterrai i tuoi figli? Guarda che non si campa di sogni.»

Ci rimasi male. Molto più male di quanto potessi immaginare.

«Te lo avevo detto che non ti sarebbe piaciuto» disse Sara.

«Io non ho intenzione di campare di sogni. Però vorrei realizzarne almeno uno.»

«Ma scusa, hai un ottimo lavoro, hai appena comprato l'auto nuova, viviamo insieme... cosa vuoi di più?»

Ci pensai su per un po'.

«Vorrei qualcosa di *mio*. Qualcosa di unico e speciale. Qualcosa che, quando lo vedo, mi faccia pensare: eccomi.»

«Ma che vuol dire? Cosa ti sei fumato, Lù?»

La guardai dritto negli occhi. Quelle parole erano una pietra tombale, erano i titoli di coda. Di cosa? Della conversazione, ma temevo anche di qualcosa di molto più grande. Avevo sentito qualcosa rompersi dentro di me, dentro il cuore. Come un bastoncino che si spezza.

«Niente, Sara» dissi alla fine, sorridendo. «Va bene così, fai finta che non ti abbia detto niente.»

Arrivarono le insalate e mangiammo in silenzio.

10

Mi ero immaginato quanto sarebbe stato bello poter aprire gli occhi senza il suono della sveglia. Magari con il suono degli uccellini, come nei film. Ma non solo: mi ero spinto ancora più in là con la fantasia e avevo proiettato un film nella mia testa nel quale io e Sara viaggiavamo per il mondo, ci potevamo alzare ogni mattina in una città sconosciuta e decidevamo sul momento la destinazione successiva. Quel film lo avevo fatto proprio bene, nei dettagli, perché ero convinto che potesse diventare realtà.

Fu molto doloroso dover riporre il sogno nel cassetto. Ma era troppo bello per essere vero.

E infatti non si realizzò mai. Avevo puntato tutto su Sara, ma lei mi aveva voltato le spalle, mi aveva fatto sentire un illuso, mi aveva detto di crescere.

Quel giorno, dopo averla salutata come se niente fosse, camminai per la città a lungo, mi sembrava di essere a un bivio: da un lato la mia relazione con Sara, dall'altro un lungo viaggio alla ricerca di risposte. Da un lato una persona che credevo di conoscere come me stesso, dall'altro un'esperienza nuova, ignota e per certi versi spaventosa, ma potenzialmente bellissima – *life changing*, come dicono gli americani. Capace di cambiarti per sempre la vita.

Non sapevo scegliere. Non *potevo* scegliere..

Così presi la decisione peggiore che un essere umano

possa prendere: scegliere di non scegliere. Ma le non-scelte portano solo guai, è come allontanarti dal timone della tua vita e lasciare che la barca vada alla deriva. Come avrei capito soltanto col tempo, rinunci al controllo e ti lasci sbatacchiare in giro da eventi casuali o abitudinari.

Le settimane passarono, arrivò dicembre con le sue luci di Natale e i panettoni ovunque nei supermercati. Quell'anno detestavo il Natale: l'idea di sedermi a tavola con gente che vedevo due volte all'anno a parlare di scemenze e strafogarci di cibo prima di scambiarci regali inutili mi faceva desiderare di scappare lontano. Ma non potevo farlo, perché ero riuscito a compiere passi avanti importanti dopo l'episodio dello specchio; per Sara però – o a causa di Sara? – avevo deciso di fare un passo indietro enorme. Se solo fossi riuscito a convincerla... eppure in fondo sapevo che non ce l'avrei mai fatta. Lei aveva radici ben piantate nel terreno. Lei non provava quello che provavo io per quella vita così schematica e noiosa. Le piaceva e non c'era niente di male in questo. Ero io quello sbagliato.

Mi trascinai in giro per la mia città seguendo sempre i soliti percorsi. Mi sentivo come il cadavere di *Weekend con il morto*, come se fili invisibili mi trasportassero da casa al lavoro, dal lavoro a casa, il sabato sera nel locale, domenica sera a trovare i miei genitori e via discorrendo.

Anche fare l'amore era diventato un atto automatico, e infatti avevamo quasi smesso. Succedeva, ogni tanto, ma era semplicemente "qualcosa da fare", anche solo per non dover affrontare domande scomode sullo stato di salute della nostra coppia.

Pensai che forse avremmo dovuto provare qualcosa di nuovo e diverso, un classico ragionamento delle coppie in crisi: invece di preoccuparsi del problema, si cerca di curare solo i sintomi. Alla fine, però, fu Sara a fare qualcosa di nuovo e sconvolgente.

Una sera, dopo cena, andò in camera da letto e io la raggiunsi poco dopo. Si stava cambiando, le vedevo la schiena nuda, un dettaglio che mi faceva impazzire. Certe sensazioni non conoscono crisi, né sono soggette al trascorrere del tempo. Certe cose scavano una buca nel tuo cuore e lì rimangono per sempre. Nel bene e nel male, la schiena nuda di Sara è una di quelle.

Quando le passai vicino, lei si girò e mi baciò. Istintivamente le misi le mani sui fianchi, sentivo il suo seno premuto contro il mio petto. Baciando Sara mi resi conto subito che c'era qualcosa di diverso. *Lei* era diversa. Per qualche motivo pensai che avesse pianto. Provai a guardarla in volto, ma era tutto buio e non vidi nulla.

«Stai bene?» le chiesi.

«Sì» disse lei e mi spinse sul letto. Caddi di schiena e lei mi sedette sopra di me. Mi spogliò e mi baciò nervosamente, come se fosse la prima volta. Non c'era alcuna passione in quei gesti, al contrario mi sembrava ci fosse una certa urgenza. Come se lei ne avesse bisogno. Pensai di fermarla e chiederle cosa avesse, ma Sara non pareva voler ammettere pause di riflessione.

Mi tirai giù i pantaloni e le mutande e Sara fece lo stesso, freneticamente. Poi tornò su di me, mi mise le braccia dietro la testa. Fu veloce e animalesco. Neanche un po' romantico, ma... necessario, più per lei che per me. Non prestammo attenzione ai dettagli. Sara sembrava desiderosa di sfogarsi e finire in fretta. Poco prima di raggiungere l'orgasmo, il ritmo dei nostri movimenti era così rapido da farmi pensare che il sesso, in quel momento, fosse l'unica cosa che ci teneva insieme, come un nodo.

Quando finì, ci ritrovammo nudi e sdraiati in un letto umido e completamente disfatto. Mi girai su un lato e poco dopo lo fece anche lei. Un po' infreddoliti, ci guardammo negli occhi per qualche secondo. Poi mi avvicinai e le diedi un bacio sulle labbra. Erano gelide. Le sussurrai due parole di cui forse non conoscevo davvero il significato: «Ti amo».

Sara chiuse gli occhi e non rispose. Uno, due, tre, quattro, cinque, sei secondi di silenzio. Stavo quasi per umiliarmi chiedendole apertamente: "Tu non mi ami?". Non lo feci. Non per una questione di orgoglio, ma per paura della sua risposta. Sara mi stava tenendo nascosto qualcosa, ne ero quasi certo. Mi sentii come negli attimi che precedono l'esplosione controllata di un grattacielo da abbattere: ero lì ad aspettare il boato.

Sette, otto, nove, dieci, undici secondi di silenzio. Poi, alla fine, Sara parlò. Prima, però, riaprì gli occhi ed evitò accuratamente di incrociare il mio sguardo, anche se era buio. Vidi i suoi seni muoversi mentre si metteva a sedere sul bordo del letto. Mi dava le spalle e, anche se non c'erano luci accese, vedevo bene la sua schiena bianca, che fino a pochi minuti prima stringevo con forza tra le mie braccia, bruciando di piacere. Vedevo i capelli sfiorarle le spalle.

Sara mosse leggermente la testa a destra, mostrandomi il profilo del suo volto. Vidi il suo naso e le sue labbra nella penombra. Mi sembrava che gli occhi si fossero richiusi. Io ero distante mezzo metro da lei, ma in quel momento mi sentivo lontano anni luce.

Alla fine parlò.

«Luca... ho un altro.»

Appena Sara pronunciò quelle parole, mi sentii come quando nuoti sott'acqua e, raggiungendo una certa profondità, ti si tappano le orecchie. Mi sentivo dentro un vuoto così totale da non poter trovare nemmeno le parole.

Era dolore quello che provavo? O era solo stupore? Ero stupito, poco ma sicuro. Con gli occhi spalancati guardavo Sara, immobile nell'oscurità. Alla fine riuscii a pronunciare una parola, una sola:

«Cosa?»

Lo dissi con educazione, come se non avessi capito qual era il piatto del giorno al ristorante. Sara si voltò del tutto. La vedevo meglio, ora. Le lacrime le rigavano le guance. Aveva un'espressione che non le avevo mai visto prima: un mix di dispiacere, senso di colpa e rimorso.

Non rispose.

Uno, due, tre, quattro, cinque, sei, sette, otto, nove, dieci, undici, dodici, tredici secondi.

«Mi hai tradito?» le chiesi con un filo di voce.

Lei annuì, si morse il labbro, chiuse gli occhi e abbassò la testa.

Mi alzai in piedi, nudo. Mi misi davanti a lei, a sua volta nuda.

«Mi hai tradito?» le chiesi di nuovo, come per esserne sicuro. La porta era socchiusa e uno spiraglio di luce filtrava dal corridoio, illuminando il volto di Sara.

Non disse nulla. Non rispose. Però una lacrima le solcò il viso e le lasciò un segno nero di trucco sulla guancia.

Come una pugnalata, un'immagine attraversò la mia mente e mi si conficcò nel cuore.

Mi ricordai improvvisamente di quando, all'inizio della nostra storia, facevamo l'amore a casa dei suoi genitori, nella cameretta in cui era cresciuta, prima di andare a fare serata con i nostri amici. E ricordo che, dopo, Sara si rivestiva e si sedeva davanti al grande specchio appeso alla porta della sua cameretta. Lo specchio dove aveva osservato il suo corpo di adolescente trasformarsi in quello di una donna. Lo stesso davanti al quale, adesso, si metteva ancora seduta con le gambe incrociate e si passava la matita intorno agli occhi.

Fu proprio osservandola in quei momenti che mi ero innamorato di lei. Quindi... almeno per un periodo, ero stato davvero innamorato di quella ragazza. Ma adesso? Quanta vita era trascorsa da quegli attimi ora così lontani e dolorosi da ricordare? Quanta acqua era passata sotto al ponte che avevamo costruito insieme? E quanta merda non avevo visto scorrere dentro quell'acqua?

Non sapevo cosa fare. Non sapevo nemmeno cosa stavo provando. Sentivo solo un grande vuoto dentro. Stranamente, però, tutto questo non mi faceva così male. Pensi che una confessione del genere ti faccia saltare in aria, riducendoti in mille pezzi, eppure per me non era così. Forse ci sarebbe voluto del tempo? Come quando qualcuno vince un premio importante e dice che si renderà conto del suo successo solo più avanti.

Deglutii e mi rivestii in fretta, indossando le mutande al contrario. Poi mi sedetti sul bordo del letto, con la testa tra le mani. Avrei voluto piangere, ma non ci riuscivo.

Però volevo sapere.

«Con chi?» chiesi.

Guardai Sara. Era ferma come l'avevo lasciata. Chissà cosa stava pensando.

«Stefano.»

«E chi è Stefano?»

«È il figlio di uno dei proprietari dello studio.»

«È quel ragazzo che ho visto su Instagram?»

Lei rimase in silenzio.

«Quindi ti sei scopata il figlio di uno dei proprietari?» proseguii. «Complimenti.»

Erano parole cattive, che subito non percepii come *mie*. Stavo recitando la parte del ragazzo infuriato. E arrabbiato lo ero, ovviamente, e anche sorpreso e amareggiato, ma non provavo nessun sentimento che giustificasse quelle parole. Mi pentii di averle pronunciate.

Mi girai di scatto. Mi vestii, uscii dalla stanza, misi la giacca, presi le chiavi e lasciai portafoglio e cellulare.

Camminai a lungo quella sera. Almeno un'ora. Volevo schiarirmi le idee, ma soprattutto capire come fosse possibile che non sentissi niente. Cazzo, Sara mi aveva appena detto di avermi tradito e già non provavo più alcuna rabbia? Né dolore?

Provai a immaginare Sara e Stefano che si baciavano appassionatamente nello studio vuoto del padre di lui, dopo l'orario di lavoro. Li immaginai anche mentre facevano l'amore.

«Ha fatto sesso con un altro uomo!» esclamai a voce alta. Una signora che passeggiava sul marciapiede dall'altra parte della strada si girò trasecolata.

"Com'è possibile che non mi faccia soffrire?" pensai.

C'era una sola risposta.

"Non la amo" pensai. Mi fermai e guardai il cielo. "Non la amo, è questa la prova."

A quel punto tutto fu chiaro. Mi resi conto che non avrei più potuto non-scegliere e sapevo benissimo quale direzione prendere al bivio di fronte al quale mi aveva messo proprio lei.

Tornai a casa a passo svelto. Quando aprii la porta, mi trovai di fronte Sara. Aveva il viso gonfio e rosso. Mi fece tenerezza. Avrei voluto abbracciarla, ma il mio orgoglio me lo impedì. Solo quello era ferito: l'orgoglio.

«Scusami Luca, scusa!» disse Sara piangendo. Aveva le mani giunte. La guardai bene in volto: anche le sue lacrime non erano quelle di una donna innamorata. Certe lacrime le riconosci e quelle di Sara dicevano: "Ho fatto una cazzata, ma in fondo non posso dire di aver davvero sbagliato".

«Non ti preoccupare Sara. È finita» dissi io andando in camera.

«Ti prego, Luca, non fare così!» strillò lei. «Mi dispiace, è stato un momento di debolezza. Ti prometto che non succederà mai più.»

Mi fermai, mi voltai e presi la testa di Sara tra le mani. Lei si fece piccola piccola, come se pensasse che le avrei fatto del male. "Mi hai mai davvero conosciuto, almeno un po'?" pensai. Abbassai le mani.

«Sara, è finita. Non adesso, ma da tempo. Forse da anni. Non siamo innamorati. È difficile ammetterlo, ma è la verità. Lo so io e lo sai tu. Questo tradimento è solo una conseguenza del nostro non amarci. Non siamo innamorati, siamo semplicemente due persone che hanno paura di stare da sole. Ho troppo rispetto di te per mentirti e volerti far soffrire. Non credo nemmeno che te lo meriti.»

Fu stupita da quelle parole. Abbassò lo sguardo.

«È palese. Mi hai detto di avermi tradito e non provo alcun dolore. Forse arriverà più avanti, ma ora come ora non sono arrabbiato. Non sono nemmeno stupito, sai? Cosa ti offrivo io come fidanzato? Niente, se non la mia presenza in questa casa.»

Sara mi mostrò l'espressione di una donna ferita nell'orgoglio.

«Sara, fammi un piacere: rendiamo tutto questo il più facile possibile. Sarebbe dovuto succedere in ogni caso. Meglio ora che tra vent'anni con due figli e una casa con il mutuo.»

Non so come mi uscirono quelle parole, ma alle mie orecchie sembrarono le più vere che avessi mai pronunciato.

11

Non avevo mai avuto una vera e propria rottura nella mia vita. Sara era stata la mia prima e unica vera fidanzata. Prima di lei c'erano state delle storie, sì, che però erano finite così come erano iniziate: senza rumore.

Tornai a stare dai miei genitori, nella stanzetta in cui ero cresciuto, dovendomi sorbire i loro sguardi pieni di compassione.

Addormentarmi in un letto vuoto fu un trauma. Mi sentivo tremendamente solo e infreddolito. Mi capitò di svegliarmi in piena notte e cercare il corpo di Sara al mio fianco. Non c'era ed era dura, molto più dura di quanto pensassi. Al mattino, invece, era più semplice. Mi piaceva l'idea di non dover seguire i ritmi dettati da un'altra persona. Poi però c'erano i silenzi, quelli che a casa cercavo di riempire parlando con Sara di qualunque cosa mi venisse in mente. Nel silenzio della mia cameretta, invece, non avevo nessuno con cui interagire. E così ascoltavo la musica.

Quando una domenica pomeriggio andai a prendere le mie cose in quella che era stata la nostra casa, e dove Sara – avevamo deciso di comune accordo – avrebbe continuato a vivere, e mi chiusi la porta alle spalle, sapevo che non ci sarei più tornato. Lo stomaco mi si attorcigliò nella nostalgia: avevo dei ricordi importanti legati a quelle quattro mura. Era doloroso cambiare, ma quanto mai necessario.

Ai miei genitori, in quei giorni, non avevo dato grandi spiegazioni. Avevo solo detto che io e Sara avevamo bisogno di una pausa. Quando tornai a casa con due valigie piene delle mie cose, però, capirono che era finita davvero.

La prima settimana senza Sara passò. Ma precipitai in una spirale deprimente. Non avevo stimoli, non avevo desiderio di fare nulla. Mi trascinavo in giro, vivevo per abitudine. Non sapevo che fare della mia vita. Non ne avevo idea.

Tutto ciò che era successo negli ultimi mesi, dall'episodio dello specchio in poi, aveva contorni sfumati nella mia memoria. Mi sembrava assurdo. Era come se mi fossi completamente dimenticato i motivi per cui avevo iniziato a stare così male.

Poi, un giorno, l'Universo mi mandò un segnale. Proprio come aveva fatto con lo specchio.

«Stasera si mangia minestrone» annunciò mia madre al mio rientro dal lavoro.

Sembrava felice che fossi lì, come se fossimo tornati indietro nel tempo a quando io ero il suo bambino e lei cucinava per me.

«Okay» dissi soltanto.

Entrai nella mia camera e mi chiusi a chiave, ero davvero giù di morale: un'altra giornata della mia vita gettata nel cesso, altro tempo sprecato a fare qualcosa che non mi rendeva felice. Mi buttai sul letto e misi a guardare il soffitto. Erano le sei e mezzo e fuori era già buio pesto. Natale si avvicinava, si gelava, e io avrei voluto essere ovunque, ma non lì.

"Che si fa, ora? Cosa me ne faccio di questa vita? Faccio finta di niente e vado avanti così?" pensai.

Non fui in grado di darmi una risposta e tirai fuori lo smartphone per distrarmi. Andai su Instagram e, con il solito movimento del pollice, da giù a su, da giù a su, da giù a su, mi feci scorrere decine di immagini davanti agli occhi. Però non le vedevo veramente. E neanche mi interessavano.

Finché vidi una foto di Alessandro, l'amico che io e Sara

avevamo in comune. O meglio, il conoscente, perché non avevo veri amici, ormai ne ero sicuro. Nessuno, infatti, mi aveva chiamato per chiedermi come stessi, eppure sapevano che io e Sara non stavamo più insieme. Per due sabati sera non ci avevano visti. Io ero rimasto a casa in entrambe le occasioni, a guardare film e deprimermi mentre lei, probabilmente, era a casa di quello Stefano a fare l'amore con una passione che io non conoscevo più da anni.

Alessandro era ancora in Messico. Non sapevo che lavoro facesse per stare in giro a quel modo per mesi. Si era forse trasferito laggiù? "Buon per lui" pensai. Vedere le immagini che lo ritraevano in spiaggia o davanti a piatti deliziosi mi fece tornare in mente quella mattina con Sara quando, invidiosi di lui, avevamo parlato della possibilità di andare in Messico.

"Non ci andremo mai in Messico insieme" pensai, questa volta con una fitta di dolore. Poi ricordai di quando le avevo proposto anche il giro del mondo. "Che stupido. È ovvio che non potesse accettare, mica poteva stare sei mesi senza il suo amante..."

Sorrisi amaramente e poi, per la prima volta, gli occhi mi si bagnarono un po'. Forse non davvero per Sara, ma per il film che avevo fatto su noi due in viaggio. Su quello che, ingenuamente, speravo avremmo potuto essere.

"Non andremo più da nessuna parte, io e Sara. Non viaggerò mai più."

Poi mi fermai. Appoggiai lo smartphone sul petto. Guardai un punto sul soffitto, un puntino nero che interrompeva il bianco. Non sapevo cosa fosse. Forse una volta c'era un gancio lassù? Ma non era quella la domanda a cui mi interessava rispondere.

"Davvero non viaggerò mai più?" chiesi a me stesso. "E perché? Perché una donna che nemmeno amavo non fa più parte della mia vita? Devo anche smettere di mangiare fuori, guardare film, fare l'amore e dormire? Devo smettere di fare tutto ciò che facevo con Sara? Tanto vale smettere di respirare."

Presi lo smartphone e, chiuso Instagram, mi misi a cercare un volo per il Messico. Partenza da Milano Malpensa, arrivo all'aeroporto internazionale di Cancún. Scelsi come periodo di partenza tutto il mese di dicembre. Solo andata, perché sapevo che, se avessi dovuto pensare anche a una data di ritorno, avrei sicuramente rinunciato. Il sito su cui mi trovavo iniziò a cercare i voli. Osservai incantato la rotellina del caricamento.

Quando mi mostrò la lista dei voli, li ordinai subito dal più economico al più costoso. Il più economico costava quasi seicento euro. Troppo. Molto più di quanto immaginassi. Chiusi e mi ritrovai di fronte al motore di ricerca. Pensai di chiudere tutto, ma feci un ultimo tentativo. Cancellai le parole "aeroporto internazionale di Cancún". Pensai di scrivere "Londra", perché era una meta più vicina e sicuramente il volo sarebbe costato molto meno. Ma invece di premere la "L" sulla tastiera a schermo del mio smartphone, premetti la vicina "O".

Fu un errore apparentemente insignificante, casuale, ma più avanti avrei pensato che non era così. Come non era stato solo un caso che quel tizio in salopette posizionasse uno specchio proprio di fronte alla mia postazione.

Tra i risultati c'erano "Olbia", "Oporto" e "Olanda", ma poco più giù c'era anche "Ovunque" – non sapevo esistesse questa opzione. Non ci pensai due volte e premetti con il pollice. Mi sentivo stranamente rinvigorito, come un giocatore d'azzardo davanti alla pallina che si muove impazzita nella roulette.

Poi ecco comparire una lista di destinazioni. I voli erano molto economici, ma i luoghi non mi interessavano. Belgio, Romania, Spagna, Francia, Germania... Scorsi la lista fino a trovarmi di fronte alle destinazioni internazionali e fu lì che la vidi.

"Bali, a partire da 399 euro."

Lo selezionai e cercai freneticamente tra i dettagli. Il mio cuore prese a battere più forte e mi alzai a sedere sul letto. Scoprii subito il motivo di quel prezzo: il viaggio durava quasi quaranta ore! Con una compagnia aerea ucraina sarei arrivato a Kiev in poco meno di tre ore. Poi un volo per Bangkok, della durata di undici ore. Lì mi sarei fermato per ben otto ore. Poi la tratta per Singapore della durata di due ore e mezzo e un'altra pausa di cinque ore. Infine, un volo per Bali di poco meno di tre ore. Complessivamente erano trentasei ore di volo. La partenza era fissata per il 23 dicembre, sarei arrivato a Bali il giorno di Natale.

Per un secondo pensai di prenotare quel volo, davvero, senza pensare alle conseguenze. Una pazzia, come nei film. Poi, però, mi dissi che la vita non è un film. Intanto avevo un lavoro che mi inchiodava lì, senza contare che non potevo mica saltare il pranzo di Natale con i parenti... spensi lo schermo dello smartphone e tornai a guardare, triste, il puntino nero sul soffitto.

Era un'idea semplicemente irrealizzabile. L'idea più stupida, pericolosa e assurda che potesse venirmi.

Eppure mi sembrava anche l'unica idea giusta. Non giusta per gli altri, giusta per me e per la mia felicità.

Ripensai all'asino. Lui non poteva scegliere di liberarsi, ma io sì. Io sì! Potevo mandare tutti a quel paese, da Sara ai miei genitori ai colleghi a tutti quanti. Mandare a quel paese pure Babbo Natale e le sue renne.

Volevo lasciarmi alle spalle tutto ciò che faceva parte della mia vita. Tutto.

Ciò che successe nei minuti successivi fu pura emotività. Un moto inarrestabile di voglia di vivere. Fu la rinascita della speranza dentro di me, luce che scacciò le tenebre.

Presi lo smartphone, tornai sulla pagina del motore di ricerca, selezionai il volo e premetti sullo schermo nel punto in cui c'era scritto "acquista". Inserii i miei dati personali, i dati della mia carta di credito erano già memorizzati sullo smartphone grazie a precedenti acquisti effettuati online. Poi diedi la conferma. Un'altra rotellina di caricamento, diversa dalla precedente. Poi una nuova pagina web, con un messaggio scritto in verde: "Congratulazioni! Hai appena acquistato il tuo volo per Bali. Riceverai un'email a breve con tutti i dettagli". Contemporaneamente, ricevetti l'sms dalla banca che mi segnalava l'utilizzo della carta di credito.

Posai lo smartphone sul letto, le mani mi tremavano.

«Che cazzo ho fatto?» dissi a bassa voce.

Pensavo che mi sarei sentito spaventato, e anche in colpa. Ma, proprio come non avevo sofferto dopo aver scoperto di essere stato tradito da una donna che non amavo più, non provai alcun rimorso. C'era una parte di me che provava a farmi sentire sbagliato e stupido, eppure non riuscivo a smettere di sorridere.

E fu col sorriso che il giorno dopo mi presentai al responsabile delle risorse umane della banca per chiedere un periodo di aspettativa.

Quando lui mi disse che non poteva concedermela senza un valido motivo io sfoderai un altro sorriso e dissi:

«D'accordo. Senta, avrei un'altra richiesta.»

«Dica.»

«Cosa devo fare per licenziarmi?»

Venti minuti dopo uscii da quell'ufficio con in mano una fotocopia delle mie dimissioni firmate e un sorriso da orecchio a orecchio. Avevo dato un preavviso di due settimane e rispettandolo avrei preso una buonuscita di duemilaseicento euro, pari a due mensilità. Avrei usato quei soldi per pagare i voli aerei del giro del mondo.

Il sogno diventava ufficialmente realtà.

12

Le due settimane passarono rapide. Lavorai male, svogliatamente. Non me ne importava più nulla, non riuscivo a pensare ad altro che al mio viaggio.

Lessi guide e articoli su Bali, ma non guardai video: non volevo rovinarmi la sorpresa. Come uno sposo che non vuole vedere la sposa nell'abito da matrimonio prima di trovarsi sull'altare.

Non che la cosa non mi mettesse un po' di agitazione. Per contrastarla, decisi di organizzare tutto nei minimi dettagli.

Avevo già letto molto su Bali, mentre ero rimasto indietro su una questione molto più importante: lo zaino.

In passato avevo visto, negli aeroporti, che molti viaggiatori partivano con zaini da trekking, di quelli da più di cinquanta litri di capienza. Passai due serate a guardare video su YouTube e leggere recensioni, ma non riuscii a trovare quello giusto per me. Un giorno uscii dal lavoro in anticipo (se ci fosse stato un premio per il peggior dipendente del mese lo avrei sicuramente vinto io) e andai in un grosso negozio di articoli sportivi. Passeggiavo tra le corsie fantasticando a occhi aperti.

"Mi serviranno dei pantaloni termici? Ma no, vado a Bali... però sono proprio belli."

"Un cappellino! Certo che ho bisogno di un cappellino, chissà che sole ci sarà. Però non ne ho già cinque o sei a casa?"

"Oddio, e un sacco a pelo no? Potrebbe sempre essermi utile."

Quando valutai l'idea di acquistare un coltellaccio da pesca, compresi che stavo esagerando. Mi diedi una regolata e andai deciso verso gli zaini: ero lì per quello.

Ne provai qualcuno, ma nessuno mi sembrava adatto. Proprio quando mi stavo dicendo di tornarmene a casa e ordinarne uno online sperando che arrivasse in tempo, lo vidi. Era nel ripiano più basso, appeso a un gancio. Nero, con alcune cifre e lettere ricamate in bianco nella parte superiore. Aveva una capienza di ottanta litri. La chiusura frontale era composta da due fibbie a clip. Lo aprii e guardai dentro. Mi sembrò che potesse contenere il mondo intero. Me lo misi sulle spalle: era leggero e si adattava perfettamente alla mia schiena e alla curva delle mie spalle. Le bretelle erano rinforzate e confortevoli.

Lo tolsi e lo guardai emozionato, tenendolo in mano come si tiene un bambino o un cucciolo.

"Tu vieni con me. Ti troverò un nome e sarai il compagno di viaggio che non ho. Ne passeremo delle belle, amico mio."

Salito in macchina, feci per buttarlo sui sedili posteriori, ma pensai che non se lo meritasse. Quindi lo piazzai sul sedile del passeggero e gli misi persino la cintura. Poi, mentre guidavo per tornare a casa, ragionai sul nome. Alla fine decisi, storpiando la marca, di chiamarlo Quercia. Mi piaceva l'idea di solidità che mi dava pronunciarlo.

«Quercia» dissi ad alta voce. «Quercia, quercia, quercia.»

Mi sembrava di essere impazzito. Impazzito di gioia e voglia di partire.

Con l'avvicinarsi del gran giorno, l'agitazione aumentò a dismisura. Specialmente la sera in cui comunicai la notizia ai miei genitori.

«Mamma, papà, devo dirvi una cosa.»

Sguardi allarmati e volti tesi.

«Da martedì non starò più qui.»

«Oh che bello: tu e lei avete fatto pace?» chiese mia madre. Non aveva mai nominato Sara per nome, la chiamava soltanto "lei".

«No. Io e Sara ci siamo lasciati. Per sempre.»

«Oh...»

Non sapevano che altro dire. Mio padre sembrava piuttosto assente, come quando veniva ad assistere alle mie recite all'asilo. Mia madre aveva dentro chissà quale caos emotivo, ma non lasciava trasparire niente.

«Quindi ora vivrai da solo nell'appartamento?» chiese mia madre.

«No. Martedì parto.»

Mia madre si avvicinò a me, piegandosi un po' su se stessa. Aveva gli occhi aperti e non batteva le palpebre.

«Ma martedì è il ventitré, due giorni prima di Natale... e dove vai?» chiese con voce profonda, come se la risposta fosse un segreto impronunciabile.

Feci un sospiro profondo.

«Parto per un viaggio.»

«Un viaggio?»

«Proprio così. Parto per un viaggio e parto da solo. Io e Quercia.»

«Quercia?»

«È il mio zaino. Me lo metto sulle spalle e vado a scoprire il mondo.»

Mia madre era raggelata. Forse senza rendersene conto, teneva la bocca leggermente dischiusa. Temetti che potesse svenire da un momento all'altro.

«E con il lavoro? Hai preso le ferie?» intervenne mio padre.

«No... niente ferie.»

«E come fai?»

«Mi sono licenziato.»

Per un attimo pensai che mia madre non avrebbe retto. Suo figlio, quello che da piccolo doveva solo pensare a diventare un *bravissimo* bancario... invece si limitò a mettere una mano davanti alla bocca e a guardare di lato, da qualche parte verso la finestra. Aveva gli occhi lucidi.

«Ma ti sei licenziato? Licenziato-licenziato?» chiese mio padre, sconvolto.

«Esatto.»

Ci fu un attimo di silenzio.

«Ma sei completamente impazzito?» chiese poi rianimandosi all'improvviso. «Con la crisi che c'è in giro lasci un lavoro in banca? Ma sei scemo, Luca? Che ti passa per la testa? Cristo santo, che follia è mai questa?»

«È una follia, sì. Ma è la cosa giusta. È l'unica cosa giusta.»

«Luca, dimmi che è uno scherzo» disse mia madre con un filo di voce.

Mi avvicinai a lei e le presi le mani nelle mie. Mi ero preparato con sofferenza a quel momento.

«Mamma, voglio che mi ascolti bene. So che tutto questo ti sta agitando molto. So che ti comporti in questo modo perché mi vuoi bene. So che cerchi di proteggermi... ci hai sempre provato. Ma non sono più un bambino. Sono un uomo adulto. Accettalo. E accetta il fatto che non tutto debba sempre andare come vorresti tu. Le tue priorità non sono le mie. Ciò che per te è importante magari non lo è per me... ma lo rispetto comunque. Ti chiedo di fare lo stesso: anche se ora non lo capisci, anche se ti sembra che io stia buttando via la mia vita, ti prego di capirmi. Non ostacolarmi. Non supportarmi, se non vuoi o non ci riesci. Ma non rendere tutto più difficile di quanto già è.»

Glielo dissi guardandola negli occhi. Lei non distolse lo sguardo neanche per un secondo.

Poi mi rivolsi a entrambi.

«C'è una cosa che ho capito solo recentemente, ma ci credo molto... chi ti ama davvero vuole vederti felice, anche se ciò significa lasciarti andare. Chi ti vuole vicino e infelice, invece, ha a cuore solo la sua felicità. Non siate quel genere di genitori. Non vi ho mai chiesto niente, ma questa volta sì... siate felici di lasciarmi andare. Siate felici di vedermi partire... vi prego.»

Quando finii, mia madre disse solo due parole, ma furono la miglior dichiarazione di affetto che mi avesse mai fatto.

«Va bene.»

La ringraziai con gli occhi.

«Ma come, va bene?» chiese mio padre. «Questo si licenzia per viaggiare e va bene? Ma che diavolo state dicendo? Siete impazziti tutti e due?»

«Tu non puoi capire» dissi a mio padre.

Mio padre fu colpito in pieno dalla mia risposta, criptica e al tempo stesso perfettamente comprensibile.

«Come vi dicevo, parto» ripresi. «Vado a Bali...»

«A Bali?» chiese lui sbalordito.

«... con un biglietto di sola andata» prosegui senza badare alla sua reazione. «Non so quanto ci starò. Non so ancora niente in realtà.»

«Ma perché fai questa cosa?»

Guardai mia madre, e in quel momento mi parve più magra e fragile che mai. Nei suoi occhi, però, leggevo qualcosa che mi diede grande coraggio: comprensione. Forse ciò che stavo facendo lo avrebbe voluto fare lei tanti anni prima. Scappare da mio padre, lasciarsi alle spalle il dolore e l'infelicità. Incredibilmente, fui grato a Sara di avermi tradito e aver scongiurato quello scenario. Con un anello al dito e un figlio, forse non avrei più potuto fare una cosa del genere.

«Scappo dalla mia infelicità. Scappo da Sara che mi ha strappato un sogno. Scappo da questa città che non ho mai amato. Sento il bisogno di scappare, andare lontano. Voglio stare un po' da solo, ma non qui. Con tutti i fantasmi che ho nella testa e con tutto ciò che ho intorno, non riuscirei mai a stare da solo. Ho bisogno di silenzio... ho bisogno di partire.»

Nessuno dei due disse più nulla.

Qualche giorno dopo, decisi di uscire a fare una passeggiata, anche se si gelava. Per quanto contento, ero un po' teso. Camminare si confermò una buona terapia, perché dopo qualche metro già stavo bene. Ero convinto di aver fatto la cosa giusta, ma in quel momento mi sentivo soprattutto grato. Grato e fortunato, perché ero riuscito a interrompere il flusso di infelicità a ventinove anni. Ero ancora giovane, avevo anche margine di errore. Se avessi avuto quel risveglio di coscienza più avanti, magari a cinquant'anni, quanto sarebbe stato difficile, a quel punto, cambiare? Pensai a mia madre, sposata da una vita con un uomo che detestava.

Presi lo smartphone e scrissi un messaggio a Sara. Non su WhatsApp, ma alla vecchia maniera, un sms: "Ciao, Sara. Vorrei solo ringraziarti per i momenti belli che abbiamo vissuto. Perché ci sono stati. E grazie per avermelo detto. Mi hai salvato la vita in questo modo, e l'hai salvata anche a te stessa. Ti auguro il meglio, davvero. Addio. L.".

Guardai il cielo e pronunciai un piccolo "grazie".

Entrai in casa cercando di non fare rumore per non svegliare i miei genitori. Mi sembrava di essere tornato adolescente. Entrai in camera, mi cambiai e mi misi nel letto a fissare il soffitto.

"Domani a quest'ora sarò in volo" pensai. "Chissà sopra quale nazione mi troverò in questo preciso istante."

Poi allargai l'orizzonte della mia immaginazione.

"Chissà cosa succederà durante questo viaggio. Incontrerò persone interessanti? Rischierò la vita in qualche modo? Verrò derubato? Me la saprò cavare da solo? Vedrò luoghi bellissimi? Mangerò cibo assurdo?"

La mia mente vagò per almeno un'oretta. Iniziò a viaggiare prima del mio corpo, come succede in ogni viaggio che si rispetti: la partenza avviene ben prima del momento in cui esci di casa.

Un vero viaggio inizia nella tua testa, quando lo immagini, lo sogni e lo desideri. Quando hai paura ma sei anche eccitato, quando non vedi l'ora ma non ti senti pronto. Quell'ultima sera a casa, la mia mente proseguì a viaggiare verso luoghi lontani, inesplorati e affascinanti.

Poi crollai in un sonno pesante, inaspettato e quanto mai necessario.

13

Il giorno della partenza, la sveglia suonò diversamente. O almeno, così mi parve. Ne puntai cinque per essere certo di svegliarmi, anche se il volo sarebbe partito nel primo pomeriggio. Ma già alla prima mi alzai di scatto, andai in bagno e mi guardai allo specchio.

Mi vedevo, ero io quella persona. Fu una sensazione bellissima.

"Si parte" dissi a me stesso. "Si parte davvero."

Feci una doccia veloce, mi asciugai, mi vestii e andai in cucina. Mia madre era già in piedi. Facemmo colazione in silenzio, uno di quei silenzi pesanti e angoscianti. Avrei voluto dire qualcosa, ma sapevo che non c'era niente da dire.

Mangiai poco e male. Bevvi un caffè e andai a controllare le ultime cose in camera. Guardai Quercia, il mio zaino. Per l'ansia l'avevo svuotato e riempito due volte, controllando che ci fosse tutto. Me lo caricai sulle spalle. Feci un respiro profondo e uscii dalla camera. Si era svegliato anche mio padre. I miei genitori, in quel momento, mi sembrarono piccoli e vecchi. Quando mi videro con il grosso zaino sulle spalle, mia madre ebbe un sussulto. Per un attimo restammo a guardarci senza una parola.

«Se non vi dispiace, vorrei abbracciarvi» dissi io.

Mio padre si alzò dalla sedia della cucina e gli diedi un breve abbraccio. Aveva l'aria delusa e confusa. Mia madre si sollevò lentamente. La abbracciai a lungo, ma senza forza. Quando ci staccammo mi guardò negli occhi con un'espressione stanca.

Quei gesti, quegli abbracci e quegli sguardi mi misero un'enorme angoscia addosso.

Chi viaggia lo sa. In quei momenti, prima di una grande partenza, ti dispiace vedere le persone a te care che soffrono. Perché soffrono, c'è poco da fare. In teoria dovrebbero essere felici per te, perché non stai andando in guerra, ma stai partendo per scoprire il mondo. Lo sai tu e lo sanno loro, eppure c'è un'atmosfera pesante nelle case di chi sta per partire per un viaggio così lungo. Aleggia la sensazione che non ci si rivedrà mai più, che succederà qualcosa di brutto, che nulla sarà mai più come prima.

Poi, però, c'è una voce molto più forte che si fa sentire dentro il tuo cuore: è quella che ti ricorda la necessità di partire e che, se vuoi valorizzare il tempo che hai a disposizione su questa terra, devi prendere decisioni forti, senza ragionarci troppo su. Certi viaggi diventano impossibili se metti in mezzo la razionalità.

Devi partire e basta, il resto verrà da sé.

Presi il bus per Malpensa e arrivai in tremendo anticipo. Quando finalmente arrivò il momento di fare il check-in, posai Quercia sul nastro trasportatore. Pesava dodici chili. Lo salutai mentalmente: "Ci rivediamo a Bali".

Superai anche i controlli e lì, a pochi passi dall'aereo che mi avrebbe portato lontano, d'un tratto mi resi conto davvero di ciò che avevo fatto. Compresi di aver davvero lasciato un lavoro in banca, ben pagato e sicuro. Mi resi conto di aver perso Sara, perché ero certo che non saremmo più tornati insieme, nemmeno se mi fossi alzato e fossi corso da lei. Per un istante pensai di farlo, pensai di abbandonare quella folle idea di partire per un viaggio e tornare da lei anche se non la amavo e lei non amava me. Però quanto sarebbe stato bello tornare a vivere nella *nostra* casa, tornare a mangiare cibo cinese e fare colazione insieme. All'improvviso tutto questo mi mancò tantissimo.

Accesi lo smartphone e per un attimo sperai di vedere un suo messaggio. Non ce n'erano.

Cos'era quel desiderio improvviso di tornare a casa, mi chiesi, come risvegliandomi da un sonno. Erano i tentacoli della mia comfort zone che provavano a riportarmi in quella tana calda e sicura, dove non avevo fatto altro che sopravvivere.

Ma io non volevo sopravvivere: volevo vivere.

Quando fu annunciato l'inizio dell'imbarco, mi alzai di scatto e mi diressi verso le hostess vestite di blu. Mi sorrisero e io sorrisi a loro. Porsi il mio passaporto e il mio biglietto. Lo controllarono e mi augurarono buon volo.

Una volta a bordo, cercai il mio posto e mi sedetti. Ero di fianco al finestrino. Nel giro di mezz'ora, l'aereo iniziò a prendere velocità sulla pista, fino a decollare. Guardai fuori e vidi la terra che si allontanava. Laggiù stavo lasciando tutti i ventinove anni della mia vita. In un altro "laggiù", verso est, avrebbe avuto inizio qualcosa di diverso.

Ero terrorizzato all'idea di non avere nemmeno un piano, ma quella paura era un buon segno: mi sentivo vivo.

Quando l'aereo superò le nuvole e la terra non fu più visibile, mi venne la pelle d'oca e mi sentii libero da un peso che portavo addosso da troppo tempo.

SECONDA PARTE

lei non ha una religione.
la sua fede
risiede nelle
stelle, nei fiori, nell'oceano, e in se stessa.

ZACHRY K. DOUGLAS

14

Poche situazioni ti fanno emozionare come osservare la tua prossima destinazione dal finestrino dell'aereo. Sei ancora in cielo e ti sembra tutto piccolo, come se lo potessi prendere fra le tue mani. Ti senti leggero e sollevato, ma sei anche un po' teso perché, quando metterai piede fuori dall'aereo, sarà tutto nuovo e diverso.

Nel mio caso, però, la sensazione fu ancora più forte. Provai tutta l'eccitazione e l'agitazione tipiche dei momenti che precedono l'esplorazione di un luogo nuovo, ma non solo: quando l'aereo iniziò la discesa e si mise al di sotto dei banchi di nuvole bianche, io vidi quell'isola fatta di verde, spiagge e mare e mi sentii... rinascere. Quella semplice visione mi fece pensare che laggiù sarebbe successo qualcosa di travolgente e indimenticabile.

Venivo da un viaggio in aereo infernale, stremante. Eppure, camminando per l'aeroporto mi sentivo rigenerato e totalmente a mio agio. Era stranissimo, come se fossi già stato lì. Era come se quell'isola vibrasse alla stessa frequenza del mio cuore, e cominciai a provare una sensazione di pace profonda.

«Prima volta a Bali?» mi chiese l'ufficiale dell'immigrazione. Era un ragazzo giovane, con capelli nerissimi e corti, pettinati alla perfezione.

«Sì» risposi deciso, a mo' di soldato.

Lui, dandomi il benvenuto, mi offrì un sorriso splendido e mi consegnò il passaporto.

All'uscita quattro o cinque tassisti cercarono di attirare la mia attenzione: chi chiamandomi *buddy* o addirittura *bro*, chi, quelli della vecchia scuola, appellandomi invece con un più rispettoso *sir*.

Istintivamente tenni le mani in tasca. Mi avevano sempre insegnato a essere diffidente, e il fatto di essere da solo in un Paese straniero, molto lontano dal mio, mi rendeva ancora più circospetto.

Contrattai come potei – troppo poco – la tariffa per Kuta, quella che, come avevo pianificato, sarebbe stata la mia prima tappa. Salito in auto chiesi al tassista di portarmi a un alloggio tranquillo. Sapevo che avrebbe proposto una soluzione non economica, ma non mi sentivo in grado di fare di meglio. Viaggiare da soli, senza nessuno su cui contare, significa anche dover scendere a compromessi, pensai.

Alla fine il tassista mi lasciò davanti a un cancello.

«Sto cercando una stanza. Ne avete?» domandai alla donna che mi rispose quando citofonai.

«Doppia?»

«No, singola.»

Il cancello si aprì ed entrai. Davanti a me c'era un vialetto con la ghiaia. Ai lati erano disposte due piccole statue induiste. Nell'aria c'era uno strano odore di bruciato che sembrava provenire dalle risaie poco distanti. Si contrapponeva a un profumo più lieve e difficile da individuare: quello dei bastoncini di incenso che bruciavano ai piedi delle statue, al centro di piccoli bouquet floreali – ne avrei visti a centinaia di simili, nei giorni seguenti.

Il posto, un edificio a due piani, lungo e stretto, si chiamava Wayan Guesthouse, e come tutte le guesthouse era a conduzione familiare.

Salii gli scalini, superai una porta a vetri e mi trovai davanti alla reception. Dietro il bancone c'era una signora di una certa età. Non appena mi vide, esclamò in inglese: «Buon Natale!».

"Buon Natale?" pensai. "Ma che dice questa?"

E solo in quel momento mi resi conto che, dopo due giorni di viaggio, era davvero il 25 dicembre, e io lo stavo trascorrendo con trentacinque gradi e un sole che spaccava le pietre.

Il prezzo della singola era l'equivalente di venticinque euro. Mi sembrò alto, ma non mi reggevo più in piedi e la presi. La stanza, al secondo piano, era molto spartana: un letto, un bagno con doccia annessa e un traballante tavolino in legno. Nessuna sedia. Sotto, c'era anche una piccola piscina.

Erano le due del pomeriggio, e avevo la vista annebbiata dalla stanchezza. Ma dovevo resistere sveglio fino alla sera, almeno fino alle otto, perché se mi fossi addormentato prima ci avrei messo molto più tempo ad abituarmi al fuso orario. Barcollando andai verso il bagno: una doccia fredda era quello che ci voleva.

Cominciai con un getto caldo e, quando sentii brividi di piacere ovunque, non riuscii a trovare la forza necessaria per passare all'acqua fredda. Risultato: ero cotto a puntino.

Mi sedetti sul letto e presi lo smartphone per avvisare mia madre del mio arrivo. Le augurai anche buon Natale. Non avevo mai trascorso un Natale lontano da casa. Pensai a quanto dovesse essere triste per la mia assenza. Per un istante mi venne da chiederle scusa, ma poi gettai il telefono di lato e mi misi a fissare il vuoto. Per mia madre il pranzo di Natale era importante perché ci teneva a mantenere le apparenze. A me, però, non importava più.

Chiusi gli occhi. "Solo per un minuto" mi dissi.

Ma in un attimo piombai in un sonno profondo.

Quando mi svegliai, mi sembrò di essermi trasformato in un sasso: ero rigido, facevo fatica ad alzarmi e anche solo a tenere gli occhi aperti. Guardai l'ora: erano le 22.15.

«Merda!» esclamai.

Ora probabilmente avrei trascorso la nottata senza chiudere occhio e il giorno dopo avrei avuto un sonno insopportabile... In ogni caso, non avevo alcuna intenzione di stare dentro quelle quattro mura, con le mani in mano. Presi il portafoglio, il passaporto, la chiave della stanza e uscii.

Fuori dalla *guesthouse* era buio pesto, e mi incamminai sul vicolo che mi avrebbe condotto alla via principale di Kuta con la paura che qualche ratto mi sbucasse davanti.

Una volta giunto su quella che le mappe del cellulare indicavano come la strada più turistica, mi ritrovai tra bar, ristoranti, locali con musica dal vivo e altri con musica da discoteca sparata al massimo volume. Passeggiai con le mani in tasca e l'aria disorientata di chi è stato catapultato dall'altra parte del mondo. Non c'erano molte persone in giro, gran parte dell'isola stava già dormendo. Ma vidi comunque gruppi di ragazzi muscolosi e ragazze abbronzatissime, molti dei quali con il cappellino di Babbo Natale in testa. Mi sembravano felici e li invidiai.

Decisi di mangiare qualcosa, non consumavo un pasto degno di questo nome da una vita.

Un ristorante con grossi ombrelloni bianchi e tavolini in legno attirò la mia attenzione. Un ragazzo indonesiano suonava la chitarra acustica e l'atmosfera era molto rilassata. Inoltre si affacciava proprio sulla strada, quindi avrei potuto mangiare e osservare la gente. D'altronde non sapevo che altro fare, era la mia prima volta in viaggio da solo e quella dormita aveva scombussolato tutti i miei piani.

«Per quante persone?» mi chiese una ragazza indonesiana accogliendomi all'ingresso con uno splendido sorriso.

Mi guardai intorno. Stava scherzando o cosa?

«Per uno. Solo io»

«Oh. Okay» disse lei un po' imbarazzata.

Mi sedetti e vidi che a tutti gli altri tavoli c'erano solo coppiette.

"Ho scelto il locale giusto" pensai. "Musica dal vivo, atmosfera intima e coppie ovunque. Bravo Luca."

Alla fine ordinai un panino e una Coca. Il panino era pessimo, però lo divorai, perché avevo lo stomaco accartocciato su se stesso. Quindi restai stravaccato sulla sedia a guardare la gente che camminava sui marciapiedi in abiti leggeri e con l'aria spensierata.

C'erano molti ragazzi e ragazze occidentali. Mi sarebbe piaciuto interagire con qualcuno di loro, conoscere persone nuove, distrarmi, ma alla sola idea mi sudavano le mani per l'agitazione.

Fare conoscenza non sembra niente di troppo complesso, sulla carta. Ma solo quando ti trovi in una situazione come la mia ti rendi conto di quanto sia incredibile l'effetto di anni e anni trascorsi a frequentare sempre le stesse persone.

Ecco già la prima lezione di vita di quel viaggio: non bastava un biglietto di sola andata per Bali per evadere dalla mia comfort zone. Per riuscire davvero a lasciarmi alle spalle certi schemi che ritenevo la causa della mia infelicità, dovevo abbandonare anche le sicurezze e le abitudini più radicate che ci siano: quelle mentali.

Potevo essere a Bali, nella mia città o in Alaska ma non cambiava nulla: ero dentro alla comfort zone fino al collo e non avevo il coraggio di mettermi alla prova.

Chiesi il conto, pagai e ripresi a camminare.

Ripensai a tutto quello che era successo, ma soprattutto a quando ero scoppiato a piangere in metropolitana. Lì avevo capito che mi mancava completamente l'amore per me stesso. Era quella la risposta ed era quello il motivo per cui ero lì: imparare ad ascoltarmi. Volevo essere felice? Solo dentro di me potevo capire come farlo. Per tutta la mia vita avevo seguito le indicazioni degli altri e non aveva funzionato.

"Ma allora perché sto già pensando di andare a parlare con altre persone?" pensai. "Perché sto rivolgendo la mia attenzione agli altri? Io non sono qui per gli altri. Sono qui per me stesso."

Lentamente mi convinsi che non avevo bisogno di nessun altro.

"Magari tutta questa gente è più sola di me e non se ne rende nemmeno conto" mi dissi.

Feci un respiro profondo. Quelle riflessioni accesero in me

una piccola fiammella, che nei giorni successivi avrei curato come un cucciolo malato. Una fiammella che spesso dimentichiamo di avere dentro, ma che rappresenta il primo e imprescindibile pilastro per la felicità: l'amore per se stessi.

Sì, quel viaggio doveva essere un processo di amore per me stesso.

Quando rimisi piede in camera era l'una e mezzo di notte. Mi sdraiai sul letto. Non avevo sonno, ovviamente, però avevo le idee un po' più chiare sullo scopo di quel viaggio e sul motivo per cui ero lì.

«Che ne pensi, Quercia?» dissi rivolgendomi allo zaino. Era appoggiato alla parete, immobile. I numeri e le lettere ricamate sembravano un sorriso storto e orribile. «Forse devo solo imparare ad amarmi e tutto andrà bene?»

Quercia non rispose.

«Buon Natale in ritardo, amico» gli dissi. Poi risi, appoggiai la testa sul cuscino e chiusi un attimo gli occhi, sicuro che non sarei mai riuscito a addormentarmi.

Invece, Bali fece la sua magia e io mi addormentai subito.

15

La mia prima notte a Bali non la dimenticherò mai, perché venivo da mesi di sonno agitato, leggero e intermittente. E invece laggiù dormii di un sonno ininterrotto fino a che, senza il suono di una sveglia a farmi iniziare una nuova giornata, a un certo punto aprii gli occhi, mi stiracchiai e mi sollevai a sedere.

Fu una sensazione bellissima, come se avessi messo sotto carica il corpo e la mente e loro mi avessero svegliato solo al raggiungimento del cento per cento del loro stato.

Mi sentivo pieno di energie ed ero convinto fosse Bali a farmi quell'effetto. Quella prima notte, così serena e rilassante, era stata una carezza su un volto graffiato. Mi innamorai subito di Bali, come un ragazzino preso in giro dai coetanei si innamora perdutamente della compagna di classe che gli chiede soltanto: "Come va?".

Quando uscii, il sole mi avvolse in un abbraccio caldo e per nulla soffocante. Ripensai alle fabbriche, col loro fumo sputato nell'aria, che vedevo dalla finestra della casa dei miei genitori, i palazzi grigi e tutti uguali, i nuvoloni neri lassù in alto.

Da quanto tempo non vedevo un cielo azzurro come quello che Bali mi stava regalando? Quanto era bella la sensazione dei raggi caldi sulla pelle?

Sorrisi e respirai a fondo. Avevo bisogno proprio di quello:

fermarmi e godere delle piccole cose che nella frenesia della mia vita avevo prima dato per scontate e poi dimenticato.

Camminai per un paio di chilometri verso il centro, guardandomi intorno per cercare di capire che posto fosse Kuta di giorno. Come già avevo intuito la sera precedente, era tutta incentrata sul turismo.

Sì, alcuni uomini portavano una sorta di turbante bianco e una specie di pareo invece dei pantaloni, e c'erano donne con indosso abiti tradizionali fascianti dai colori accesi. Ma erano la minoranza, la maggior parte dei locali era abbigliata all'occidentale: le ragazze con i jeans o gli shorts e gli uomini con camicie o canottiere. Non vidi una singola persona con le scarpe chiuse. Forse perché suggestionato da questa circostanza, iniziai ad avere caldo ai piedi, stretti dentro le scarpe da ginnastica.

Più il tempo passava, poi, e più faceva caldo. Aumentava anche il traffico, in particolare di scooter: le automobili che vedevo erano quasi tutte taxi.

Camminai ancora per qualche centinaio di metri finché, nonostante il frastuono dei motorini, a un certo punto mi sembrò di udire un fruscio piacevole, che stuzzicò ricordi lontani e mi scaldò il cuore. Il suono del mare. Non lo vedevo, ma lo sentivo, ed era una melodia bellissima.

Decisi che, dopo colazione, sarei andato in spiaggia: un buon pasto abbondante, un bel caffè e poi avrei affondato i piedi nella sabbia e avrei rivolto i miei occhi alle onde, godendomi quel suono capace di cullarti l'anima.

A quella prospettiva sorrisi, e fu un sorriso sincero, come quello che vedevo sui volti dei balinesi.

Lo stesso, anche, della cameriera che mi accolse nel locale dove decisi di fermarmi.

Ordinai uova e toast, un caffè americano e una spremuta. Mentre aspettavo il cibo, vedendo alcuni ragazzi in muta da surf che uscivano da un negozio, all'improvviso pensai a mia volta di provare a fare surf. Non lo avevo mai fatto, ma quando sognavo l'Australia mi immaginavo a solcare le onde. Già che ero lì...

Mentre ragionavo su queste cose guardando distrattamente le persone che camminavano sul marciapiede dall'altra parte della strada, udii una voce femminile che sembrava si stesse rivolgendo proprio a me.

Mi girai di scatto e, di fianco al mio tavolino, vidi una ragazza con la muta da surf arrotolata in vita. Quella che avrei detto una "bella ragazza". Anzi, bellissima. A piedi nudi, con un tatuaggio sulla caviglia, una scritta, aveva i capelli biondi bagnati, attaccati alla schiena, e brillanti occhi verdi. Gambe snelle e toniche e un seno che non potei fare a meno di notare.

Per un attimo restai senza parole e mi chiesi perché una ragazza del genere mi stesse parlando.

«Sorry?» riuscii a dire.

«Ti dispiace se mi siedo al tuo tavolino?» mi chiese lei in inglese, con un'espressione del volto adorabile, come se si sentisse in colpa per avermi disturbato.

"Puoi mai aver disturbato qualcuno?" pensai.

«Il mio tavolino?» chiesi io, indicandolo con entrambi gli indici come uno stupido.

Sorrise. Denti piccoli e bianchi, labbra carnose. Mi chiesi se stessero girando un remake di *Baywatch* a Kuta e lei fosse una delle attrici.

«Sì, adoro fare colazione qui. È il mio posto preferito. Purtroppo non ci sono altri tavolini, sono tutti occupati. Ho pensato di sedermi qui con te. Visto che sei solo come me.»

Potrei sbagliarmi, ma disse quel "come me" in maniera un po' maliziosa.

«Vorresti sederti qui?» le chiesi, sembrando ancora più stupido.

Eppure lei rise, dolcemente.

«Esatto.»

«Mi dispiace, sto aspettando la mia fidanzata» dissi alla ragazza.

Non so bene come mi venne fuori quella risposta. Forse ero stato talmente deluso e ferito dalle persone che non volevo averci niente a che fare.

Lei si mostrò spiazzata. Di certo non era abituata a sentirsi dire di no da un uomo.

«Ah» disse. «Va bene, grazie lo stesso.»

Io stavo già guardando altrove, nascosto dai miei occhiali neri. Non per fare il duro, ma per la vergogna.

Ma ero contento. Forse, mi dissi, semplicemente non volevo che qualcuno rischiasse di rompere il delicato equilibrio che avevo appena creato con me stesso. Nemmeno quella specie di dea abbronzata e appassionata di surf, per la cui compagnia il Luca adolescente avrebbe fatto carte false.

16

Kuta non mi colpì particolarmente.

Mi aspettavo una spiaggia incontaminata, con le palme e poca gente in giro, invece trovai molti rifiuti sulla sabbia, persone dappertutto e un mare per nulla entusiasmante.

No, Kuta non era il posto giusto per me. Non avevo fatto un viaggio di quaranta ore per passare le mie giornate dentro negozi della Nike, a mangiare hamburger all'Hard Rock Cafe e bere caffè da Starbucks.

Il tutto mentre orde di turisti di giorno giravano per le strade su rumorose moto da cross e di sera si ubriacavano, spesso finendo per fare a botte.

Non li giudicavo, anche io ero stato giovane e idiota, e capivo benissimo che per loro quella era una vacanza in cui concentrare il massimo divertimento in pochi giorni. Per me, però, era qualcosa di diverso. Quello era il viaggio della mia rinascita.

No, non potevo più restare a Kuta.

La mattina dopo mi presentai in reception e lasciai la camera.

Prima di partire, in quelle serate infinite in cui non riuscivo a dormire perché mi sentivo troppo emozionato e spaventato, mi ero appuntato di visitare assolutamente Uluwatu, una zona nell'estremo sud dell'isola. Avevo letto opinioni ricche di entusiasmo e numerosi commenti che paragonavano quella zona all'Australia, che per me continuava a essere un sogno lontano.

Chissà perché, una volta presa la decisione di mollare tutto e partire, non avevo scelto di andare direttamente nella terra dei canguri...

Forse, mi dissi, perché certi desideri sono come vini rari: vanno tenuti in un posto sicuro, e tirati fuori solo quando è ora di brindare. E io non ero ancora pronto per buttarmi dentro a quel sogno e annunciarlo al mondo intero.

Per raggiungere Uluwatu decisi di non prendere lo shuttle bus come facevano tutti, ma di noleggiare uno scooter: uno Yamaha con decine di migliaia di chilometri alle spalle che mi avrebbe accompagnato per cinque giorni. Non avevo la patente internazionale e sapevo che questo mi avrebbe potuto procurare dei guai, ma corsi il rischio. Il signore che me lo affittò insistette per tenere il mio passaporto come una sorta di caparra. Non volevo separarmi dal documento più importante che avessi, ma non avevo scelta. Provai un brivido freddo quando vidi che lo buttava con noncuranza dentro un cassetto della scrivania.

Ci misi un po' di chilometri per abituarmi a quel traffico così diverso da quello in cui mi infilavo ogni mattina per andare al lavoro, fatto di mezzi di ogni tipo: dagli scooter alle moto, dalle automobili ai pick-up dei muratori, fino ai camion. I balinesi, poi, non guidano, ma accelerano e inchiodano, accelerano e inchiodano, accelerano e inchiodano, tanto che spesso rischiai di schiantarmi contro l'automobile o il furgoncino davanti a me. E, soprattutto, non conoscono regole quando sono in scooter: passano con il rosso, tagliano la strada ai pedoni sulle strisce e sbucano fuori da vicoli dove riesce a passare a stento una persona.

Dopo essere uscito da Kuta, il traffico divenne più gestibile, ma a quel punto mi resi conto di non conoscere la strada. Accostai e controllai le mappe che avevo scaricato sullo smartphone, per quanto avessi deciso di utilizzarlo il meno possibile per tutta la durata del viaggio. Non volevo che fosse un telefono a risolvere tutti i miei problemi... d'altronde come facevano le persone prima che fosse inventato? Semplice, chiedevano agli altri – cosa che ormai era sempre più rara.

Ci misi quasi due ore per arrivare a Uluwatu. E durante il tragitto, come mi ero ripromesso di fare, chiesi indicazioni a un signore che vendeva frutta al lato della strada. Era vecchio e magrissimo, la pelle raggrinzita da anni e anni passati sotto il sole. Mi sorrise, mostrandomi pochi denti storti.

«Uluwatu è per di qua?» urlai, temendo che non ci sentisse bene.

Lui sorrise e annuì, ma lo fece troppo velocemente, come non avesse capito la mia domanda, così gliela ripetei. Ancora una volta, sorrise e annuì.

Guardai davanti a me. Non ero convinto dalla sua risposta, così decisi di sottoporlo a un test.

«Uluwatu è per di qua?» gli chiesi un'ultima volta, indicando però la direzione opposta.

Lui sorrise e annuì come aveva fatto in precedenza. Subito rimasi senza parole, poi scoppiai a ridere. Lui continuava ad annuire, convinto.

Scesi dallo scooter, comprai un casco di banane e senza chiedergli niente gli lasciai ottantamila rupie, l'equivalente di circa cinque euro. Una cifra spropositata per delle banane in quella parte del mondo. Lui non fece una piega e continuò a sorridere. Lo ringraziai, appesi il sacchetto con le banane al manubrio e mi rimisi in marcia.

Mi sembrò di vedere, per la prima volta, la vera Bali, lontana dai ristoranti occidentali e dai negozi per surfisti. Era bello girare in motorino e lasciare la mente libera di esprimersi, senza dover imprecare per il traffico o avere la radio accesa a sovrastare il suono dei pensieri.

L'isola era dominata per lunghi tratti dalla natura: ovunque c'erano alberi, campi verdissimi, ruscelli e ovviamente l'oceano che bagnava le tante spiagge. Dove l'uomo era intervenuto, c'erano soprattutto risaie e campi coltivati dai moltissimi contadini che al mio passaggio mi guardavano distrattamente. Incontrai anche numerosi cani randagi che si trascinavano annoiati lungo la strada. Alcuni erano davvero in pessime condizioni e mi chiesi, intristito, se qualcuno se ne prendesse cura.

Sul mio percorso, che alternava stradine molto strette e altre invece piuttosto larghe, capitai anche sopra un ponte. Passandomi accanto, alcuni operai su un pick-up mi fecero il segno dei surfisti e mi sorrisero. Ricambiai.

Mi sentivo davvero bene.

Quando arrivai nel cuore di Uluwatu, gli alberi proiettavano ombre sulla strada, ma il sole spaccava ancora le pietre. Avevo segnato sulla mappa del cellulare una zona in cui mi sarebbe piaciuto trovare una stanza, non centrale come quella dove avevo alloggiato a Kuta. Così presi una stradina in salita tutta curve che mi regalò una vista mozzafiato dell'oceano.

Seguii un cartello con sopra la scritta GUESTHOUSE TRA 50 METRI e una freccia a destra e mi ritrovai su una stradina sterrata che si concludeva con un cancello. Scesi dallo scooter. Ero sudato, affaticato, e non sentivo più il sedere, come se mi avessero fatto una puntura di anestetico.

Alla reception fui accolto da un ragazzino sui sedici, diciassette anni. Parlava un ottimo inglese ed era estremamente gentile e educato. Decisi di fermarmi senza nemmeno guardare la stanza, pagai per una notte e andai a cercare il mio bungalow – la guesthouse era infatti composta di diverse unità. Era tutto in legno, dagli scalini al tetto, e sorgeva in mezzo a un prato, vicino a una lunga fila di alberi.

Ero immerso nella natura: non avevo mai dormito in un posto del genere.

Dentro era fresco, ma il fatto che fosse tutto in legno mi faceva immaginare insetti ovunque. Misi Quercia su una sedia, che posizionai al centro della stanza, pensando che gli insetti arrivano dalle pareti.

«Qui starai al sicuro» gli dissi ridendo.

17

I giorni che trascorsi a Uluwatu volarono.

Ma non come granelli di sabbia che sfuggono dalle mani – quella era l'impressione che avevo nella mia "vita precedente" quando arrivavo alla sera e non ricordavo niente di ciò che avevo fatto durante la giornata.

No, quei giorni a Uluwatu volarono via come un vento primaverile e leggero, di quelli così piacevoli che vuoi fermarti a goderteli a occhi chiusi.

Successero molte cose. Alcune fuori di me, altre dentro.

Se già avevo una cotta per Bali, in quei cinque giorni me ne innamorai profondamente. Non è facile spiegare a parole in che modo e perché, così come non puoi spiegare il vero amore. Te lo senti addosso come un vestito invisibile, non puoi toccarlo, eppure lo percepisci. Sì, non è concreto, l'amore, ma la felicità che ti dona è così reale da farti bagnare gli occhi.

Il primo giorno, dopo aver posato Quercia in camera, ripresi lo scooter e vagai per Uluwatu senza più guardare le mappe sul cellulare. Non avevo una meta, volevo solo spostarmi in quella parte dell'isola e catturare con gli occhi quante più cose riuscissi.

A un certo punto giunsi nei pressi del mare. Mi fermai, parcheggiai lo scooter, mi tolsi le scarpe da ginnastica e le lasciai sotto il sedile. A ogni passo che facevo nella sabbia, i miei piedi nudi sprofondavano. Quindi mi sedetti per guardare lo spettacolo incredibile che la natura mi stava regalando: l'oceano infinito si mischiava con il cielo azzurrissimo in una linea dell'orizzonte che non riuscivo nemmeno a distinguere. A destra, la spiaggia era una lunga lingua dorata tra il bianco delle onde e il verde delle piante. In acqua c'erano decine di surfisti che provavano a cavalcare onde basse ma insidiose. Erano ignari di far parte di un quadretto meraviglioso. Alla mia sinistra, invece, la spiaggia si concludeva con alcuni scogli enormi. Lì le onde si infrangevano con più violenza, come se fossero consapevoli della maggior resistenza della roccia rispetto alla sabbia.

Persi completamente la cognizione del tempo contemplando quello spettacolo. Forse ci rimasi cinque minuti, forse due ore. I luoghi davvero speciali sono quelli dove smetti di guardare l'orologio.

Il centro di Uluwatu non aveva nulla a che fare col traffico e il caos di quello di Kuta.

Sembrava che tutto ruotasse intorno alla cultura del surf, non solo per i tanti negozi che noleggiavano tavole, ma anche per il modo in cui erano arredati i ristoranti – lo *shaka*, il simbolo dei surfisti con il pollice e il mignolo, era ovunque –, e per alcuni cartelli che attirarono la mia attenzione. Uno recitava "Pray for surf", e sotto erano disegnate due mani giunte in preghiera. Non ero mai stato alle Hawaii, ma le immaginavo esattamente come Uluwatu: da un lato la natura incontaminata e l'oceano, dall'altro ristorantini popolati da turisti provenienti da ogni parte del mondo, e l'amore per il surf espresso in mille modi e luoghi diversi.

Non molti balinesi parlavano bene inglese, ma i loro sorrisi... ogni giorno uscivo di casa sapendo che avrei ricevuto in dono quel gesto semplice, eppure per nulla scontato. Erano sorrisi larghi, sinceri e semplicemente bellissimi. Per uno come me, abituato ai musi lunghi e agli sguardi torvi incrociati per le strade della mia città, furono come un balsamo rinfrescante spalmato su una bruciatura.

Una bruciatura che avevo sull'anima, causata da un'esposizione prolungata a negatività, cinismo e pessimismo.

Ma quella bruciatura stava finalmente guarendo.

Un pomeriggio decisi di andare a fare trekking.

Avevo sentito, al ristorante, alcuni canadesi parlare di questo *spot* meraviglioso da cui si godeva della migliore vista di Bali. Mi ero appuntato il nome della località su un tovagliolo, come se fossi un detective privato, poi avevo cercato informazioni su Internet. Non era un sentiero ufficiale ed era anche piuttosto rischioso: si doveva scavalcare il guardrail e camminare in mezzo agli arbusti per qualche centinaio di metri, a poca distanza dallo strapiombo.

Ci andai a pomeriggio inoltrato e, stando sempre attento a dove mettevo i piedi, arrivai in cima alle sei. Qui mi sedetti contro una struttura in mattoni che mi ricordava un rifugio alpino in disuso, respirai profondamente e mi riempii gli occhi della bellezza del tramonto.

Il sole stava scendendo oltre l'orizzonte e illuminava l'oceano con quella luce arancione che mi fece diventare stranamente nostalgico: tutto era talmente bello che, già lo sapevo, in futuro ne avrai avuto nostalgia.

Purtroppo non ero solo, c'erano diversi ragazzi e ragazze che scattavano fotografie. Una coppietta si sedette accanto a me. Erano indonesiani, probabilmente balinesi, anche se avevo scoperto che sull'isola c'erano tantissime persone originarie dell'isola di Giava. Erano molto giovani, forse nemmeno vent'anni. Lui le teneva un braccio intorno alla vita, lei appoggiava la testa sulla sua spalla. Erano molto carini insieme e osservandoli provai un lieve fastidio: per quanto fossi lì per ascoltare me stesso, una parte di me era triste di non poter condividere quella vista mozzafiato e quel momento prezioso con qualcuno – qualcuno che potesse capire esattamente cosa stessi provando.

Quasi come se Bali stesse ascoltando i miei pensieri, iniziò a piovere. Un attimo prima il cielo era sereno e poi, senza preavviso, una pioggerella insistente. La piccola folla presente su quel promontorio iniziò a diradarsi. Era la stagione delle piogge e capitava che ci fossero acquazzoni improvvisi, ma in quel momento pioveva e c'era il sole, un contrasto che sentivo mio. Che mi rappresentava meglio di mille parole. Ero appoggiato a un muretto con le gambe distese, una pioggia leggera mi bagnava e davanti agli occhi avevo un tramonto sull'oceano che non avrei mai dimenticato. Ed ero solo, finalmente, perché la pioggia aveva allontanato tutti. Io, invece, ero rimasto a godermi quello spettacolo che sentivo tutto per me.

Era stata Bali a farmi quel regalo.

Poi la pioggia si intensificò, ma sempre con il sole che splendeva con forza all'orizzonte proiettando raggi arancioni sull'acqua leggermente increspata, e mi sembrò che l'isola mi stesse mandando un altro segnale. Era come una nonna generosa che dice al nipotino di non avere paura e fare solo quello che gli va, senza sentirsi obbligato a fare altro.

L'isola mi stava sussurrando di non temere di lasciar uscire quello che avevo dentro. Io le diedi retta e piansi. Non le lacrime dense e amare che avevo versato nella mia città, ma lacrime leggere, invisibili in quella pioggia.

Alzai gli occhi al cielo e lo ringraziai. Urlai un "grazie" che nasceva direttamente nel cuore. Ringraziai chiunque ci fosse lassù per avermi concesso l'opportunità di vivere un momento come quello.

Anche se, mi dissi, me l'ero conquistata l'opportunità di vivere uno di quei momenti che da soli valgono tutto il prezzo del biglietto di questo folle viaggio che chiamiamo "vita".

Ringraziavo il cielo e ringraziavo me stesso. Mi sentivo grato e al tempo stesso fiero.

Pioveva e c'era il sole. Piangevo e ridevo.

Ero solo ed ero felice.

Quella notte dormii ancora meglio.

Mi infilai nel letto e scivolai dolcemente in un sonno senza incubi né risvegli improvvisi.

In tutta la mia vita non avevo mai dormito così profondamente come mi stava accadendo in quelle notti a Bali. Il mio piccolo bungalow immerso nel verde era una specie di rifugio. Era come vivere in un faro, lontano dagli altri ma completamente in contatto con gli elementi naturali. Spesso, dopo aver girato tutto il giorno a piedi e in scooter, passavo le serate dentro la mia casetta, ad ascoltare musica o a leggere un libro in inglese trovato nella zona comune, vicino alla reception, viaggiando anche con la mente.

Le mie sveglie al mattino erano il canto degli uccellini, il fruscio delle foglie, a volte il miagolio di alcuni gatti randagi e, in lontananza, al tempo stesso debole ma nitido, il suono delle onde.

Dopo essermi alzato, uscivo e mi sedevo sugli scalini d'ingresso. Respiravo a pieni polmoni e sorridevo. Quindi andavo a dare il buongiorno a Quercia, che era diventato il mio compagno di viaggio nello stesso modo in cui lo era Wilson per Tom Hanks nel film *Cast Away*, ed ero pronto ad affrontare la giornata.

Era come se di notte, mentre dormivo sereno, Bali curasse le mie ferite, invisibili all'occhio umano eppure laceranti.

Una mattina, passeggiando su una spiaggia di Uluwatu, mi misi a parlare con un uomo in turbante e pareo che avevo già visto camminare in riva all'oceano con le mani dietro la schiena, come controllando che tutto fosse tranquillo. Cosa controllasse, di preciso, non l'ho mai capito. E neppure mi importava. L'unica cosa di cui mi importava era il saluto che mi rivolgeva ogni volta, accompagnato da un bellissimo sorriso pacifico e sereno.

Quella mattina mi chiese come stessi e io gli diedi una risposta che lui non comprese, ma che nel mio cuore risuonò come una delle cose più sincere e profonde che avessi mai pronunciato: «Sto come una notte a Bali».

A Uluwatu stavo bene, così bene che non sentivo alcun desiderio di andarmene. Ma decisi comunque di non fermarmi ulteriormente.

Avevo tutta Bali da esplorare, e poi il mondo intero...

Uluwatu sarebbe sempre rimasta lì e ci sarei sempre potuto tornare se avessi voluto. In quei giorni avevo pensato più volte che non sarei mai più voluto tornare a vivere una vita normale. Una fidanzata, un lavoro, una casa da curare? Cosa me ne facevo di tutto ciò? Mi bastava essere libero in un luogo speciale come quello per stare bene. Certo, sapevo che prima o poi i risparmi sarebbero finiti e avrei dovuto trovare un lavoro. Prima o poi mi sarei dovuto svegliare da quel sogno, ma perché permettere al futuro di rovinarmi il presente? Non volevo pensarci, volevo solo vivere appieno giorno per giorno.

Quel pomeriggio, camminando per il centro di Uluwatu, decisi di entrare in un piccolo negozio a conduzione famigliare e comprare un quadernetto dalla copertina rigida e nera. Comprai anche una penna con la scritta "Bali" e i disegni stilizzati di spiagge, palme e templi. Uno di quei gadget che si vendono ai turisti.

Nei giorni precedenti avevo sentito il desiderio di imprimere su carta i pensieri e le sensazioni che stavo vivendo. Temevo che un giorno, lontano da Bali, me ne sarei dimenticato e avrei creduto che fosse stata un'illusione.

Tornato nel bungalow, scrissi tutta la sera. Riportai su carta quello che avevo vissuto, provato, capito a Uluwatu. Non lo facevo da vent'anni, ma mi misi pure a disegnare. Disegnai un tramonto, e anche se il risultato non era un granché sapevo che, ogni volta che avrei riguardato quel disegno, avrei ricordato perfettamente il tramonto sull'oceano, la pioggia leggera e le lacrime.

Prima di andare a dormire, aprii il quaderno su una pagina bianca e in alto scrissi: "Prossima destinazione?".

Il mio tempo a Uluwatu era finito. Avevo deciso che il pomeriggio successivo me ne sarei andato, dovevo solo decidere dove.

18

La mattina successiva mi svegliai molto presto, alle cinque e mezzo, eppure riposato come non mai.

Ero un po' triste all'idea che quel giorno me ne sarei andato, ma sapevo anche che era necessario.

Non potevo fermarmi lì per sempre, che viaggio sarebbe stato altrimenti?

Era così presto che Bali era ancora avvolta nell'oscurità.

Nei giorni precedenti mi ero detto che sarebbe stato bello assistere allo spettacolo dell'alba sul mare, ma poi avevo preferito seguire il ritmo del mio corpo, anche perché l'idea di puntare una sveglia sul cellulare mi metteva i brividi. Stavolta, però, era stato il mio corpo a svegliarsi da solo tanto presto, quasi come se volesse farmi esaudire quel desiderio. Così presi lo scooter e guidai giù dalla collina, verso il mare.

Visto che le spiagge di quella zona di Uluwatu, bene o male, le avevo visitate tutte, decisi di allontanarmi dalla zona centrale e muovermi in direzione di Kuta. Sapevo che, prima di arrivare alla città, in quella terra di mezzo, si trovavano alcune delle spiagge più belle di Bali.

Mi fermai quando vidi, illuminato dalle luci dello scooter, un cartello che catturò immediatamente la mia attenzione: "Dreamland Beach". Un nome troppo suggestivo per non visitarla, pensai, così imboccai subito quella strada sterrata, cercando di evitare le buche più grandi.

Dopo un quarto d'ora a dieci all'ora, zigzagando e rischiando di cadere più volte, mi ritrovai finalmente in un piccolo parcheggio. Sentivo il suono delle onde, e il cielo non era più nero, ma di quel blu scuro che precede l'alba.

Quando attivai la torcia dello smartphone per vederci meglio, notai che c'era un solo altro scooter oltre al mio. Mi chiesi a chi appartenesse. Era nero e vecchio, la carrozzeria era rovinata in più punti. C'era un adesivo sulla parte frontale, alla destra del fanale: una faccina sorridente. Mi avvicinai, incuriosito, e scoprii che era il logo dei Nirvana.

Sorrisi. Quella mattina di ormai una vita fa avevo mangiato tiramisù nudo cantando proprio una canzone dei Nirvana... che fosse un segnale?

Camminai per pochi minuti sul sentiero sterrato che si apriva di fronte a me, finché mi ritrovai con i piedi nella sabbia.

Mi tolsi le infradito e avanzai tenendole in mano.

Alzai lo sguardo e vidi il sole che faceva capolino da dietro la linea dell'orizzonte. Senza pensarci, mi sedetti per terra e mi misi a osservare quel fenomeno naturale che si ripeteva da milioni di anni e a cui io, incredibilmente, non avevo mai assistito.

"Che idiota" pensai guardando con gli occhi di un bambino il sole che si faceva sempre più grande mentre la luce era sempre più intensa. Il suono delle onde era forte, l'aria fresca, e pian piano iniziavo a scoprire le sembianze di Dreamland Beach.

Era una spiaggia larga, che si perdeva a vista d'occhio fino a un promontorio a strapiombo sul mare. La sabbia chiara mi ricordò quella delle spiagge californiane che avevo sempre visto nei film e nelle serie tv. Un luogo semplice e al tempo stesso maestoso, di quella bellezza potente che ti fa sentire piccolo e insignificante dinanzi alla grandezza e all'eternità della natura.

Restai lì a contemplare il giorno dare il cambio alla notte.

Ancora una volta, ero solo ed ero felice. Dovevo forse iniziare a preoccuparmi di quella forma di felicità inaspettata? Mi sarei trasformato in un eremita?

Proprio allora la vidi.

Non l'avevo notata subito perché quando ero arrivato in spiaggia era tutto buio.

A una ventina di metri da me c'era una ragazza, seduta come me con le braccia strette intorno alle ginocchia e i piedi nudi. Aveva lunghi capelli castani sciolti che le volavano dietro la schiena e lo sguardo puntato verso l'orizzonte – lo stesso mio sguardo sognante, mi dissi, fino a pochi momenti prima.

Indossava una canottiera bianca e degli shorts di jeans, come centinaia di altre ragazze che avevo incrociato a Bali. Eppure mi sembrava diversa.

Sì, più la osservavo – complice il fatto che lei non si era ancora accorta della mia presenza – e più mi convincevo che ci fosse, in lei, qualcosa di particolare. Qualcosa che mi incuriosiva, mi interessava... mi attraeva?

Poi, improvvisamente, si girò verso di me e per poco non sobbalzai.

Un po' per la vergogna di farmi scoprire a osservarla, ma soprattutto perché quando i nostri sguardi si incrociarono mi sembrò quasi che il tempo si fermasse, come se niente di ciò che avevo vissuto fino a quel punto della mia vita e niente di tutto ciò che stavo pianificando per il futuro avesse più alcuna importanza. Come se fossi destinato a vivere quel momento, quello sguardo, da sempre.

Lo so, fu una sensazione assurda, e priva di senso.

Distolsi lo sguardo e provai a concentrarmi sulla bellezza di quel momento – il sole era ormai visibile per tre quarti all'orizzonte –, ma non ci riuscii. Ero agitato, sapendo di non essere solo. Sapendo che lì vicino c'era lei.

Poi udii la sua voce.

«Good morning.»

Mi girai di scatto, sorpreso. Lei era lì, in piedi a un solo metro da me, sorridente e con uno sguardo curioso.

«Mo... morning» dissi io guardando altrove, a disagio.

Mi parve di sentire un risolino da parte sua, poi lei mi passò davanti e proseguì lungo il bagnasciuga.

Il cuore mi batteva più forte del normale e non capivo perché.

Dentro di me continuava a risuonare il suo "Good morning" pronunciato con un accento che non ero riuscito a riconoscere.

Non riuscivo, poi, a togliermi dalla mente il suo sorriso, gentile ma sicuro di sé, e gli occhi... quegli occhi che avevo già notato quand'eravamo distanti, e che si erano rivelati azzurri come il cielo di Bali in pieno giorno.

La osservai mentre le impronte che lasciava sulla sabbia venivano subito cancellate dalle onde. Notai che ogni tanto si fermava e raccoglieva qualcosa. D'istinto pensai che stesse collezionando conchiglie, però quelle che sollevava da terra non sembravano conchiglie.

«Chi sei?» sussurrai mentre la guardavo allontanarsi.

Poi di colpo si girò di nuovo nella mia direzione. Subito distolsi lo sguardo, come se non fossi interessato ad altro che all'alba, ormai giunta a compimento – erano quasi le sette di mattina.

Continuai a fingermi distratto anche quando, con la coda dell'occhio, scorsi la sua sagoma sempre più vicina. Ma quando mi passò davanti capii cosa teneva in mano: rifiuti. Tra le mani aveva bottigliette di plastica, cannucce e forse persino qualche mozzicone di sigaretta. "Cosa sta facendo?" pensai confuso.

Lei alzò gli occhi verso di me e questa volta non li abbassai. Allora mi regalò un altro sorriso.

«Cosa stai facendo?» glielo chiesi ad alta voce, in inglese. E, chissà perché, quelle parole uscirono dalla mia bocca con un tono duro, quasi da accusa. Mi sentii un idiota.

Lei mi trafisse un istante coi suoi occhi azzurri.

«Sto raccogliendo la plastica» rispose.

E alzò le mani, come per farmi vedere meglio cosa stava raccogliendo.

Restammo per un paio di secondi in silenzio, io che guardavo un po' lei e un po' i rifiuti che aveva in mano.

«Se vuoi darmi una mano non mi offendo. Quattro mani sono meglio di due» disse lei alla fine.

«Certo» replicai imbarazzato e scattai in piedi.

Ci ritrovammo fianco a fianco, a camminare su quella spiaggia meravigliosa e ancora deserta. Lei mi passò i rifiuti che aveva raccolto e io finsi di non esserne un po' disgustato. Ecco, era qualcosa che un tempo non avrei mai e poi mai fatto.

Mi sentivo strano a camminarle vicino in silenzio, come mi ero sentito solo una volta nella mia vita, da bambino. Ero in terza o forse in quarta alle elementari, e terminata la recita di fine anno ci avevano costretti a salire sul palco tenendo per mano un compagno di classe. A me era toccata una bambina che mi piaceva un sacco. Quando ci eravamo stretti le mani piccole e sudate avevo provato un mix di imbarazzo, felicità, confusione, voglia di scappare via e voglia di restare così per sempre.

Con vent'anni in più sulle spalle, e dall'altra parte del mondo, ecco, mi sentivo nello stesso identico modo.

«E quindi raccogli la plastica in spiaggia?»

«Già» disse lei mentre si piegava e afferrava una bottiglia di plastica accartocciata. «Guarda che paradiso è questa spiaggia. E guarda quanta spazzatura c'è in giro.»

«Non ho mai conosciuto nessuno che raccolga l'immondizia in spiaggia» dissi quando riprendemmo a camminare.

«Ci credo. Anche per questo motivo le spiagge sono ridotte in queste condizioni: la gente pensa che prendersi cura di qualcosa sia sempre compito di qualcun altro. Figurati, poi, se sono turisti: per loro qui è tutta una questione di consumare e divertirsi, non si sporcherebbero mai le mani per migliorare il posto in cui si trovano. È proprio questo il motivo per cui non cambia mai niente al giorno d'oggi, se non in peggio.»

Si animò nel pronunciare quelle parole. Era una questione che aveva a cuore, era evidente, e io la osservavo affascinato.

Se pensavo alla mia cerchia di amici e conoscenti, mi tornavano in mente solo persone fatte come me prima dell'episodio dello specchio: vuote e prive di ogni ideale, che non avevano alcun obiettivo di vita se non arrivare il più in fretta possibile al sabato sera.

Pensai a Sara e mi resi conto che lei non avrebbe mai accettato di fare una cosa del genere. "Pulire la spiaggia? Ma io sono qui in vacanza!"

«Però è anche vero che i primi a prendersene cura dovrebbero essere i balinesi, non credi?» dissi. «In fondo sono le loro spiagge.»

La ragazza fece una risata sarcastica.

«Non esiste "loro" o "nostro". Il mondo è di tutti noi e tutti quanti dovremmo prendercene cura» replicò. «Anche perché non stiamo mica parlando di una mattinata a spaccare le pietre, ma di passare cinque minuti della tua giornata a raccogliere l'immondizia. Non li hai cinque minuti da dedicare al pianeta? Se è così, c'è qualcosa che non va con la tua vita.»

Non mi diede tempo di rispondere.

«Certo che li hai. Ognuno di noi li ha. Ma è più facile cercare i colpevoli altrove e scappare dalle responsabilità.» Prese un attimo fiato. «Scusa se sto parlando a raffica di prima mattina. Queste cose mi fanno bruciare dentro.»

Si piegò per raccogliere un tubetto di dentifricio vuoto e ne approfittai per osservarla meglio: i lunghi capelli, il profilo del viso, le labbra rosa, l'orecchio sinistro con un piccolo piercing nella parte alta, il collo, la spalla abbronzata, i braccialetti al polso, un piccolo tatuaggio sulla spalla e uno ancora più piccolo sulla caviglia.

Sì, era una bella ragazza, ma come tante altre che c'erano a Bali. Non era il suo aspetto fisico a colpirmi.

Avrei voluto conoscerla, scoprirla, ascoltare la sua storia. L'avrei ascoltata tutto il giorno mentre parlava di raccogliere i rifiuti in spiaggia, con quella passione per me inedita.

La ragazza cambiò direzione e puntò verso l'entroterra.

Buttò l'intero suo raccolto in un cestino dell'immondizia basso e nero e io feci lo stesso.

«Visto? Facile, no?»

Sorrisi, e senza aggiungere altro tornammo fianco a fianco verso il mare.

«Grazie. Ti ringrazio per quello che fai.»

Parole imbarazzanti da dire a una sconosciuta, ma era quello che provavo. Senza saperlo, quella ragazza mi aveva portato a chiedermi se il mio disinnamoramento per le persone non riguardasse in realtà solo alcune persone, quelle di cui mi circondavo nella mia vita precedente. Forse, mi chiesi, avevo solo bisogno di trovare e frequentare persone diverse da quelle che avevo sempre conosciuto? «Grazie?» ripeté lei, sorpresa, girandosi verso di me e piantando i suoi occhi azzurri nei miei, come cercando di decifrarmi.

Il cuore prese a martellarmi nel petto.

«Be'... sei gentile. Ti ringrazio» disse. «Ma sappi che io non sono speciale. Ti piace quello che faccio? Fallo anche tu.»

«Oh, puoi star certa che lo farò.»

«Davvero lo farai?» chiese lei, con aria sospettosa.

«È una promessa. Ogni giorno, almeno cinque minuti da dedicare al piccolo quadrato di mondo in cui mi trovo» dissi io.

Poi, senza pensarci, le porsi la mano. Lei la guardò per un attimo, sorrise e me la strinse. Un attimo in più del normale, mi sembrò.

Fu come se si fosse accesa una luce in una zona di me che non credevo esistesse nemmeno.

«È stato un piacere conoscerti» le dissi io quando ci staccammo e riprendemmo a camminare. «Posso chiederti come ti chiami?»

Lei fece per rispondere, ma fu interrotta dalla voce di un uomo alle nostre spalle.

«Emma!»

Tre ragazzi con le tavole da surf sottobraccio ci raggiunsero. Erano i classici surfisti che avevo visto anche a Kuta: muscolosi, abbronzati, con i capelli lunghi, qualche tatuaggio sul corpo e sempre a petto nudo. Uno di loro indossava un costume fino al ginocchio, gli altri due avevano le mute legate in vita.

«Emma!» ribadì quello con il costume. Sorridendo, piantò la tavola nella sabbia e allargò le braccia.

Lei sorrise e si avvicinò a lui. Si abbracciarono, stringendosi con forza. Si dissero qualcosa che non riuscii a cogliere e scoppiarono a ridere, tutti quanti.

Io mi sentii improvvisamente fuori posto. Fu come se mi avessero buttato giù dal letto mettendo fine a un bel sogno. Guardai Emma, sorridente in mezzo a quei tre surfisti muscolosi, e mi sentii uno stupido. Era troppo distante da me. Quella ragazza, così come i tre tizi con le tavole, apparteneva a un mondo diverso dal mio. Di cui, tra l'altro, non doveva importarmi nulla. Ero a Bali in missione, una missione solitaria.

"Ma cosa stavi pensando...?" dissi a me stesso. "Non hai bisogno di questo."

Poi, senza dire niente, mi girai e me ne andai.

19

Dopo quella bizzarra esperienza mattutina, decisi di fermarmi a fare colazione a Uluwatu. Per quanto mi sforzassi di non pensare a Emma, lei mi tornava di continuo in mente.

"Tutto questo non ha senso" mi ripetei più volte mentre sorseggiavo il caffè e osservavo i surfisti che cavalcavano le onde. "Cosa mi sta succedendo? Non è che ti piace quella ragazza?"

Quando l'idea mi passò per la testa, sorrisi ironico.

"Impossibile" mi dissi. "In questo momento della mia vita, una relazione è l'ultimo dei miei pensieri. Semplicemente impossibile."

Restai seduto al tavolino di quel locale per più di un'ora, guardando il mondo intorno a me, quindi mi misi in moto.

Dovevo tornare al mio bungalow, preparare Quercia e andarmene.

Però, quando varcai la porta della casetta in cui ero stato così bene, decisi di prolungare il mio soggiorno ancora di una notte. Lo comunicai al ragazzo alla reception, pagai per la notte e tornai in camera.

Presi quaderno e penna, mi lanciai sul letto e iniziai a sfogliare le pagine che avevo riempito fino a quel momento. Poi mi posizionai su una pagina nuova e scrissi una sola parola: "Emma".

Me ne vergognai subito dopo. Mi sembrava una cosa così

adolescenziale, se non addirittura infantile. Osservai per un istante le quattro lettere che avevo scritto e le cancellai, tirandoci sopra quattro o cinque righe. Poi chiusi il quaderno, mi sdraiai, feci un lungo sospiro e guardai il soffitto.

"Cosa diavolo mi sta succedendo?"

Avevo trascorso il pomeriggio rilassandomi e gustandomi il lento scorrere del tempo in quel piccolo angolo di paradiso a Uluwatu. Eppure non riuscivo a godermi appieno il momento. Era come se la mente saltasse da un pensiero all'altro come una scimmia impazzita sulle liane della giungla.

La causa del mio turbamento, inutile girarci attorno, aveva un solo nome: Emma.

Non riuscivo a togliermela dalla testa.

«Piantala, Luca» dissi a un certo punto ad alta voce.

Scossi il capo, sospirai e provai a concentrarmi sul libro che avevo in mano, ma leggevo le parole senza farle mie. La mente tornava a lei, a Emma. E alla nostra passeggiata a Dreamland Beach.

Per fortuna, complice la levataccia di quella mattina, mi appisolai. E dormire mi diede la possibilità di staccare un po' la spina alla mente.

Quando mi svegliai erano le sette e mezzo, mi alzai e feci una lunga doccia bollente. Poi indossai un paio di pantaloncini e una camicia bianca e uscii per andare a mangiare qualcosa per cena.

A Uluwatu c'erano molti locali sulla spiaggia, che si affacciavano direttamente sull'oceano. Quella sera mi sembrava che ci fosse molta più gente del solito, ovunque vedevo turisti e taxi. Compresi il motivo quando lessi sulla lavagna esposta fuori da un locale: HAPPY NEW YEAR.

Proprio come era successo a Kuta il giorno di Natale, ci misi un po' a rendermi conto che era il 31 dicembre. Non ci avevo fatto caso, perché in quel momento della mia vita non esistevano lunedì o sabati o domeniche: ogni giornata era unica.

"Dovrei festeggiare in qualche modo" pensai. Valutai

l'idea di trovare un locale per turisti e passare la serata lì, brindando al nuovo anno e facendo amicizia, ma poi mi resi conto che, in realtà, non ne avevo alcuna voglia. Il desiderio di fare serata non mi apparteneva, era uno strascico della mia vecchia vita, quella fatta di apparenze da preservare e tradizioni da rispettare a tutti i costi.

Così alla fine optai per una deliziosa zuppa di curry e noodles comprata a un banchetto a bordo strada. Il ragazzo che me la servì mi assicurò che era "autentico cibo balinese". Gli sorrisi e gli augurai buon anno, lui ricambiò ma sembrava meno interessato di me alla ricorrenza.

Al mio ritorno, la guesthouse era immersa nel silenzio, gli altri occidentali che soggiornavano lì erano sicuramente usciti per festeggiare il nuovo anno.

Mi sedetti su una delle sedie posizionate all'esterno del mio piccolo bungalow. Mi sentivo un po' solo, così presi Quercia e lo feci sedere sulla sedia all'altro lato del tavolino. A quel punto, mi dissi, non avevo bisogno di nient'altro per godermi la serata. Mi preparai un tè mentre la notte calava su Uluwatu.

In lontananza sentivo i suoni dei festeggiamenti: urla di gioia, petardi, musica alta. Chissà dov'erano i miei genitori in quel momento? Probabilmente a una cena galante e costosissima. I miei amici in qualche locale per bere e ballare. E Sara? Forse fuori con il suo ormai ex amante.

E Emma, invece? Forse con il surfista che aveva abbracciato?

Me la immaginai a una festa, vestita con un abito bianco che metteva in risalto la sua pelle abbronzata, e i lunghi capelli legati in una treccia. La vidi ballare dolcemente sulla sabbia, davanti a un falò, a piedi nudi, seguendo la melodia della chitarra acustica suonata da uno dei suoi amici surfisti.

«Ora basta!» dissi ad alta voce.

Sospirai. Poi mi alzai e andai alla reception. C'era il solito ragazzo dietro il bancone, come sempre attaccato allo smartphone per ingannare la noia.

«Avete una birra?» gli chiesi.

Lui mi indicò un frigorifero sulla parete alle mie spalle. Mi avvicinai, aprii il frigo e ne presi una. Dopo un attimo ne presi un'altra. Le pagai quanto le avrei pagate in Italia, ma non fui sorpreso: avevo letto che a Bali è tutto molto economico, ma non l'alcol.

Tornai al bungalow, mi sedetti sulla sedia e appoggiai una birra sul tavolino dalla parte di Quercia.

«A noi» gli dissi. E feci tintinnare le bottiglie di vetro.

«Te lo dico, se non la bevi tu la bevo io» aggiunsi scoppiando a ridere.

Guardai l'ora e vidi che erano passati tre minuti dalla mezzanotte.

«Buon anno nuovo, Quercia.»

"Sono felice così e non ho bisogno di nessun altro" pensai bevendo un lungo sorso.

20

Eccomi su una spiaggia. Sembra Dreamland Beach, ma non ne sono sicuro. Una fitta foresta la delimita. Il mare è calmo, le onde creano una dolce colonna sonora.

Il sole è una palla infuocata e sta scendendo al di sotto dell'orizzonte, sprigionando una luce arancione che mi fa sentire grato di essere vivo. Non so dove mi trovo, ma so che non vorrei essere da nessun'altra parte.

In questo luogo è tutto semplicemente... bellissimo.

All'improvviso, la sento. «Luca!»

Riconosco il suo accento buffo. Mi volto verso gli alberi che delimitano la spiaggia, ma non la vedo. Mi giro verso il mare, ma non la vedo neanche lì.

Intanto tutto sta diventando sempre più sbiadito e confuso.

"Luca!"

Poi, finalmente, eccola. Si muove verso di me. Arriva dal mare e il sole infuocato, sempre più un tutt'uno distorto con il cielo e con il mare, mi acceca.

Non riesco a vederla in volto. L'unica cosa che vedo sono i capelli: lunghi capelli, un po' mossi. Si muovono al ritmo delle onde. Sento un'ultima volta la sua voce.

"Luca."

E poi, con la tristezza nel cuore, mi svegliai.

"Devo uscire" pensai tirandomi a sedere sul letto. "Devo andare in spiaggia."

Quando vidi in che stato si trovava Dreamland Beach, piena zeppa di rifiuti, mi vergognai di appartenere alla specie umana.

La sera precedente, evidentemente, centinaia di turisti si erano riversati in spiaggia per festeggiare la fine dell'anno e l'arrivo di quello nuovo, ed ecco il risultato: un luogo paradisiaco deturpato dagli esseri umani.

Mi tornarono in mente le parole che aveva detto Emma – "non esiste 'loro' o 'nostro'. Il mondo è di tutti noi" – e mi tornò in mente la promessa che le avevo fatto. Così iniziai a camminare e raccogliere quanti più rifiuti trovassi.

Anche se non era quello il motivo per cui ero tornato a Dreamland Beach. Se volevo essere onesto con me stesso, ero tornato sperando di incontrarla nuovamente, mosso da quel sogno.

Però già che ero lì, mi dissi, potevo dare il mio piccolo contributo a rendere il mondo un posto migliore. E chissà che non l'avessi incontrata mentre faceva lo stesso... Nel sogno non riuscivo a scorgerla in volto, ma ero sicuro che la sua pelle sapesse di sale e i suoi capelli profumassero di mare. Lo sapevo per certo. I suoi capelli *erano* il mare. Capelli che avrei voluto accarezzare per il resto della mia esistenza, come se fosse quello il mio scopo nella vita.

"Basta, Luca" pensai. "Cosa diavolo ti ha fatto questa ragazza?"

Raccolsi rifiuti per due ore, sotto il sole. Perché più ne raccoglievo e più ne vedevo, e la mia natura di persona precisa e ordinata mi spinse a continuare a oltranza. Alla fine ero sudato fradicio, stanco, ma sapevo che ne era assolutamente valsa la pena.

Peccato che di Emma, però, non ci fosse traccia.

A un certo punto vidi una ragazza in lontananza, le corsi incontro ma solo per scoprire che non era lei. Era bellissima, con gli occhi neri e i lineamenti vagamente orientali. Con Emma condivideva il colore dei capelli e un fisico slanciato. Ma non era lei. Mi sedetti sulla sabbia per tirare un po' il fiato. Mi ero rassegnato al fatto che quel giorno Emma non sarebbe venuta a ripulire Dreamland Beach, quando, osservando alcuni surfisti che sfidavano le onde basse, notai che uno di loro sembrava il tizio con i capelli lunghi che l'aveva abbracciata. Quello per cui, in quel momento, avevo provato una specie di gelosia.

Lo studiai per un po', finché non fui sicuro che fosse proprio lui. Sulla tavola era bravo, lo intuivo anche io che non ne avevo mai presa una in mano nella mia vita. Così come avevo capito che gli piaceva pavoneggiarsi sulle onde con acrobazie per cui altri surfisti lo fissavano e scuotevano la testa, come a dire: "Questo si crede un fenomeno".

Pensai di chiedere a lui di Emma. Certo, parlare con un perfetto sconosciuto era qualcosa a cui non ero abituato, e che nemmeno mi andava di fare. Però dovevo provarci, se volevo riuscire a trovare Emma.

Quando, dopo essere riemerso dall'acqua, si trovò a pochi metri di distanza decisi di buttarmi: mi alzai di scatto, mi avvicinai e gli rivolsi un sorriso. Lui mi guardò con un'espressione sospettosa e per nulla amichevole.

«Ehi» disse.

Era a petto nudo, con la muta arrotolata in vita e gli addominali in bella vista. Mi sentivo un imbranato davanti a lui, con la mia camicia larga e la pelle bianchiccia arrossata dal sole.

«Ciao. Sono... ehm, sono una persona...» balbettai. «Voglio dire... sono la persona che era qui ieri con Emma.»

«Emma?» chiese lui stupito, come se non potesse concepire in alcun modo una connessione tra lei e il tizio disagiato che aveva davanti.

«Sì, Emma. Ascolta... ci sono alcune cose che volevo chiederle...»

Il surfista infilò la tavola nella sabbia e incrociò le braccia all'altezza del petto con un'espressione scontrosa sul viso.

«Non ho capito cosa vuoi da Emma» disse.

«Ma no, niente... devo dirle una cosa.»

Feci un sospiro. Non mi sentivo a mio agio, ma in un moto d'orgoglio pensai anche: "Chi è questo tizio per parlarmi così?".

«Ascolta, non c'è motivo di scaldarsi. Ho bisogno di parlare con Emma. Non la conosco, ma ieri ci siamo parlati e vorrei rivederla.»

Il surfista diede un colpo alla tavola con fare teatrale, facendola cadere per terra. Poi scattò verso di me in modo minaccioso. Temetti che volesse colpirmi e indietreggiai di mezzo passo, piegando anche un po' le gambe, pronto a reagire. Non avevo mai fatto a botte con nessuno e non avevo alcuna intenzione di iniziare a Bali, ma sicuramente mi sarei difeso.

Il surfista, invece, si limitò ad avvicinarsi il più possibile. Potevo vedere ogni imperfezione della sua pelle del volto, ogni pelo della sua barba, ogni dettaglio dei suoi occhi.

«Ascoltami bene. Lo capisci l'inglese?»

«Sì, certo.»

«Lascia in pace Emma.»

«Ma io devo solo parlarle. Non puoi dirmi dove posso trovarla? Anzi, facciamo così, mandale un messaggio e chiedile se mi vuole parlare. Sono sicuro che ti spiegherà che non sono una minaccia.»

«Ascoltami» ripeté il surfista. Era più basso di me ed ebbi l'impressione che tenesse le gambe e le spalle più larghe possibili per poter sembrare più grosso.

«Io non dirò al primo pervertito che passa da qui dove si trova la mia amica. Scordatelo. Sappi questo: oggi ti parlo civilmente e ti dico di dimenticarla. La seconda volta non avrò alcuna voglia di parlare.»

Poi se ne andò, senza darmi la possibilità di replicare.

Io rimasi fermo a guardare le onde, chiedendomi cosa diavolo fosse appena successo.

Tornai nella mia stanza e pensai di lasciar perdere. No, non valeva la pena ritrovarmi in situazioni come quella per una ragazza.

Era la parte più razionale di me a dirlo. Peccato che a Bali, un'isola che ormai consideravo magica, avesse preso il sopravvento quella emotiva, che avevo tenuto incatenata per troppo tempo.

Così il mattino seguente, poco dopo essermi svegliato, ero già sulla strada di Dreamland Beach sperando di ritrovare nel parcheggio lo scooter scassato e con l'adesivo dei Nirvana che, ne ero certo, apparteneva a Emma. Non c'era, e passai la mattinata a raccogliere rifiuti e a illudermi ogni volta che in lontananza vedevo una ragazza occidentale con i capelli al vento. Tenni anche sotto controllo visivo tutti i surfisti che vidi. Ero pronto a difendermi con le bottigliette di plastica che avevo in mano, se necessario.

Quando tornai in camera al pomeriggio, dopo aver pranzato, mi sentivo giù di morale. Ero anche accaldato, come se avessi la febbre.

Mi misi a letto con addosso una tristezza che mai avevo provato a Bali fino a quel momento.

«Sto solo sprecando tempo, Quercia?» chiesi al mio unico compagno di viaggio. «Perché non vado avanti con il mio viaggio invece di inseguire una follia?»

Eppure la mattina dopo ero di nuovo sullo scooter diretto a Dreamland Beach. Avevo telefonato all'agenzia di Kuta da cui lo avevo preso per prolungare il periodo di noleggio. Non potevo andarmene da Uluwatu. Non ancora, almeno...

Sapevo che gennaio non è il mese migliore per stare a Bali, e infatti, mentre raccoglievo rifiuti chiedendomi come fosse possibile che ce ne fossero così tanti nuovi ogni giorno, scoppiò un temporale improvviso e violento.

Mi rifugiai sotto un albero e, osservando la pioggia che bagnava l'oceano, mi maledissi per non avere chiesto a Emma qualcosa di più sul suo conto.

Poi smise di piovere e in quel momento, sulla spiaggia, vidi una coppia che stava raccogliendo rifiuti come me. Erano due ragazzi più giovani di me: lui alto e grosso, lei minuta e molto elegante, con un vestito blu.

«Ciao ragazzi, anche voi a ripulire, eh...» dissi passando accanto alla coppia.

Loro, invece di prendermi per uno scocciatore come sarebbe quasi sicuramente successo nella mia città, mi sorrisero e mi dissero che facevano il *beach cleanup* ogni mattino.

"Strano" pensai. "Non li avevo visti."

Ma, come se mi avesse letto nel pensiero, la ragazza aggiunse: «Noi viviamo a Canggu, di solito lo facciamo lì».

«Canggu...? E dov'è?»

«Poco più a nord di Kuta. È un posto pieno di *expat*.»

Ormai sapevo che quella parola significava "stranieri che hanno scelto di vivere a Bali", e avevo sempre pensato che anche Emma lo fosse.

«Vi farò una domanda strana» mi lanciai vincendo l'imbarazzo. «Conoscete per caso una ragazza che si chiama Emma?»

I due si guardarono con un'espressione che non riuscii a decifrare.

«Ve lo chiedo perché ho conosciuto questa ragazza» aggiunsi in fretta. «Vedete...» ripresi. Non riuscivo a trovare le parole giuste e loro mi guardavano con un'espressione sempre più confusa. Così pensai di giocarmi la carta dell'amore, visto che erano una coppia.

«Mi sono innamorato di una ragazza» dissi. Non lo sapevo se mi ero innamorato davvero, avrei dovuto rivederla per scoprirlo, eppure quella mia frase suonò in modo incredibilmente naturale. «L'ho conosciuta qui, su questa spiaggia. Non so niente di lei, solo che si chiama Emma.»

I due restarono senza parole per qualche secondo, poi lei fece l'ultima cosa che potessi immaginare: mi abbracciò.

«Che tenero che sei. È una ragazza fortunata.»

Il fidanzato – invece di mostrarsi geloso come temevo – mi sorrideva. Mi diede anche una pacca sulla spalla e mi disse: «Che storia, *dude*».

Mi ero già reso conto che su quell'isola i rapporti tra le persone erano ben diversi da quelli a cui ero abituato in Italia. Mi era capitato più volte di vedere persone di ogni età e nazionalità abbracciarsi a lungo, anche per più di dieci secondi, quando si incontravano. Con gli occhi chiusi e un'aria sognante. E poi lì tutti sorridevano e sembravano gentili con gli altri, senza secondi fini e senza avere alcuna paura degli sconosciuti.

«Grazie ragazzi» dissi io arrossendo. «Quindi... conoscete per caso una Emma?»

I due, con aria pensierosa, si misero a parlare di una festa a cui avevano partecipato qualche settimana prima.

«... Quella ragazza non si chiamava Emma?»

Poi lei si rigirò verso di me e mi chiese: «Com'è fatta questa ragazza?».

«Ha gli occhi azzurri, molto azzurri. I capelli lunghi. Pulisce le spiagge. Si chiama Emma. Non so altro.»

«C'è una ragazza che si chiama Emma a Canggu ed è come l'hai descritta» disse il ragazzo.

Il mio cuore accelerò leggermente il ritmo.

«Lavora in un negozio di articoli per surf: tavole, mute, accessori... potrebbe essere lei?»

Ripensai a Emma che parlava con i tre surfisti.

«Certo, potrebbe essere lei. Come si chiama il negozio?»

Mi diedero il nome, l'indirizzo e le indicazioni per raggiungerlo. Li ringraziai, ci abbracciammo e mi dissi che non li avrei mai dimenticati.

Emozionato, tornai allo scooter, controllai l'ora e, di punto in bianco, decisi che quel giorno avrei pranzato proprio a Canggu.

21

Canggu mi parve una perfetta via di mezzo tra Kuta e Uluwatu: da un lato era piena di ricchi turisti che si facevano portare in giro dai driver, di hotel di lusso e negozi di abbigliamento; dall'altra il caos non raggiungeva i livelli di Kuta e le spiagge erano molto più ampie e selvagge. Il mare, poi, in alcuni punti aveva delle splendide tonalità di blu. Chissà che tramonti spettacolari...

Mi chiesi se Emma li osservasse.

"Magari non è nemmeno lei la ragazza di cui mi hanno parlato" pensai un istante dopo. Comunque, lo avrei scoperto di lì a poco.

Il negozio di cui mi avevano parlato quei ragazzi era più piccolo di quanto avessi immaginato ed era incastrato tra un ristorante e un'agenzia turistica. Sull'insegna c'erano una serie di surfisti stilizzati che sfidavano le onde, e di fronte all'ingresso erano ammucchiate delle tavole.

Feci un sospiro profondo, strinsi la maniglia, un altro sospiro ed entrai.

Il negozio traboccava di articoli da surf. Finsi di essere interessato ad alcuni orologi digitali esposti in bella vista mentre studiavo la situazione e mi guardavo intorno alla ricerca di Emma.

Ma ecco che, appena ne presi uno in mano, spuntò fuori dal nulla una ragazza indonesiana.

«Resiste fino a centocinquanta metri, ha la possibilità di impostare dieci sveglie e cinque diversi fusi orari...» cominciò a dire.

Io le sorrisi per gentilezza, sperando che terminasse lì la sua spiegazione.

«Puoi provarlo se vuoi» insistette lei. «Dài, te lo faccio provare...»

Quando capii che quella commessa piena di energie non avrebbe mollato la presa, pensai di sfruttare l'occasione a mio favore.

«In realtà io sono già venuto qui la scorsa settimana e sarei effettivamente interessato a comprare un orologio» dissi. «Il problema è che non ricordo precisamente quale fosse il modello che mi piaceva. L'altra volta ho parlato con un'altra commessa. Si chiama... Emma? È qui?»

«Emma? Forse è in magazzino...» La ragazza si guardò intorno. «Ah no, eccola, è in cassa. Chiedi a lei, allora.»

Alla cassa c'era una ragazza girata di spalle. Indossava una maglietta bianca e un cappellino. I capelli castani le arrivavano a metà schiena.

"Sei tu?" pensai mentre mi avvicinavo a grandi passi.

Quando fui a un paio di metri dalla cassa, lei si girò e per un intero secondo ci guardammo negli occhi. Uno sguardo inaspettato ma intenso.

Il volto della "mia" Emma diventava sempre più sfumato nella mia memoria, faticavo a ricordare che faccia avesse, ma non ci misi nemmeno una frazione di secondo a capire che non era lei.

«Ciao!» mi disse. «Come sta andando la tua giornata?»

«Onestamente? Potrebbe andare meglio» risposi.

Lei rise, sorpresa da quella mia risposta.

«Mi spiace... e come mai?» mi chiese. Aveva un fortissimo accento inglese.

«Se ti racconto il motivo per cui sono qui non mi crederai.»

Lei rimase in silenzio, in attesa.

«Ti chiami Emma, vero?» proseguii.

«Emily... sì, Emma per gli amici» disse lei con un'espressione di colpo sospettosa. «Come fai a conoscere il mio nome?»

Sospirai, e decisi di puntare tutto sulla recita dell'uomo innamorato.

"Ma è davvero solo una recita?" mi chiese una vocina dentro. «Mi sono innamorato di una ragazza che si chiama Emma» raccontai. «L'ho vista solo una volta e non so praticamente nulla di lei, se non che si chiama Emma, appunto. Ho chiesto in giro e mi hanno detto che qui a Canggu vive una ragazza che corrisponde alla sua descrizione e si chiama Emma. Ed eccomi qui.»

«Oddio, ma è una cosa bellissima» disse lei inclinando la testa e guardandomi con occhi dolci. «Ovviamente queste cose da film non succedono mai a me» aggiunse poi. «È sempre un'altra Emma... Insomma, mai una gioia per me.»

Scoppiammo a ridere.

«Posso offrirti un caffè di consolazione?»

Non so perché glielo proposi, ma sembrava una ragazza simpatica e forse non avevo voglia di uscire dal negozio, ritrovarmi da solo e senza meta sotto il sole cocente, con quella confusione che aleggiava su di me come una fastidiosa nuvola nera.

«Ti ringrazio, sei davvero un tesoro, però non posso staccare da qui. E non ti preoccupare, non ho bisogno di consolarmi. Non sto aspettando il principe azzurro... al massimo la principessa.»

Per un attimo rimasi senza parole, poi sorrisi. «Be', allora abbiamo già qualcosa in comune.»

Scoppiammo a ridere.

«Senti, dimmi tutto quello che sai su questa Emma» riprese lei. «Io vivo a Bali da tre anni, magari riesco a darti una mano nella tua ricerca.»

Era bello che la gente si interessasse a me e mi volesse aiutare, senza giudicarmi, senza chiedere niente in cambio. Era proprio bello.

«Non so molto sul suo conto. Ti assomiglia un po' fisicamente, si chiama Emma, ma non credo sia inglese o australiana. Forse è francese? Ma non so, in realtà ha un accento molto lieve. Potrebbe anche essere sudamericana. Diamine, non me la ricordo nemmeno bene. L'ho conosciuta mentre raccoglieva la plastica per terra, in spiaggia...»

«Davvero? Raccoglieva i rifiuti?»

«Sì.»

«Allora forse c'è un posto dove potresti andare a chiedere.»

Prese un foglietto da sotto il bancone e scrisse un nome e un indirizzo.

«Lui si chiama Made. È un signore balinese che gestisce un'associazione, qui a Canggu, che si occupa di ripulire le spiagge dai rifiuti e sensibilizzare la popolazione locale a vivere in modo più rispettoso nei confronti dell'isola.»

Presi in mano il bigliettino.

«Grazie, Emily. Ti auguro il meglio.»

«Puoi chiamarmi Emma. Buona fortuna, spero davvero che riusciate a trovarvi. E non ho dubbi, l'amore trova sempre un modo di realizzarsi. Specialmente qui.»

Amore? Addirittura? Ma no... volevo solo ricontrarla. Non ero...

Non terminai nemmeno il pensiero, anche se, mi resi conto, stavo sorridendo.

Scossi la testa e uscii dal negozio.

Made mi accolse nella sede della sua associazione con un largo sorriso e una pacca sulla spalla. Era un uomo sui cinquant'anni, vestito con un abito tradizionale bianco, basso di statura ma pieno di energia e voglia di fare, lo si capiva all'istante.

«Sei qui per diventare un volontario, Lucas?» mi chiese storpiandomi il nome.

Evitai di correggerlo.

«Non proprio... però ogni giorno dedico mezzoretta a raccogliere i rifiuti.»

«Ottimo, allora sei già un volontario!»

Sorrisi.

«Perché mi cercavi?»

«Per un motivo un po' strano...» dissi.

E gli spiegai l'intera storia.

«... Quindi mi chiedevo se tu conoscessi una ragazza di nome Emma, che possa corrispondere alla mia descrizione.»

«Certo che la conosco» disse Made con gli occhi grandi e luminosi.

Quasi sobbalzai sulla sedia.

«Emma, la ragazza spagnola, vero?»

Non sapevo se fosse spagnola, però quando lo disse pensai che potesse benissimo esserlo.

«Sì...»

«Non l'ho incontrata molte volte, ma credo che abbia partecipato ad alcune delle nostre manifestazioni. Faccio qualche chiamata, aspettami qui.»

Mi lasciò davanti al tè freddo che mi aveva appena offerto.

Mi guardai attorno. Ovunque, nel suo ufficio, c'erano fotografie di lui insieme a ragazzi, indonesiani e stranieri, che ripulivano le spiagge dai rifiuti e mostravano con orgoglio i sacchi di spazzatura raccolta.

Mi venne naturale chiedermi come fosse possibile che un movimento locale ma così positivo non ottenesse una fama internazionale. Perché non se ne parlava in Europa? Mi avrebbe messo di buon umore sapere che dall'altra parte del mondo c'erano persone come Made. O come Emma. Invece, ogni volta che accendevo la televisione, il mio cervello veniva inondato di cazzate e notizie tragiche. Come se al mondo non esistesse altro. Viaggiare, benché fossi solo all'inizio, mi aveva già aperto gli occhi sulla realtà. I miei pensieri furono interrotti dal ritorno di Made. Aveva di nuovo un sorriso largo sul viso.

«L'abbiamo trovata, amico!» annunciò venendomi incontro e abbracciandomi.

«Davvero?» chiesi io, incredulo e destabilizzato da quel suo gesto di affetto.

«Sì, sì! Emma, la ragazza spagnola. Ho chiamato la coordinatrice del gruppo di volontari e mi ha detto che ora non vive più sul mare. Vive a Ubud e organizza tour sul monte Batur. La puoi trovare là.»

«Un monte?»
«In realtà è un vulcano.»
«Quindi fa i tour su questo... Batur. E dove hai detto che vive?»
«A Ubud!» esclamò Made.
Io annuii, abbassai lo sguardo, mi grattai il mento e iniziai a ragionare.
«Cosa aspetti, Lucas?» disse Made. «Corri a Ubud!»

22

Il mio viaggio a Bali stava diventando una caccia al tesoro. Anzi, una "caccia a Emma".

Stavo facendo qualcosa di così assurdo che, se me lo avessero raccontato, non ci avrei creduto io stesso. Tornai a Uluwatu giusto il tempo di chiudere Quercia e lasciare con un po' di tristezza il mio bungalow. Una piccola casetta spartana e in mezzo ai suoni della natura, minimalista. Ma era il momento di ripartire. Destinazione: Ubud.

Prima, però, dovevo ripassare dal centro di Kuta, che trovai ancora meno attraente dopo aver vissuto intensamente Uluwatu e aver visto di sfuggita Canggu. Dovevo infatti lasciare lo scooter, saldare i giorni extra che avevo chiesto e, soprattutto, riavere indietro il mio passaporto.

Vista l'ora, decisi di pranzare in un piccolo ristorante poco distante dall'affollata spiaggia di Kuta.

Osservando i surfisti, pensai ancora una volta che mi sarebbe piaciuto provare a cavalcare le onde. Però mi sembravano tutti così bravi... avrei sicuramente fatto una figura pessima in mezzo a loro.

Dopo pranzo, tirai fuori la guida. La sfogliai e scrissi qualche appunto sul mio quaderno, che stava diventando una specie di diario di viaggio. Mi dissi che al di là della mia ricerca di Emma, Ubud doveva essere un bel posto. Veniva descritto come un luogo immerso nella vegetazione ed era da anni il punto di ritrovo per appassionati di yoga, meditazione, spiritualità e forme alternative di arte. Secondo alcuni, a Ubud si trova l'epicentro di tutta l'energia di Bali.

Non sapevo se fosse vero, e sicuramente il vecchio Luca avrebbe riso di quelle "cose da fricchettoni", ma adesso, considerando che avevo trasformato il mio viaggio a Bali nella ricerca di una ragazza che non riuscivo a togliermi dalla testa e di cui non conoscevo praticamente niente, non mi sentivo nella posizione di giudicare chi crede in "qualcosa di più grande".

Non stavo forse credendo anch'io in qualcosa che andava oltre ogni forma di razionalità?

Per muovermi, questa volta presi un minivan. Avevo l'impressione che a Ubud ci sarei potuto rimanere un giorno come un mese, e se mi fosse servito uno scooter lo avrei potuto affittare direttamente lì.

Il minivan ci impiegò un'ora e mezzo per arrivare a destinazione, e io passai quel tempo osservando il panorama dal finestrino. La vegetazione, in quella zona, era più rigogliosa e vidi diversi templi induisti, e anche tante risaie.

L'autista, l'ennesimo balinese sorridente e gentile, si scusò più volte per il ritardo e disse che la colpa era del traffico. Effettivamente c'erano auto e scooter ovunque. Gli dissi che non c'era fretta, perché avevo tempo a disposizione.

Lui rise, ma io pensai che era la prima volta nella mia vita in cui avevo effettivamente tanto tempo per me. Se scegli un'esistenza normale, probabilmente non ti capiterà mai di godere di tutto quel tempo libero, se non una volta in pensione. Mi sentii orgoglioso di essermi ritagliato una parentesi di libertà, ben prima di avere sessanta o settant'anni.

Il minivan lasciò me e gli altri sei turisti che avevano viaggiato con me davanti a un supermercato sulla via principale di Ubud. Proprio alla fine di quella strada, in salita e molto trafficata, soprattutto da scooter, si trovava la guesthouse che avevo individuato per il mio soggiorno lì. Il marciapiede era stretto e la pavimentazione pessima, piena di buche che sembravano voragini. Quando arrivava qualcuno dalla direzione opposta dovevo stringermi da un lato e farlo passare, perché in due non ce l'avremmo mai fatta. In cambio, però, ricevevo sempre un "grazie" che mi scaldava il cuore.

A Ubud non c'erano surfisti, ma molte ragazze erano vestite con pantaloni da yoga e top sportivi. Quasi tutti i balinesi, invece, indossavano abiti tradizionali: gli uomini con gli stessi copricapi bianchi e i parei che avevo visto a Uluwatu, le donne con abiti lunghi e colorati, stretti in vita da fasce e con le spalline leggermente sporgenti. Tutte avevano lunghi capelli neri, quelle meno giovani li tenevano acconciati in modo elaborato dietro la nuca. Le ragazze, invece, avevano semplicemente la coda di cavallo.

Finalmente, dopo mezz'ora di camminata in salita con lo zaino sulle spalle, arrivai a destinazione. L'ingresso della guesthouse si raggiungeva salendo tre ripidi scalini in pietra: l'ultima prova da affrontare.

Misi la mano in mezzo ai due battenti di legno che componevano la porta e spinsi. Mi ritrovai in un piccolo paradiso: uno stagno al centro e tutto intorno la struttura alberghiera che in realtà sembrava una casa su tre piani. Su ognuno dei lati, vedevo le porte delle stanze.

«Hello!»

Mi girai, a parlare era stata una signora tra i quaranta e i cinquant'anni, rotonda e sorridente, con i capelli nerissimi. Non indossava gli abiti tradizionali, ma una maglietta sporca e dei pantaloni bianchi, e in braccio teneva un bambino nudo e con la faccia sporca di cioccolato. Mi chiesi se fosse suo figlio o suo nipote.

La salutai con un cenno della mano e lei mi disse: «Benvenuto a Ubud!».

Quindi mi portò alla mia stanza, passando per un piccolo spiazzo con un tavolino e due sedie. Notai molti simboli induisti, alcuni intagliati nel legno della porta, altri scolpiti nella roccia. Da lì c'era una vista stupenda su gran parte di Ubud: le case basse, il cielo infinito e senza nuvole.

La stanza, che raggiunsi salendo ripide scale fino al primo piano, era spartana, ma molto ben tenuta e pulita. C'erano un letto matrimoniale, il bagno privato e una minuscola scrivania. Dal soffitto pendeva un ventilatore a pale. Il pavimento era lucido e lindo. Costava solo dieci euro a notte.

«Se hai bisogno di qualsiasi cosa vieni pure a chiedere. Io e la mia famiglia viviamo qui sotto» disse la signora sorridendo.

La ringraziai. Quindi buttai lo zaino in un angolo e mi feci una doccia.

Poi uscii, finalmente senza pesi sulla schiena.

La visita confermò la prima impressione che avevo avuto di Ubud. Era un bel posto, meno caotico di Kuta e pieno di persone provenienti da ogni parte del mondo. La vegetazione era ovunque, le piante rampicanti avvolgevano i templi, gli alberi offrivano un po' di ombra su un lato della strada. Il paragone con la mia città, il suo cemento onnipresente e i suoi alberi spogli, era impietoso. Ero proprio felice di essere lì, ma non solo: ero proprio felice di non essere dov'ero prima.

A un certo punto mi trovai di fronte a un'enorme foresta chiamata "Monkey Forest".

Un ragazzo balinese mi vide interessato e mi spiegò che si trattava di un santuario dove le scimmie sono padrone di casa e gli esseri umani semplici ospiti.

«Le scimmie possono fare tutto ciò che vogliono lì dentro, infatti se entri con gli occhiali da sole in testa te li rubano. Rubano tutto, quelle maledette. Ti potrebbero rubare anche il portafogli!»

«Ma allora perché dovrei andarci?» chiesi.

«Perché non esiste nessun posto del genere in nessun'altra parte del mondo! Ti rendi conto...? Un posto dove comandano le scimmie. Comunque basta che chiudi tutto nello zaino e vedrai che non ti ruberanno niente.»

Quel ragazzo aveva ragione: in molte altre zone del mondo, è il turista a essere sacro, mentre gli animali sono sfruttati per intrattenerlo. Forse anche in alcune zone di Bali era così, ma avevo capito che lì c'era comunque una maggiore sensibilità verso gli animali. Avevo visto, per esempio, molti balinesi dar da mangiare ai cani randagi e osservarli sorridenti mentre divoravano tutto quello che trovavano nella ciotola.

Il ragazzo provò a vendermi i biglietti per il santuario, ma rifiutai. Gli dissi che era quasi ora di cena e avevo fame.

E, in realtà, ero venuto a Ubud per tutt'altro motivo.

Dormii vergognosamente bene anche a Ubud e al mattino mi svegliai carico di speranze: Emma doveva essere lì, per forza.

Nella mia testa era ancora un mistero il motivo per cui la stessi cercando senza sosta. Cosa dovevo dirle? Cosa volevo sapere da lei?

Nel mio cuore, invece, c'era meno confusione.

Scesi al piano inferiore della guesthouse e trovai la signora rotonda che cucinava all'aperto. La salutai e lei mi chiese: «Dove stai andando? Non mangi?».

E così scoprii che la colazione era inclusa nei dieci euro a notte. Mangiai pane tostato e uova, e assaggiai per la prima volta il caffè tradizionale balinese. Il cibo era ottimo, ma il caffè era troppo diverso da ciò a cui ero abituato. Metà della tazza era composta dai residui che restavano sul fondo. Lo finii, ma decisi che dall'indomani avrei preso un tè.

Dedicai la mattinata a girare per le agenzie turistiche. In base a quanto mi aveva detto Made, Emma era una ragazza spagnola che faceva la guida turistica nei tour sul monte Batur. Erano informazioni preziose per ritrovarla. Mi spostai a piedi, senza prendere lo scooter e senza darmi obiettivi precisi. Semplicemente, ogni volta che vedevo il cartello di un'agenzia turistica, mi fermavo e chiedevo informazioni a proposito dei tour sul monte Batur. La prendevo molto alla larga, come se fossi interessato solo all'esperienza di viaggio.

Dall'altro lato mi parlavano con entusiasmo di questo trekking che iniziava in piena notte e si concludeva con l'arrivo in cima al monte, che è anche un vulcano attivo, in tempo per vedere l'alba. Poi, a un certo punto, chiedevo chi fossero le guide dei tour. Quando mi dicevano con orgoglio che si trattava di guide escursionistiche balinesi, non sapevano che con quelle parole spegnevano ogni possibilità che acquistassi il biglietto.

Io stavo cercando un tour tenuto da una ragazza spagnola di nome Emma.

Girai per una dozzina di agenzie turistiche, praticamente tutte quelle che trovai sulla via principale di Ubud. Ma ogni volta la risposta era sempre la stessa: «Le guide sono balinesi».

A un certo punto tirai fuori una faccia tosta che non pensavo di avere e chiesi se in passato ci fosse stata una ragazza di nome Emma a condurre i tour. Tutti mi dissero di no, di non aver mai sentito di una ragazza occidentale impegnata in quel genere di attività. Una signora scosse addirittura la testa con vigore e sentenziò: «È impossibile».

Così, nel giro di poche ore, l'ottimismo del mattino sparì e mi ritrovai tremendamente giù di morale. La mia missione sembrava destinata a fallire.

Mi fermai a mangiare a pranzo nel primo posto che trovai. Ordinai una *bowl*, una ciotola di cibo vegetariano. Era delizioso ma non riuscivo a godermelo. Mi sentivo impotente.

"Made potrebbe benissimo essersi sbagliato" pensai. "In fondo sto cercando una ragazza che agli occhi degli altri è uguale ad altre migliaia che ci sono qui."

Dopo pranzo non avevo voglia di proseguire, ma mentre camminavo in mezzo a migliaia di altri turisti, mi ricordai all'improvviso di quel ragazzo di non so dove che aveva tappezzato tutte le fermate della metropolitana per ritrovare una ragazza di cui si era innamorato. Era diventato un caso mediatico e alla fine lui l'aveva trovata.

Potevo fare la stessa cosa e tappezzare Bali di volantini?

Sul mio avrei potuto scrivere: "Ciao, sono Luca. Sono un viaggiatore solitario che ha incontrato una ragazza speciale su una spiaggia. Ora, però, sono a Ubud, perché mi hanno detto che teoricamente vive qui. Ha gli occhi color cielo e lunghi capelli castani. Dovrebbe chiamarsi Emma. Non ricordo molto altro. Potresti aiutarmi a trovarla?".

Patetico, pensai. Patetico e inutile. Non l'avrei mai trovata senza altre informazioni. Nemmeno sui social: come potevo cercarla senza un cognome? Dovevo guardare tutte le foto su Instagram con il geotag di Bali? E se non stesse usando Instagram come non lo stavo usando io?

"Cazzo, milioni di anni di progresso e tecnologia... che non servono a niente!" pensai. Ero disperato.

Sbuffai mentre tornavo con la testa bassa verso la guesthouse. Chissà che storia aveva alle spalle... Cosa ci faceva a Bali? Anche lei era impegnata in un lungo viaggio? E perché aveva scelto di venire qui? Chissà cosa faceva nella vita...

Tornai in camera e ci passai tutto il pomeriggio, sdraiato sul letto, a fissare il soffitto.

Ero triste in un modo in cui non ero mai stato. Avrei voluto fregarmene e non provare nulla. Ma non ci riuscivo. Avevo male dentro, da qualche parte tra il cuore e lo stomaco. E anche se c'era una parte di me che continuava a dirmi quanto fosse ridicolo, io non potevo farci niente. Non potevo alleviare quel dolore, né dimenticarmi di tutto quanto.

"Con tutte le emozioni che provo, sicuramente stanotte non chiuderò occhio" pensai.

Invece cenai in camera con cracker e biscotti guardando una serie tv su Netflix per distrarmi, poi mi feci una doccia e quando mi sdraiai nel letto crollai come un bambino.

Passai un paio di giorni a Ubud, girovagando come un fantasma.

Cercavo Emma in ogni ragazza occidentale che incontravo e, ogni volta che passavo di fianco a una serie di scooter parcheggiati, speravo di vedere un adesivo dei Nirvana.

Spinto dalla disperazione, avevo chiesto in giro di lei, non solo nelle agenzie turistiche ma ovunque: nei bar, per strada, dentro i templi, ai venditori ambulanti, persino al supermercato.

Chiedevo se avessero visto una ragazza con gli occhi color cielo. Alcuni non mi risposero nemmeno e se ne andarono infastiditi. Altri mi sorrisero con compassione e si dissero dispiaciuti di non potermi aiutare.

Una ragazza con i rasta, il piercing all'ombelico e una lunga gonna colorata ascoltò il mio delirio e mi abbracciò forte. Mi disse che ero davvero una bella persona e che l'avrei trovata. Un anziano signore balinese, invece, mi disse che avrebbe fatto una donazione agli dèi per me, affinché ci riuscissi. Mi dovetti trattenere dall'abbracciarlo, fu commovente sentire quelle sue parole.

La mia era un'impresa disperata e non riuscivo a capire perché ci provassi ancora. Poi mi resi conto che la frustrazione era ormai diventata una tristezza profonda che proprio non potevo accettare. Non avevo mollato tutto per andare dall'altra parte del mondo a deprimermi, oltretutto per qualcosa di così inconsistente.

Un giorno mi alzai e mi dissi che la speranza di incontrarla di nuovo era così flebile che a quel punto dovevo cominciare a nutrire una speranza diversa: dimenticarla. Sì, dovevo togliermela dalla testa o non sarei mai più stato felice.

Ed ecco che l'Universo sembrò darmi un assist, una via di fuga.

Dopo aver fatto colazione me ne stavo seduto su un muretto a non fare niente.

Pensai di scrivere un messaggio a mia madre, che continuava a contattarmi solo per dirmi quanto fosse preoccupata per me. Non tanto per il mio viaggio, ma per il mio futuro. Mi metteva l'ansia leggere i suoi lunghissimi sms in cui sostanzialmente mi spiegava che avevo sbagliato tutto e sarei dovuto tornare a casa il prima possibile. L'avevo anche chiamata attraverso Skype, una sera, ma quando aveva iniziato a dire che forse, se mio padre avesse messo una buona parola, avrei potuto trovare lavoro in un'azienda farmaceutica, mi ripromisi che non l'avrei sentita per un po'. Non avevo bisogno di tutta quella negatività e quel pessimismo.

Dopo averle scritto un messaggio veloce, controllai distrattamente le email e vidi che ce n'era una, promozionale, dello stesso sito su cui avevo prenotato il volo per Bali. Il titolo del messaggio catturò la mia attenzione: "Voglia di Australia? Le nostre migliori offerte per la terra dei canguri".

La aprii, ma i voli erano tutti in partenza dall'Italia. Decisi, per curiosità, di controllare quanto costassero i voli per l'Australia partendo da Bali, che non era poi così distante. Selezionai come aeroporto quello di Perth, il più vicino e scoprii che costavano davvero poco, attorno ai cento euro.

Con lo sguardo perso da qualche parte davanti a me mi tornò in mente il mio vecchio sogno di visitare tutta quella nazione *on the road*. Avrei potuto affittare un fuoristrada e girare tra deserti e oceani per mesi, vivendo con poco e prolungando quell'avventura il più possibile.

All'improvviso, quell'idea mi sembrò semplicemente perfetta. Non ne potevo più di cercare una ragazza che non avrei trovato mai. E poi non c'era nessuno che mi trattenesse a Bali. Avevo la mia vita in mano. Era ora di andare avanti.

Sì, volevo fare un giro bello largo e assaggiare il più possibile dal grande buffet che il pianeta Terra mi stava mettendo a disposizione. Per quanto me ne fossi innamorato, Bali sarebbe stata solo la prima tappa di quell'avventura.

Selezionai un volo che sarebbe partito di lì a dieci giorni e, senza pensarci troppo, lo prenotai. Da Bali a Perth.

Provai un brivido di emozione: dopo anni a fantasticare, avrei finalmente visto l'Australia.

"Forse la vita andrebbe vissuta così" mi dissi quando ripresi a camminare, un po' scosso per quel gesto impulsivo. "Forse dovremmo fare quello che ci dice il cuore senza pensare più di tanto alle conseguenze. A furia di aspettare il momento giusto non si combina nulla."

Non potevo immaginare che di lì a poco sarebbe successo qualcosa che avrebbe spazzato via quei pensieri.

Una tempesta che avrebbe trasformato tutto ciò che avevo vissuto fino a quel momento nell'introduzione al vero e proprio libro della mia vita.

23

Era primo pomeriggio e stavo tornando in camera. Sudato e accaldato com'ero, non vedevo l'ora di farmi una doccia fredda, prendere il mio quaderno e iniziare a pianificare il grande sogno australiano.

Il sole era alto nel cielo e picchiava forte così, alla ricerca di un po' di ombra, svoltai a destra oltre il muro di un tempio, ritrovandomi su una stradina stranamente isolata.

Fu dopo aver fatto qualche passo che vidi qualcosa muoversi sul marciapiede, nei pressi di uno scooter parcheggiato. Subito pensai si trattasse di un topo – a Ubud ne avevo visti di grossi e parecchio spaventosi. D'istinto mi allontanai. Solo per rendermi però conto, guardandolo da un'altra prospettiva, che non era un topo. Sembrava piuttosto un peluche grigio che si muoveva... e rantolava.

Un gatto? No, quando mi avvicinai scoprii che era un cane. Un cucciolo grigio. Era sdraiato contro il marciapiede e respirava con affanno. Era denutrito, le costole ben in vista, e notai qualche pulce che saltava allegramente sul suo pelo. Ma soprattutto, aveva la zampa posteriore destra piegata in maniera innaturale.

Il suo lamento e quei suoi occhi socchiusi per il dolore mi strinsero il cuore. Mi avvicinai ulteriormente, e solo a quel punto il cane si rese conto della mia presenza.

Si girò, spalancandomi due bellissimi occhi azzurri.

Restai senza fiato. Quelli erano gli occhi di... Emma. Solo un po' più blu.

Un attimo dopo scossi la testa e pensai: "Hai davvero perso la testa, Luca".

Mi concentrai di nuovo sul cane, che ora mi guardava con un'aria sospettosa. Forse avrebbe voluto scappare, ma era troppo debole per farlo. E aveva bisogno di aiuto. Dormiva contro il marciapiede lercio, in una zona probabilmente infestata da insetti e ratti. Non sarebbe mai sopravvissuto da solo.

"Che faccio?" pensai. "Lo prendo con me? E dove lo porto?"

Mi venne in mente che alcuni giorni prima, durante le mie ricerche, mi ero imbattuto nel cartello di un'associazione di volontari che si occupava dei tanti cani randagi di Bali. Non era distante da lì. Potevo portarlo personalmente e salvargli la vita.

«Una volta non volevi fare il veterinario, Luca?» dissi ad alta voce.

Quindi mi chinai e presi in braccio l'animale, incurante dell'odore che aveva e delle pulci. Cercai solo di tenermelo il più possibile distante dai capelli.

Non appena lo presi in braccio smise di lamentarsi e prese a guardarmi con occhi grandi e speranzosi, strappandomi un sorriso.

«Che bravo che sei diventato» gli dissi dolcemente. «Ora ti porto in un posto dove si prenderanno cura di te.»

Camminai per circa un chilometro con in braccio il cane – che, nel frattempo, avevo appurato essere un maschio. Una ragazza balinese mi vide e mi disse di aspettare un istante. Sparì all'interno del suo negozio e quando tornò mi porse un asciugamano dicendomi di avvolgercelo dentro. Mi ringraziò per quello che stavo facendo e io ringraziai lei.

Davanti alla sede dell'associazione c'era un cane appisolato. Appena si accorse di me sollevò la testa incuriosito dal fagotto che avevo in braccio.

All'interno, una signora occidentale sedeva dietro a una scrivania.

«Buongiorno» le dissi. «Ho trovato questo piccoletto e credo proprio che abbia bisogno di aiuto.»

La donna si tolse gli occhiali ed esaminò il cane. Assunse un'espressione sconsolata.

«Certo che ha bisogno di aiuto. Grazie per averlo portato qui. Più tardi, o al massimo domani, lo portiamo in ambulatorio. Per il momento puoi lasciarlo in quella gabbia.»

Guardai la gabbia che la donna mi aveva indicato e mi immaginai quegli occhioni dietro le sbarre, i suoi lamenti. Mi dispiaceva lasciarlo lì. Non volevo ammetterlo, ma mi ero già affezionato...

«Dov'è l'ambulatorio?» chiesi.

«A cinque chilometri circa, in fondo a questa strada.»

Guardai fuori dal negozio e vidi una serie di scooter parcheggiati.

«Facciamo così: se posso prendere uno scooter in prestito ce lo porto subito.»

La donna mi squadrò dalla testa ai piedi.

«Davvero?»

«Davvero.»

«Ma sai guidare lo scooter?»

Sorrisi e distolsi lo sguardo. Poi la fissai negli occhi con sicurezza.

«Signora, sono italiano. Come potrei non saper guidare uno scooter?»

Lei rise, come a dire: "Guarda che personaggio!".

«Va bene, grazie» disse prima di consegnarmi le chiavi. «Stai attento a non far cadere il cane, mi raccomando.»

Presi le chiavi e partii. Tenevo il cagnolino in braccio con la parte sinistra del corpo, mentre con la destra guidavo. Era maledettamente pericoloso, non proprio il massimo, visto che il cane aveva la zampa rotta, ma andai piano e alla fine riuscimmo ad arrivare sani e salvi.

Riconobbi subito la struttura, perché l'insegna recava il

simbolo di un cane. Bussai alla porta, bianca come il resto dell'edificio, piuttosto decadente.

Qualche secondo dopo venne ad aprirmi un ragazzo con indosso un camice verde macchiato qua e là di sangue.

«*Yes?*», dall'accento sembrava tedesco.

«Ho trovato questo cane, credo abbia un problema alla zampa. Posso fartelo vedere?»

Lui sbuffò, come a dire che non poteva sottrarsi alle sue responsabilità.

Mi fece cenno di entrare e lo seguii. Dentro c'era una sorta di reception, con una scrivania su un lato e una panca dall'altro.

«Siediti lì. Ora devo finire un'operazione importante, ti mando un volontario» disse col tono di chi è molto indaffarato.

«Va bene.»

Mi sedetti sulla panca. Non c'era nessun altro.

Guardai il cane, che a sua volta mi guardava con occhi curiosi. Lo stuzzicai con un dito, sfiorandogli il muso. Sentii che, sotto l'asciugamano, scodinzolava. Gli accarezzai la testa e vidi che i suoi occhi iniziavano a chiudersi per la stanchezza.

«Davvero dormi?» gli chiesi. «Se dormi dopo non ti curano!»

Sorrisi, direttamente dal cuore. Restai in attesa per un quarto d'ora. Poi ricomparve il veterinario, aveva l'aria stravolta.

«Ma non è ancora venuto nessuno a vedere il cane?» mi chiese allarmato.

«No...»

«*Jesus!*» urlò, e poi scomparve.

Guardai il cane. Mi sembrava che sorridesse anche lui. Era bello avere quella piccola creatura indifesa tra le mani. Dipendeva da me e si fidava, con quella fiducia che noi umani non abbiamo. Nel suo sguardo c'erano serenità e gratitudine. Era bello aiutare un essere disposto a farsi aiutare, mi dissi. Tra noi umani è sempre tutto complicato: devi chiedere il permesso, fare attenzione a non offendere nessuno, valutare mille fattori. Il cucciolo sbadigliò, e per la prima volta pensai: "E se me lo tenessi?".

In quel momento la porta si aprì, lasciando entrare una ragazza vestita con pantaloni e camice verdi come quelli che indossava il veterinario tedesco, una retina in testa e una mascherina a coprirle il volto. Sembrava fosse appena uscita dalla sala operatoria.

«*Yes?*» mi disse mentre ancora chiudeva la porta.

Io mi alzai e mi avvicinai a lei. Aprii leggermente l'asciugamano per mostrarle il cane.

«Oltre alle pulci, credo che abbia una zampa rotta. E poi è molto magro. Forse sarebbe megl...»

Mi bloccai, come se fossi improvvisamente diventato di pietra. Fermo e immobile, l'unica cosa che si muoveva era il mio cuore, che iniziò a spingere come un treno lanciato alla massima velocità.

Non le vedevo il volto, né i capelli raccolti dentro la retina. Non avevo sentito bene il tono della sua voce a causa della mascherina che aveva sulla bocca. Ma gli occhi li vedevo bene.

Erano *quegli* occhi.

Lei mi guardò e le mie gambe divennero molli. Non solo perché l'avevo trovata, ma perché ebbi l'impressione che anche per lei quell'incrocio di sguardi significasse qualcosa di più, che anche lei sentisse qualcosa. Nei suoi occhi che sapevano di mare e sembravano azzurri come il cielo, ne ero sicuro, c'era stato come un balenio di luce.

Il tempo si fermò e tutto smise di esistere al di fuori di noi due.

Era lei, Emma. L'avevo ritrovata.

24

Non potevo credere di averla davanti a me.

L'avevo cercata ovunque e alla fine l'avevo trovata per puro caso.

Ma poteva davvero essere solo una coincidenza? Oppure quel momento era parte di un disegno più grande, magari orchestrato da quell'isola magica dove entrambi ci trovavamo nello stesso momento della vita pur non essendo nati e cresciuti lì?

Fu lei a distogliere lo sguardo. Osservò il cane per un attimo, con un'espressione confusa. Poi tornò a guardarmi.

«Ma... non ci siamo già visti?» mi chiese.

«Ehm... credo di sì» dissi io, imbarazzato.

Non potevo mica dirle che da giorni non facevo altro che pensare a lei. Oppure sì? D'altronde, a comportarmi da persona normale, di quelle che pensano prima di parlare e calibrano ogni parola e gesto, cosa avevo ottenuto? Una vita basata su mille piccole bugie e su una profonda infelicità.

Mi presi un attimo, però lei mi anticipò.

«Ma tu sei il ragazzo della spiaggia!» disse sorridendo.

Sorrideva con tutto il volto. Sapevo che per molti era solo una delle tante ragazze che vedi ovunque a Bali, ma ai miei occhi... be', ai miei occhi era di una bellezza sconcertante, e il suo sorriso illuminava tutto dentro di me.

«Ti ricordi di me?» le chiesi stupito.

«Come potrei dimenticarmi? Innanzitutto mi avevi fatto una bella promessa. E poi ti sei comportato da stronzo, è difficile dimenticarlo.»

Quasi sussultai su quelle parole. Io mi ero comportato da stronzo? E cosa avevo fatto?

Come se mi leggesse nel pensiero, disse: «Te ne sei andato senza nemmeno salutarmi, senza nemmeno dirmi come ti chiami. Sparito nel nulla».

Solo in quel momento mi resi conto che era vero. Ero stato io ad andarmene quando l'avevo vista avvinghiata a quel surfista. Mi ero sentito fuori posto, infastidito. E sì, ero scappato. Non l'avevo mai vista in quel modo, ma era proprio così.

«Diamine, hai ragione» mormorai. «Che maleducato... in ogni caso mi chiamo Luca» Poi mi ripresi: «E sappi che ho provato a rimediare».

«In che senso?»

«Sono qui a Ubud proprio per te.»

Lei fece un'espressione sorpresa, adorabile.

«Sei a Ubud per me?»

«Proprio così, ma è una lunga storia. Potrei raccontartela più tardi, se ti va.»

Lei abbassò lo sguardo sul cane, con le guance un po' rosse.

«Allora, cos'ha questo piccoletto?» mi chiese poi, senza rispondere al mio invito. Mi ero completamente dimenticato di lui. "Scusa, cagnolino" pensai.

«Credo abbia la zampa rotta» risposi.

Lei gliela esaminò, senza stringerla ma tenendola appoggiata ai polpastrelli. Notai che non aveva lo smalto sulle unghie, ma che erano comunque curate. Aveva dei graffi su una mano e uno strano simbolo tatuato sul polso, che non avevo notato al nostro primo incontro, forse perché coperto dai braccialetti che indossava.

Eravamo vicinissimi, potevo sentire il suo respiro, e mi sembrò di sentire anche il suo profumo. Sapeva di cocco. Era commovente averla lì, così vicina, dopo averla sognata per tanti giorni. Mi girava la testa.

«La zampa è messa molto male» disse lei raddrizzandosi. «Non solo è rotta, c'è anche un'infezione. Credo che sia stata schiacciata da qualcosa.»

«Oh...» dissi io.

Il cane guardava un po' me e un po' lei come se anche lui fosse in attesa del responso.

«Dobbiamo operarlo» concluse lei con un'espressione sconsolata.

«Lo opererai tu?»

«Io? No, io non sono mica una chirurga. Non sono neanche una veterinaria. Sono una volontaria.»

«Davvero?»

«Sì, do una mano in questo ambulatorio. Ne hanno davvero bisogno.»

«Ci credo, ho visto quanti cani randagi ci sono in giro.»

«Infatti, la situazione è drammatica. I veterinari qui fanno un lavoro pazzesco, ma non basta, ogni giorno è una montagna da scalare.»

Annuii e restammo in silenzio per un po', osservando il cane mentre lei lo accarezzava sulla pancia. Io, a dirla tutta, un po' guardavo lui e un po' lei.

«Dove lo hai trovato?» mi chiese interrompendo il silenzio.

«Cosa?» risposi io, imbambolato.

Sorrise.

«Il cane.»

«Ah, il cane! L'ho trovato vicino al grande tempio che c'è alla fine del mercato.»

«E lo hai portato subito qui?»

«Prima alla sede di un'associazione. La signora mi ha prestato lo scooter.»

Lei sorrise. «Sei una brava persona» disse.

E mi mise la mano sul braccio. Era la seconda volta che la nostra pelle si incontrava dopo la stretta di mano e dentro di me era in corso la tempesta del secolo.

«Vuoi lasciarmelo ora?» mi chiese.

«Cosa?»

Sorrise di nuovo, stavolta inclinando la testa, come se scherzassi.

«Il cane.»

«Oh, il cane! Certo...»

"Che stupido..." mi dissi.

«Grazie, ora ce ne prendiamo cura noi» fece lei.

«Aspetta... ma in che senso?» domandai, come tornato di colpo alla realtà. «Non potrò più rivederlo?»

«Perché, ti piacerebbe?»

«Sì, sai, seguire la sua guarigione... Mi sono affezionato.»

Lei piantò i suoi occhi azzurri nei miei. Mi scrutò per un istante, poi disse: «Okay, allora. Passa domani pomeriggio. Ci sarà Thomas e ti dirà com'è andato l'intervento».

Immaginai che Thomas fosse il veterinario tedesco, quello agitatissimo che avevo visto poco prima.

«E tu ci sarai?»

Era una domanda sfacciata. E mi aspettavo che lei arrossisse. Invece mi fissò con un'espressione seria.

«Io? Non ci sarò.»

Restammo in silenzio per un secondo.

«Ma tu vuoi venire a trovare il cane o me?» chiese poi.

Lei sì che era diretta e sfrontata, molto più del sottoscritto.

Tanto che fui io ad arrossire.

Ma mi buttai: «Facciamo così: domani verrò a vedere come sta il cane. Ma tu stasera vieni a cena con me. Perché sì, te lo dico in tutta onestà: mi piacerebbe conoscerti. Fin dal primo momento in cui ti ho vista ho desiderato sapere qualcosa in più su di te».

Mostrò solo un attimo di incertezza, quando si morse il labbro e distolse lo sguardo verso terra. Per il resto resse il mio sguardo senza lasciar trasparire i suoi sentimenti. Avevo già intuito che fosse una ragazza diversa da qualunque altra avessi mai incontrato, ma proprio per questo motivo temetti che mi dicesse di no, senza mezze misure. Trattenni il fiato.

«Va bene» disse alla fine. «Ma niente rose rosse o cose simili. Solo io e te, così come siamo fatti. Senza sembrare meglio di ciò che siamo. Niente promesse, niente poesie, niente pianificazione. Solo io e te, così come siamo fatti. Se è così, ci sto. Altrimenti, te lo dico subito, non ne vale nemmeno la pena.»

«Ci sto: io e te. Senza filtri.»

Mi sorrise, ma era un sorriso incerto, forse spaventato.

«Ci vediamo davanti all'associazione? Poi da lì andiamo a mangiare da qualche parte. Alle sette? Che ne dici?»

Lo dissi tutto d'un fiato, come se temessi che potesse cambiare idea.

«*Deal*» rispose lei.

Ci guardammo ancora un attimo negli occhi.

«Bene. Ci vediamo stasera.»

Passai il pomeriggio sdraiato sul letto, a guardare il soffitto con un sorriso enorme stampato in faccia e il cuore leggero che vagava su strade inesplorate.

«E così esiste davvero» dissi rivolgendomi a Quercia. Era appoggiato per terra, contro il muro. Fermo ad ascoltare i miei deliri d'amore. «Sai, non ci speravo nemmeno più. Credevo fosse stata un'allucinazione. E invece...»

Ripercorsi per la decima volta tutto ciò che era successo quella mattina e mi assicurai che anche quello non fosse stato solo un sogno. Non lo era: il cane, l'ambulatorio e l'incontro con Emma... era tutto reale. Ed era ancora più reale l'appuntamento che le avevo strappato per quella stessa sera.

Tuttavia, per quanto fossi felice, mi agitava l'idea di ritrovarmi a tu per tu con lei, senza nessun cane tra di noi, senza distrazioni. Soprattutto dopo quella strana frase che aveva detto poco prima che ci salutassimo.

Io e te, così come siamo fatti. Senza sembrare meglio di ciò che siamo.

Ero un po' spaventato dall'idea che essere me stesso significasse allontanarla. Ma non avevo alternative, anche solo per il rispetto verso qualunque cosa provassi nei suoi confronti, quel sentimento che mi aveva portato a girare come una trottola per Bali alla sua ricerca.

Dovevo essere Luca e basta.

Alle cinque e mezzo mi alzai, mi feci una lunga doccia,

mi rasai e scelsi la camicia migliore tra quelle che avevo nello zaino, bianca. Fortunatamente non era poi così stropicciata. Indossai dei pantaloni lunghi e le scarpe da ginnastica. Mi spruzzai anche un po' di profumo, ringraziando di averlo portato con me.

Poi presi lo smartphone e feci alcune ricerche sui migliori ristoranti di Ubud. Volevo portarla nel locale dove ci fosse la vista migliore e dove si mangiasse meglio. Volevo che quel nostro primo appuntamento fosse una serata indimenticabile.

Ne trovai uno con una terrazza che si affacciava sulle risaie. Perfetto.

Quindi presi a noleggio il solito Yamaha di dieci anni con centomila chilometri che affittavano ovunque a Bali, pulii la sella con un fazzoletto per non sporcarmi i pantaloni e mi diressi verso l'ambulatorio del veterinario.

All'ora del tramonto, la vita scorreva lentamente a Ubud. Guidai su strade strette e trafficate, in mezzo ad antichi templi induisti e i tanti alberi le cui chiome erano cullate da un vento leggero. Anziane signore rimettevano a posto le offerte floreali che creavano e vendevano durante il giorno, intere famiglie sbaraccavano le bancarelle che avrebbero riposizionato nello stesso punto il giorno successivo, gli operai stravolti dormivano sul retro di pick-up sovraffollati e i turisti si dividevano tra coloro che tornavano pigramente in hotel e quelli che già andavano a cena. Il sole colorava ogni cosa di arancione, e io mi sentivo bene come non mai. Un po' teso, molto confuso, ma felice. Già, proprio così: felice. Felice come puoi essere solo prima di vivere un'esperienza che sai già sarà indimenticabile.

Mancavano dieci minuti alle sette quando arrivai a destinazione. Mi tolsi il casco e lo agganciai al manubrio. A Bali non mi ero mai preoccupato che qualcuno me lo potesse rubare, ed era una bella sensazione poter lasciare le mie cose in giro senza dovermi guardare sempre le spalle.

Camminai nervosamente per un po' avanti e indietro sul marciapiede. C'erano molte persone intorno a me: chi usciva da un bar ormai prossimo alla chiusura, chi camminava per andare a cena, chi partiva a bordo del suo motorino. Quando diedi un'occhiata all'orologio erano le sette in punto.

Però lei non era ancora lì. Presi lo smartphone e ricontrollai il percorso per arrivare al ristorante. Lo sapevo a memoria, ormai. Controllai il mio aspetto nel riflesso di un finestrino: con il volto rasato, i capelli pettinati e quella camicia bianca, mi ritenevo vestito in modo sufficientemente elegante. I pantaloni lunghi mi tenevano un caldo tremendo, ma ne valeva la pena.

Guardai l'ora: erano le sette e venti.

Continuai a camminare, sempre più nervoso, facendo finta di osservare gli oggetti su alcune bancarelle.

Poi, nel momento esatto in cui mi dissi che non sarebbe venuta, mi sentii toccare sulla spalla. Due piccoli colpi, come quelli dei cartoni animati.

Mi girai e la vidi. Emma era lì. Non indossava un vestito elegante come mi ero immaginato, non aveva i capelli acconciati in maniera elaborata, né le scarpe col tacco. Non era nemmeno truccata, se non per un po' di matita intorno agli occhi. Indossava una canottiera nera e un paio di shorts di jeans. I capelli erano sciolti e le cadevano sulle spalle. Ai piedi aveva le infradito. Era vestita come la prima volta che l'avevo vista sulla spiaggia.

Ma fu una sorpresa bellissima. Pensai che fosse una ragazza libera da tutte quelle stupide aspettative tipiche del primo appuntamento. Una trappola in cui invece io ero cascato con tutto me stesso: mi sentii un idiota a essermi messo il profumo e la camicia migliore, a essermi acconciato i capelli e tutto il resto. E dire che lei me lo aveva raccomandato: "Io e te: così come siamo fatti". E lei si era presentata proprio così: naturale, vera, senza filtri. Meravigliosa.

Di fronte a Emma, mi tornò in mente Sara. In una frazione di secondo rividi l'immagine di lei che si truccava per mezz'ora ogni giorno davanti allo specchio, seduta con le gambe incrociate. E poi un'altra mezz'ora a provare e riprovare decine di vestiti diversi alla ricerca del look giusto.

Ora avevo davanti una ragazza che al primo appuntamento si presentava in shorts e infradito. Ed ero felice, perché così facendo aveva reso tutto più semplice e spontaneo. Già solo per quel motivo era diversa, speciale. Mi sentii un po' uno stronzo nel fare quel paragone con Sara. Ma, un attimo dopo, mi ricordai che Sara era andata a letto con un altro mentre stavamo insieme, e questo bastò a mettere a tacere ogni senso di colpa.

«Che c'è? Sembri sconvolto» mi disse.

«Niente... davvero, niente. Sono felice di vederti.»

Lei mi abbracciò e io mi paralizzai, stupito ed emozionato. Mi arrivò di nuovo alle narici quell'odore di cocco: erano i suoi capelli? La abbracciai anche io e quando ci staccammo feci per darle due baci di saluto sulla guancia, ma lei si era già divincolata. Evidentemente da dove veniva lei ci si salutava abbracciandosi, proprio come succedeva un po' ovunque a Bali.

Già... ma lei da dove veniva? Me l'ero chiesto tante volte, e forse era arrivato il momento di avere una risposta.

«Emma, posso farti una domanda?»

«Certo, spara.»

«Da dove vieni?»

Lei rise. «È vero, io non so di dove sei tu e tu non sai di dove sono io.»

Poi rimase in silenzio, senza rispondermi.

«E non me lo vuoi dire?»

«No, dovrai indovinarlo.»

La guardai per qualche istante, come per studiarla. Più la osservavo e meno mi sembrava spagnola. Cercai di definirla, di darle un'identità partendo dal suo aspetto fisico. Ma in quel momento pensai che, se mi avessero chiesto di descriverla, non avrei parlato di quegli occhi che mi avevano rapito, né delle gambe snelle e delle braccia abbronzate tipiche di chi ama stare all'aria aperta a fare attività fisica.

Avrei parlato della sua essenza. Non puoi farlo con tutte le persone, ma solo con quelle che la sprigionano senza alcun timore di essere giudicate. Quelle che sanno essere solo se stesse, e per questo motivo brillano di una bellezza unica.

Se avessi parlato di lei con qualcuno che non l'aveva mai vista, avrei detto che aveva un fascino esotico, come quello di una hippie che balla scalza nel deserto. Ma era anche forte e sicura di sé, come un'amazzone. E poi, senza ombra di dubbio, era una viaggiatrice. Perché chi ha visto il mondo porta i segni di questa scoperta sulla pelle, nel modo in cui parla e si guarda intorno, nei piccoli gesti che compie.

Una viaggiatrice è viaggiatrice anche quando non viaggia. Non conoscevo niente della sua storia, ma ero certo che avesse vagato a lungo e non avesse ancora smesso. Un vagare fisico ma anche mentale, o meglio, spirituale.

E poi, a un certo punto, sulla sua strada ero comparso io.

«Allora? Da dove vengo?» mi chiese lei riportandomi coi piedi per terra.

«Ci sto arrivando» dissi socchiudendo gli occhi come se stessi studiando un enigma.

Lei rise e io mi sentii felice.

Riflettei. Aveva un accento strano che mi faceva pensare al Sud America, ma l'aspetto fisico non mi portava a credere che venisse da lì.

«Francia?» provai.

«Dalla Francia? Ma come ti permetti?» sbottò lei con un'espressione scandalizzata.

Io mi sentii piccolo e stupido, ma poi lei scoppiò a ridere.

«Scherzavo, amo la Francia! Dovevi vedere che faccia avevi, ah ah!»

Sorrisi. «Ma quindi sei francese o no?»

«No. Hai tutta la serata per indovinare. A proposito... dove andiamo a mangiare? Sto morendo di fame.»

«C'è un ristorante che ho trovato su internet. Si affaccia su una risaia, è bellissimo. Ti andrebbe di andare lì? Ho lo scooter con me.»

Mi guardò come per decifrarmi. Non sembrava molto convinta.

Poi, con decisione, disse: «Senti, ti porto io a mangiare in un posto vero», e senza aggiungere mi prese la mano e mi trascinò nella fiumana di gente che a quell'ora popolava le strade di Ubud.

25

Non potevo credere che volesse davvero cenare lì.

C'erano pochi tavolini in plastica. Il cibo era esposto dietro una vetrina lercia e non mi sembrava per nulla invitante. Il locale era popolato da indonesiani che mangiavano.

«Hai mai mangiato in un warung?» mi chiese.

«Direi di no.»

«Allora stasera mangi il vero cibo tradizionale balinese.»

Emma entrò e mi trascinò con lei tenendomi per mano. Quindi rivolse un saluto che non compresi a una signora indonesiana che friggeva qualcosa dentro un wok pieno di olio. La donna replicò con gioia.

Ci sedemmo a un tavolino, su due sgabelli di plastica. Il suo era blu, il mio bianco. Ebbi l'impressione che da quando li avevano acquistati, forse vent'anni prima, nessuno li avesse mai lavati.

Mi sentivo leggermente a disagio con i miei pantaloni neri stretti, la mia camicia immacolata e i capelli pettinati alla perfezione. Emma era vestita come se stesse andando a fare la spesa e tutti gli indonesiani, in quel ristorantino di strada, erano vestiti senza particolare cura. Probabilmente avevano appena staccato dal lavoro.

Dovevo rilassarmi, però. Mi slacciai il primo bottone della camicia e feci un profondo respiro.

«Vieni spesso qui?» le chiesi.

«Ogni tanto. Amo i warung. Sono posti... veri. Che senso ha prendere un aereo per arrivare su quest'isola lontana e poi mangiare panini all'avocado tutti i giorni?»

«Mi hai appena dato un indizio.»

«Un indizio?»

«Già: hai detto che quest'isola è lontana. Quindi vuol dire che non sei nata in questa parte del mondo, ma da qualche parte lontano da qui.»

«Ottima intuizione, Sherlock!»

Ridemmo.

«Quindi sicuramente non sei australiana. Anche se ti vesti come una ragazza australiana.»

«In che senso?»

«Sembri un po' una surfista.»

«Ah. Be', questo lo hai indovinato. Faccio surf.»

«Mi piacerebbe provarci. Pensi di essere in grado di insegnarmi?»

Lei mi guardò con dolcezza. Non ne capivo il motivo, ma era bello essere guardati in quel modo.

«Perché no? Se ti va di venire con me a Canggu possiamo provare.»

«Ero lì la scorsa settimana.»

«Ma dài? Maledizione, mi rendo conto che non so assolutamente nulla di te. So solo che ti chiami Luca.»

«Be', io non so niente di te.»

«Non è forse per questo motivo che siamo qui stasera?»

Ci guardammo un attimo negli occhi e in quel momento ebbi la certezza di non essere l'unico dei due a provare qualcosa.

«Ordiniamo da mangiare prima» dissi io. «Non c'è un menu?»

Emma scoppiò a ridere.

«Il menu? Dài, ordino io per te, se ti va.»

«Okay. Mi fido di te.»

Emma si alzò e andò a parlare con la signora che aveva salutato.

Quando tornò al tavolo non le chiesi cosa avesse ordinato. Non mi importava. Ci guardammo ancora un po' negli occhi, sorridendo in silenzio. C'era qualcosa, un filo che ci collegava...

«Sei spagnola» le dissi come per distrarmi da un pensiero che mi faceva sentire una voragine nel petto.

«Ci sei andato vicino stavolta. È per l'accento?»

«No... me l'hanno detto.»

«Te lo hanno detto?» disse lei aggrottando la fronte. «E chi?»

Per un momento ebbi paura. Paura di rivelarle che mi ero messo sulle sue tracce: si sarebbe potuta spaventare, magari avrebbe creduto che fossi, che so, un maniaco, uno stalker. Pensai di mentirle e ometterle tutta la mia ricerca. Probabilmente non lo avrebbe mai scoperto. Ma potevo davvero iniziare un rapporto con quella ragazza che avevo inseguito per mezza Bali con una bugia? Oltretutto dopo che aveva ampiamente sottolineato l'importanza di essere veri e genuini?

No, non potevo. Dovevo prendermi le mie responsabilità e vuotare il sacco.

Presi un respiro. «Partiamo dall'inizio. Quella mattina a Dreamland Beach... non so...»

Lei mi guardava con occhi curiosi e attenti. Io avrei voluto dirle che secondo me mi aveva fatto un incantesimo, una magia, una maledizione... qualcosa. Perché da quell'istante non avevo fatto altro che pensare a lei.

Ma allora sì che si sarebbe spaventata, così continuai dicendo: «Non so perché me ne sono andato via, ma quando ti ho vista con quei tre surfisti, be'... ho pensato che non avessimo poi molto in comune, nonostante, sì... mentre parlavamo avevo sentito qualcosa di bello fra di noi, come si dice... un feeling.»

Nei suoi occhi ci fu come un balenio, ma rimase in silenzio, come a spronarmi ad andare avanti.

«Quindi me ne sono andato, anche un po' infastidito. Ma non chiedermi il perché, non te lo saprei dire...»

«Eri geloso?»

Me lo chiese all'improvviso, con un sorrisetto sfacciato.
Io arrossii.
«In ogni caso, me ne sono andato» dissi evitando di risponderle. «Ma poi una volta a casa, ecco... mi sono detto che volevo, anzi *dovevo* rivederti.»
Ridemmo, un po' imbarazzati. Non sembrava poi così sconvolta da quella confessione, almeno fino a quel momento.
«Il giorno dopo sono andato a Dreamland Beach» proseguii. «E poi il giorno dopo ancora, e quello dopo ancora... ma non ti ho più trovata. Però nel frattempo avrò raccolto un quintale di rifiuti!»
Io risi, lei mi guardò con un'espressione stupita ma al tempo stesso seria.
«Davvero? Hai davvero pulito la spiaggia?»
«Certo, era una promessa, no?»
Mi studiò per qualche secondo, come se non si fidasse di quelle parole.
«Comunque, il secondo giorno ho incontrato il tuo amico surfista... il tizio con i capelli lunghi.»
Emma si voltò, aprì lo zainetto che aveva con sé e tirò fuori una borraccia in acciaio. Era tutta ammaccata e piena di adesivi. Sembrava la versione borraccia del suo scooter. Bevve un lungo sorso.
«Scusa, stavo morendo di sete. Vai pure avanti, è la storia più incredibile che abbia sentito negli ultimi tempi.»
Sorrisi e abbassai lo sguardo, poi ripresi.
«Dicevo del surfista...»
«Tom?»
«Quello che ti ha abbracciata quando vi siete visti.»
«Allora è lui. Cosa vi siete detti?»
Sembrava leggermente preoccupata.
«Gli ho chiesto di te, se poteva dirmi dove trovarti. Lui mi ha detto di non farmi mai più vedere in giro oppure sarebbe finita male per me.»
Lo dissi ridendo, mentre Emma alzava gli occhi al cielo con un'espressione che sembrava dire: "Oh no, ancora?".

«Mi dispiace molto» disse. «Quel ragazzo ha una specie di ossessione per me... non ti preoccupare però, gonfia tanto il petto ma è innocuo. Come tutti i surfisti.»

«Non sono per nulla preoccupato» replicai io, stuzzicato nell'orgoglio.

Poi le raccontai della coppia di Canggu, dell'altra Emma e di Made. Infine, della mia ricerca di una guida escursionistica spagnola a Ubud e del cane che inconsapevolmente ci aveva fatti trovare.

Emma giocherellò con la forchetta per tutto il tempo. A volte mi guardava, a volte rideva, a volte teneva lo sguardo basso. Quando finii, non disse nulla per qualche secondo, come se stesse valutando se buttarsi o no.

«Spero di non pentirmi di ciò che sto per dire...» mormorò dopo un'attesa per me interminabile «ma questa è senza dubbio la cosa più dolce che qualcuno abbia mai fatto per me.»

Il mio cuore saltò un battito e io non riuscii a non sorridere. Mi sentivo leggero e felice. Restammo in silenzio, stavolta perché non sapevo proprio cosa dire.

«Ma quindi da dove vieni?» chiesi io per spezzare il silenzio.

«Dal pianeta Terra.»

Ridemmo.

«Non vuoi proprio dirmelo?»

«È che non mi piace farmi definire da un'etichetta. Se ti dicessi che sono statunitense ti porresti nei miei confronti in un modo, se ti dicessi che sono francese lo faresti in un altro. Ma se proprio ci tieni ti dico cosa c'è scritto sul mio passaporto: sono argentina.»

La guardai attentamente per essere certo che non mi stesse prendendo in giro.

«Argentina?»

«Perché, non lo sembro?»

«Be', capelli chiari e occhi azzurri... non sembri per niente argentina.»

«Quante ragazze argentine conosci?»

«In effetti nessuna.»

Ridemmo.

«È che i tuoi occhi... mi hanno mandato in confusione.»

«Vuoi dire che non sembrano gli occhi di una *chica* argentina?» disse lei facendo un'espressione sciocca.

E io mi buttai, come mai avrei immaginato di fare nella mia vita.

«Sono gli occhi più belli che abbia mai visto, questo è poco ma sicuro.»

Poi, imbarazzato, aggiunsi: «Voglio dire, sicuramente te lo avranno detto tante volte...».

Sorrise e mi ringraziò, ma notai come un velo di tristezza nei suoi occhi. Quasi che quel complimento le avesse riportato alla mente brutti ricordi.

«Comunque...» riprese lei «basta parlare di me, parliamo un po' di te.»

«Ma non mi hai detto nulla sul tuo conto...» protestai.

«Abbiamo tutta la serata, voglio sapere qualcosa su questo misterioso uomo che insegue ragazze appena conosciute e salva i cani randagi a Bali.»

«A proposito, come sta?»

«Non ne so ancora niente. Sono andata via poco dopo di te. Se ne sta occupando Thomas.»

«Domani vado a trovarlo. Il cane, intendo, non il veterinario incazzoso.»

Rise. «Ma dài... è un angelo. Lavora gratis per aiutare i cani randagi. Nel suo paese guadagnerebbe un sacco di soldi, invece viene qui a sopravvivere con le donazioni.»

«Scherzavo ovviamente. È davvero una persona da stimare, la sua è una scelta coraggiosa e difficile. Ma credo che vada a dormire alla sera sapendo di aver dato un senso alla sua giornata. Molti non ci arrivano mai a quel punto...»

Non so perché lo dissi, ma il riferimento era ovviamente al vecchio Luca. Pensai che Emma non potesse coglierlo e invece sembrò stuzzicata da quella piccola riflessione, come se intuisse che era qualcosa di personale.

«Allora, mi racconti qualcosa su di te o vuoi continuare a fare il misterioso?»

«Io il misterioso? Senti chi parla!»
«Intanto continui a non rispondere...»
«E va bene. Cosa vorresti sapere?»
«Chi sei, Luca?»
Me lo chiese guardandomi con gli occhi socchiusi, come se cercasse di vedermi dentro. Era una domanda difficile, a cui non credevo di avere una risposta precisa.
«Chi sono? Ci devo pensare per bene prima di risponderti.»
Lei indietreggiò leggermente con il corpo.
«Che brutta risposta.»
«Perché?»
«Non mi piacciono le persone che devono "studiarsi le risposte", quelle che prendono tempo prima di parlare. Ti ricordi cosa abbiamo deciso? Se ti chiedo chi sei, dimmi semplicemente chi sei.»
«Sono una persona che si è persa lungo la strada e ora sta cercando di capire in che direzione andare. Non saprei come dirtelo meglio.»
Quella risposta sembrò andarle bene. Mi credeva. D'altronde, era la verità.
Proseguimmo la serata raccontandoci di noi. Le dissi che ero italiano e lei replicò che lo aveva capito subito, perché gli italiani hanno un accento inconfondibile. Poi mi raccontò di aver vissuto per un periodo a Roma.
«Davvero?!» esclamai. «Dimmi qualcosa in italiano.»
Ci pensò per qualche secondo, quindi con un meraviglioso accento spagnolo disse: «Ho una fame da lupi».
Sentire quell'accento portò a galla una domanda che mi stavo dimenticando.
«Ma la storia del Batur è vera? Facevi i tour sul vulcano?»
«È vero, ma solo per qualche mese, insieme a una guida balinese. Era un modo divertente di guadagnare qualcosa. Ma poi Thomas mi ha chiesto se potevo aumentare i miei turni all'ambulatorio e ho smesso.»
Proprio in quel momento un cameriere ci portò due piatti con del riso bianco posizionato perfettamente al centro del

piatto a formare una specie di cupola. Tutto intorno c'erano verdure di ogni tipo, condite con strane salse.

«Cos'è?»

«Non ti preoccupare e mangia» mi disse Emma.

Mi piaceva quel suo modo di fare così deciso, diverso da quello di tutte le ragazze che avevo conosciuto.

Presi un po' di riso con il cucchiaio e poi un po' di verdure. Sembravano spinaci. Compresi subito a cosa serviva il riso: assorbiva la sensazione di piccantezza delle verdure. La mia bocca andò in fiamme, ma il sapore era buonissimo.

«Ti piace il piccante?»

«Lo adoro» rispose Emma.

«La cucina argentina è piccante?»

«Insomma... diciamo che non mangio cibo argentino da parecchio tempo.»

«Perché?»

Emma scosse la testa mentre guardava il contenuto del piatto, come per scrollarsi di dosso certi pensieri.

«Non torno in Argentina. Non ho un buon rapporto con parte della mia famiglia» disse alla fine con un tono serio.

E in quel momento mi resi conto di non sapere niente, in realtà, sul suo conto. Ma non mi dispiaceva, era come avere tra le mani il nuovo libro del tuo autore preferito: sai già che ti piacerà da morire, qualsiasi cosa ci troverai dentro.

«Di quale zona dell'Argentina sei?» le chiesi per provare a cambiare discorso.

«Sono nata a Buenos Aires e ho vissuto lì fino a quando avevo diciannove anni.»

«E dopo?»

«Dopo ho vagato un po' per il mondo. Ho lasciato Buenos Aires sei anni fa e non sono più tornata a casa.»

Da quelle parole dedussi che avesse venticinque anni, quattro in meno di me.

«Davvero? E dove sei stata?»

«In giro per il mondo, te l'ho detto.»

«Scusa, non voglio essere insistente, ma non ho mai sentito una storia del genere.»

Lei alzò gli occhi al cielo, ma finalmente aveva ritrovato il sorriso.

«Vuoi davvero che ti racconti la storia della mia vita?»

«Sarebbe bellissimo poterla ascoltare.»

«Va bene, ma dopo mi racconti la tua. Promesso?»

«Promesso.»

26

Emma mi raccontò che, dopo il liceo, si era trasferita in Nuova Zelanda. Aveva vissuto per un po' a Auckland, dove lavorava come cameriera, poi aveva girato tutto il Paese in autostop.

«Non dar retta a quello che dicono i telegiornali» disse di fronte alla mia espressione stupita. «La maggior parte delle persone è buona e io ho sempre avuto un radar per quelle cattive. Inoltre, il mondo è un posto molto meno pericoloso di come te le descrivono.»

Quindi proseguì raccontando di quando aveva conosciuto un ragazzo tedesco. Subito provai una sensazione di fastidio che assomigliava alla gelosia.

«Lo incontrai in ostello, me ne innamorai e decisi di seguirlo nel suo grande sogno: trasferirsi su un'isola thailandese e aprire un centro di immersioni.»

Ma non era solo gelosia, mi dissi. Era una specie di insofferenza che non riuscivo a definire. Riuscii solo a pensare che io a Sara l'avevo fatta una proposta pazza, mollare tutto e partire, e lei che stava con me da anni si era messa a ridere ed era stata solo capace di chiedermi di cambiare.

Quel tizio tedesco si rendeva conto di quanto era stato fortunato?

«A Koh Phangan, l'isola in cui abitavamo, il nostro rapporto si incrinò» disse, mentre io l'ascoltavo con un misto di curiosità e fastidio. «Lui lavorava tutto il giorno e io mi annoiavo a morte. Quando sto ferma in un solo posto e non ho niente da fare impazzisco, riuscivo solo a lavorare come cameriera durante il Full Moon Party, per cui l'isola è famosa. Ma servire cocktail a turisti molesti e maleducati non mi faceva impazzire di gioia. Poi, ecco... un giorno ho scoperto che il mio fidanzato non portava semplicemente in giro turisti a fare immersioni... con alcune di loro ci andava anche a letto. Quel giorno stesso sono scappata dalla Thailandia.»

Ero senza parole. Ne trovai alcune, piuttosto banali: «Mi dispiace, dev'essere stata dura.»

Lei mi guardò con un'aria divertita.

«Tranquillo, forse ho sofferto di più in Costa Rica.»

«In Costa Rica?»

Emma continuò il suo racconto dicendo di esserci andata per occuparsi come volontaria delle tartarughe di mare. Disse che da sempre le piaceva prendersi cura degli animali.

«Non ci credo» la interruppi. «Sai che da piccolo il mio sogno era proprio fare il veterinario?»

Lei sorrise. «Qual è il tuo animale preferito?» mi domandò.

«L'asino» dissi, questa volta senza starci troppo a pensare.

«L'asino?»

Mi guardò stupita, con il cucchiaio colmo di riso e verdure sospeso a metà strada tra il piatto e la sua bocca.

«Già, l'asino. Ma è una storia lunga.»

«Raccontamela, dài.»

«Te la racconto al nostro secondo appuntamento» osai.

Emma sorrise.

«Sei una persona strana.»

«Strana?»

«Già. Nel senso che sei diverso. Sarà per questo che mi piaci.»

Le ultime parole le pronunciò abbassando lo sguardo sul piatto. Non sembrava abituata a dire cose del genere.

Intanto, dentro il cuore, mille maggiordomi addobbavano tutto a festa.

«Grazie» mormorai.

Poi, dopo qualche attimo di silenzio, come per toglierci dall'imbarazzo le chiesi: «Cosa ti è successo di brutto in Costa Rica?».

Lei sospirò, pensierosa.

«Immagina la scena: un giorno vado a vedere una gara di surf. A un certo punto si siede vicino a me un ragazzo alto e muscoloso, con la muta arrotolata in vita. Un gran bel ragazzo, con i capelli lunghi e gli occhi di ghiaccio. Lui attacca bottone, indicando ogni singolo errore commesso dai surfisti che competono tra le onde. Quando gli chiedo come facesse a sapere tutte quelle cose, sorride. Poi si alza in piedi, si tira su la muta, prende la tavola e si butta in acqua. Era un concorrente, un noto surfista professionista californiano. Stravinse la gara e durante il discorso di premiazione disse che dedicava la vittoria alla ragazza dagli occhi azzurri che gli aveva rapito il cuore, indicandomi. Io volevo sparire per la vergogna. Sta di fatto che ci mettemmo insieme.»

Sorrise, ma di un sorriso amaro.

«Alla fine ho scoperto che aveva una Emma in ognuno dei continenti. Un po' come i marinai che hanno una donna in ogni porto. Probabilmente a ognuna di loro dedicava la vittoria dei contest. Il mio lavoro di volontaria si era concluso, intanto, e il visto per stare in Costa Rica era scaduto.»

Quindi mi raccontò di essere ripartita, stavolta per il Canada, dove aveva lavorato per un anno e mezzo in un grosso hotel.

«Guadagnavo molto bene e spendevo pochissimo. Quando ho messo da parte la cifra che mi ero prefissata, sono ripartita. Sono tornata in Asia e l'ho girata con lo zaino in spalla per due anni.»

«Due anni?»

Ero incredulo mentre ascoltavo quell'assurdo percorso di vita. E io che credevo di aver fatto chissà che impresa comprando un biglietto di sola andata per Bali...

Emma mi raccontò di aver visto tutta la Thailandia, la Cambogia, il Laos, la Birmania, il Vietnam, Hong Kong, la Malesia, Singapore e le Filippine, per arrivare infine lì in Indonesia. Mi spiegò di aver dormito in ostelli, dormitori, barche, bus e anche in tenda, di aver mangiato soprattutto ai banchetti dello street food per "risparmiare e assaggiare il vero cibo locale" e di aver lavorato in centinaia di posti diversi, a volte anche solo in cambio di vitto e alloggio.

«Da quanto sei qui a Bali?»

«Da sette mesi. Ho appena rinnovato il visto.»

Mentre lei saltava da un punto all'altro del mondo, non potei fare a meno di pensare, io vivevo giornate anonime scandite dal tempo che non passava mai in ufficio e quello che mi sfuggiva dalle mani non appena uscivo. Lei aveva vissuto intensamente gli anni migliori della sua vita. La stimavo e la ammiravo per questo, ma ancora una volta mi chiesi se forse non eravamo troppo distanti.

«E quali sono i tuoi progetti per Bali?»

«Ci starò ancora un po', poi si vedrà.»

«Si vedrà?»

«Già, io sono così» disse un po' sulla difensiva. «Ma ora basta parlare di me, parlami di te. Erano questi i patti.»

Presi fiato, poi, mentre Emma mi osservava attentamente, cominciai: «In realtà io ho ben poco da raccontare: dopo il liceo mi sono laureato in Economia, dopo ho preso una seconda laurea specialistica in Economia e quindi ho cercato lavoro. L'ho trovato e per qualche anno ho lavorato in una grande banca. Che noia... vero?».

«Non giudico le scelte di vita altrui» rispose lei di getto. «Ognuno di noi è diverso. Per esempio so benissimo che poche persone vorrebbero vivere come me.»

«Scherzi? Sei sempre in giro per il mondo! Tutti farebbero carte false per vivere come te.»

«Non è tutto rose e fiori. Immagina di non avere punti di riferimento, di non avere un posto da chiamare casa, di non poter coltivare amicizie sul lungo periodo. Vagabondare non è per tutti, ecco perché pochi lo fanno. Ti dicono che vorrebbero, ma non possono perché non hanno i soldi... ecco, sono tutte cazzate. Questa vita può costarti pochissimo se fai volontariato o lavori negli ostelli in cambio di vitto e alloggio. Internet ti dà un sacco di opportunità al giorno d'oggi per trovare lavoro. Semplicemente, è dura. Ecco perché la gente non lo fa.»

«Se è così dura, perché non ti fermi?»

Stavolta fu lei a pensarci per qualche secondo.

«Perché non mi va» disse un po' sulle sue. Poi mangiò un boccone di riso e verdure. Feci per risponderle, ma lei alzò le mani, come per fermarmi. Masticò tutto e poi riprese.

«Non è vero, ho detto una stupidaggine. La verità è che ho paura di fermarmi.»

Riflettei su quelle parole.

«Credo che sia normale» dissi.

«Dici?», era stupita da quella mia reazione.

«Credo proprio di sì. Diamine, hai passato gli ultimi sei anni della tua vita in giro per il mondo. Hai corso talmente tanto che ora non sai più se sei in grado di tornare a casa.»

«Il fatto è che non so nemmeno dove sia casa mia.»

«Non è l'Argentina?»

«È più complicato di così... questa te la spiego quando mi racconterai la storia dell'asino.»

Ridemmo. Il cameriere portò via i nostri piatti.

«Senti, visto che hai scelto tu il posto e questo cibo delizioso, permettimi di pagare la cena.»

Con Sara lo avrei fatto senza nemmeno chiedere, ma avevo capito che Emma era diversa. Ascoltando la storia della sua vita mi ero fatto di lei l'idea di una donna indipendente, e temevo quasi di mancarle di rispetto dando per scontate certe cose. Mi sembrava il genere di ragazza che alza il sopracciglio se le apri la portiera dell'automobile, come a dire: "Pensi che da sola non ce la faccia?".

«E va bene, grazie allora» rispose lei sorridendo.

Pagai e mi chiesi se non avessero sbagliato i conti: avevo speso qualcosa come due euro e mezzo.

«Tutto quel cibo per così poco?»

«È anche così che si viaggia per sei anni di fila» rispose Emma.

Poi mi fece l'occhiolino e, in quel momento, sarei anche potuto morire felice.

Uscimmo a fare una passeggiata. Era una serata incantevole, calda ma non afosa.

Camminammo così, sui marciapiedi maltenuti di Ubud, senza parlare. Ma non era un silenzio di imbarazzo, il nostro. Semplicemente, non c'era bisogno di parlare.

In lontananza sentivamo della musica tradizionale provenire dall'interno di un tempio induista dalle alte mura grigie.

All'improvviso Emma fece un gesto che mi spiazzò: mi cinse la vita e allungandosi verso di me appoggiò la testa contro la mia spalla. Io, come in risposta, allargai il braccio e glielo passai intorno alle spalle.

Ci ritrovammo così, abbracciati e in silenzio.

Avrei voluto dirle qualcosa. Chiederle cosa provasse davvero per me, perché in quell'abbraccio c'era qualcosa che può esistere solo tra due persone che si stanno innamorando. Perlomeno, io non avevo più dubbi: sì, mi ero innamorato di quella ragazza. Era ufficiale. Fu lei a rompere il silenzio: «Non ho capito come sei passato da un lavoro in ufficio a essere qui a Bali, abbracciato a una ragazza argentina che hai appena incontrato. Significa che qualcosa non è andato per il verso giusto?».

«Credo sia proprio il contrario: se sono qui ora è perché alla fine tutto è andato per il verso giusto.» Sorrisi. «Ma ho capito cosa intendi, e non voglio eludere la tua domanda.»

Alzai lo sguardo verso il cielo. Stavamo camminando lentamente, sempre vicino al tempio induista da cui proveniva la musica. In giro c'erano tante persone, soprattutto turisti. Ci passavano di fianco e io mi cullai nel pensiero che ai loro occhi potessimo sembrare una coppia. Ma ero davvero pronto per raccontare tutta la mia storia?

Guardai Emma e capii subito che lei era il mare in cui mi sarei voluto tuffare. E così lo feci, senza paura.

Con gli occhi lucidi, e lo sguardo nel vuoto, le dissi dello specchio piombato nel mio ufficio, del mio attacco di panico, e di come da quel giorno nulla fosse più stato come prima.

Parlandone ad alta voce per la prima volta mi resi pienamente conto di tutta la fragilità e la sofferenza che avevo provato in quelle settimane.

«Ho provato a riprendere la mia vita normalmente, ma non ce la facevo più. Tutto mi sembrava privo di senso, mi sentivo un animale in gabbia. All'inizio non capivo cosa fosse successo, poi sì: ero profondamente infelice.»

Sorrisi con amarezza, camminando con le mani in tasca. Gli occhi sembravano una diga sul punto di esplodere.

«Non esiste un libretto di istruzioni su come gestire l'infelicità, così ho provato a parlarne con le persone che facevano parte della mia vita. Sai, con i miei genitori, i miei amici, i miei colleghi... e poi con Sara.»

Mi fermai un attimo, ricacciai indietro le lacrime e proseguii.

«Sara era la mia fidanzata. Stavamo insieme da anni. Mi ha tradito e ci siamo lasciati, ma onestamente di lei non mi importava niente. Non ne sono mai stato innamorato, così come lei non lo era di me. Però, a quasi trent'anni, sembrava obbligatorio stare insieme...»

«Quanto manca ai tuoi trent'anni?» mi interruppe lei.

«Li compirò a fine aprile.»

Restammo in silenzio per un po'.

«Continua pure, se ti va. Mi piace ascoltarti.»

Sorrisi. Era bello sentire quelle parole.

«Non c'è molto altro da dire in verità. Mi sono ritrovato solo, completamente solo. Intorno a me tutti seguivano un'unica direzione e mi dicevano, mai a parole ma con sguardi affilati, che stavo andando in contromano. Alla fine, molto semplicemente, non ho più retto.»

«A cosa non hai più retto?»

«Alla tristezza. Alla frustrazione. Alla paura di passare un'esistenza intera come avevo vissuto gli ultimi due anni. All'odio che provavo per me stesso per aver sempre subito passivamente la vita. Mi guardavo indietro e non vedevo niente: nessun ricordo, nessuna emozione, nessuna giornata speciale. Si può dire di aver vissuto se non te lo ricordi?»

Emma rimase in silenzio, vicino a me.

«Alla fine ho deciso di mandare tutti al diavolo. Mi sono licenziato, ho lasciato la casa in affitto alla mia ex e me ne sono andato. Un biglietto per Bali, senza avere la minima idea di cosa fare qui. Senza aver mai viaggiato da solo prima. È come se avessi fatto un patto con la solitudine. Me ne rendo conto solo ora: indietro non potrò più tornare. Fa paura, a volte, ma non sono mai stato così convinto di aver preso la decisione giusta.»

Le lacrime tornarono a bagnarmi gli occhi, ma non erano più lacrime di solo dolore. Dentro c'era anche tutto il mio orgoglio.

«E finora hai trovato quello che cercavi, a Bali?» chiese Emma.

Mi fermai. Pensai alle difficoltà dei primi giorni lì in Indonesia, alla surfista a cui avevo detto di no, alla solitudine perenne, al tramonto a Uluwatu, ai giri in motorino, all'aria magica di Ubud.

Ma alla fine era una sola la risposta che affiorava al mio cuore.

«Ho trovato te» le dissi.

Per la prima volta la vidi arrossire. Aveva gli occhi grandi di una bambina a cui viene fatto un complimento inaspettato.

Bali, intanto, sembrava aver apparecchiato per noi un cielo di una bellezza irreale. E la musica proveniente dal tempio si era abbassata un po', come per consentirci di ascoltare i battiti dei nostri cuori.

«Sento che potresti essere tu la risposta a tutte le domande che mi sono posto nella mia vita.»

Una vocina dentro di me disse: "Ma dài Luca, che diavolo stai blaterando? L'hai appena conosciuta!".

Eppure non ero imbarazzato, quelle parole mi suonavano semplicemente vere.

Sì, era come se tutta la confusione fosse sparita il giorno in cui l'avevo incontrata, e avessi capito cosa cercavo da sempre, senza però avere in realtà mai saputo che lo stavo cercando.

Lei, senza pronunciare una parola, mi mise le mani intorno al collo, si alzò sulla punta dei piedi e mi baciò. Un bacio leggero, a fior di labbra.

Poi sentii in lei come un attimo di incertezza, e allora il mio cuore mi disse di trasformarmi nel vento caldo che spazza via quei dubbi. Le presi i fianchi e la strinsi a me. Sentivo il suo corpo premuto contro il mio, un singolo momento per cui avrei rinunciato a tutti i miei ieri e a tutti i miei domani.

Ci guardammo, e i nostri occhi brillavano. Allora le nostre bocche si unirono in un nuovo bacio.

E per me fu come sentirmi a casa per la prima volta nella mia vita.

27

Quando le nostre bocche si separarono, guardai Emma negli occhi, in quegli occhi che mi avevano rubato il cuore e tutti gli aggettivi che conoscevo. Lei guardava me e mi chiesi cosa ci vedesse. Mi chiesi cosa rappresentassi per lei, se anche solo lontanamente fossi un'esplosione di emozioni e vita simile a quella che lei era per me.

«È incredibile» dissi, non trovando altre parole.

Restammo a guardarci, abbracciati e sorridenti, ancora per un po'.

Poi, d'improvviso, la sua espressione mutò, si fece pensierosa, e lei si staccò da me.

«Va tutto bene?» le chiesi.

«Sì, va tutto bene» rispose lei. «Però ora devo proprio andare, domattina mi sveglio presto.»

Disse quelle parole tutte d'un fiato e fece per andarsene.

«Aspetta!» dissi io. «Perché... perché scappi?»

Emma si fermò e si sforzò di sorridere.

«Devo proprio andare, scusami. Grazie per la serata.»

«Ci rivediamo domani?», lo chiesi quasi con un tono di supplica.

«Domani non ci sono. Devo andare all'immigrazione per il rinnovo del visto» rispose lei senza guardarmi.

"Non aveva detto che l'aveva appena rinnovato?" pensai.

«Quindi domani all'ambulatorio non ti trovo?» domandai.

«Te l'ho già detto, domani non ci sono tutto il giorno. All'ambulatorio non mi trovi.»

Restammo un attimo in silenzio.

«Grazie per la serata» ripeté lei. «Ciao Luca.» E se andò.

Io restai di pietra, immobile, il suo calore ancora addosso, il suo sapore in bocca, e la festa che avevo nel cuore si interruppe improvvisamente, come quando salta la musica dentro una discoteca e tutti si guardano intorno confusi.

La osservai mentre si allontanava rapidamente. Era in mezzo a tanta gente, un uccello bianco in uno stormo di uccelli neri.

Quando la sua chioma scomparve, inghiottita dalla folla, mi guardai le mani, come per capire se si fosse trattato solo di un sogno. Perché aveva avuto quella reazione?

"Merda... non ho nemmeno il suo numero di telefono" pensai.

Presi lo scooter e guidai fino alla guesthouse. Salii le scale, entrai in camera, mi buttai sul letto, di lato, a guardare fuori il cielo stellato. Mi chiesi se anche lei lo stesse guardando.

Presi il mio diario e scrissi di getto tutto ciò che era successo. Rimisi ordine nella mia testa, in quel modo, ma volli imprimere su carta tutte quelle sensazioni e quei momenti pensando che non avrei mai e poi mai voluto dimenticarli. Poi, decisi, per la prima volta in vita mia, di non lavarmi i denti. Volevo sentire Emma dentro la mia bocca ancora per un po'.

Non sapevo davvero cosa pensare: perché se n'era andata così? Eppure l'avevo baciata, l'avevo *sentita* – doveva pur significare qualcosa anche per lei.

Immerso in quei pensieri chiusi gli occhi e, ben presto, mi addormentai.

Fu la paura a svegliarmi l'indomani, forte, come se fosse cresciuta durante la notte.

Non sentivo il calore di Emma addosso, non avevo più il suo sapore in bocca. Lei stessa mi sembrava un lontano ricordo. Ricordavo solo la sua fuga improvvisa.

«Perché è scappata così?» chiesi a Quercia, fermo contro la parete con il suo sorriso storto.

Quercia non rispose.

Passai la mattinata in camera. Per la prima volta da quando ero a Bali non uscii: rimasi sdraiato nel letto a pensare, ricordare, immaginare. Uscii solo per pranzo. Trovai un warung poco oltre il tempio dove avevo trovato il cane. Ordinai qualcosa alla signora dietro la vetrina, ma il cibo aveva un altro sapore senza Emma che lo mangiava insieme a me.

Uscito di lì, vagai per le strade di Ubud, senza guardarmi davvero intorno, senza rendermi conto di dove fossi.

Perché il vero vagare era dentro la mia testa.

Finché vidi un cane randagio che mangiava le offerte floreali lasciate dai credenti davanti alle statue induiste, e mi dissi che forse il mio posto era lì, all'ambulatorio. Sapevo che non ci avrei trovato Emma, ma volevo vedere come stava il cagnolino che avevo portato il giorno prima. In qualche modo mi sentivo responsabile nei suoi confronti.

Erano le cinque del pomeriggio quando, dopo una camminata sotto il sole, bussai stremato e accaldato alla porta. Dovetti farlo tre volte prima che il veterinario tedesco venisse ad aprirmi: stessa espressione, stessi vestiti, stessa agitazione.

«Non dirmi che hai trovato un altro cane!» mi disse. Sembrava sul punto di esplodere.

«No, sono venuto a trovare quello che ho portato ieri.»

Per un momento mi guardò come se non avesse capito. Poi la sua espressione si addolcì.

«Vieni» mi disse.

Entrai e mi ritrovai in quella stanza completamente bianca dove avevo rincontrato Emma. Dovetti cacciare giù il groppo in gola.

«Ora sono impegnato» mi disse il veterinario. «Ti lascio di là con il cane, se vuoi. Ma non combinare casini.»

Mi chiesi che casini potessi mai combinare in un ambulatorio veterinario.

«Nessun casino, voglio solo vedere il cane» risposi.

Lo seguii oltre la porta bianca e ci ritrovammo in un corridoio molto stretto, con una serie di porte sui lati. Mi indicò la seconda.

«È qui dentro, stacci quanto tempo vuoi, dopo ti spiego cosa è successo.»

Non mi piacque il tono in cui lo disse, come se ci fossero dei problemi.

La stanza che mi aveva indicato era piccola ma ventilata. Dei gatti malconci mi guardarono circospetti da dietro le sbarre di alcune gabbie poste sul fondo. Il cane era nella gabbia in basso a destra, sdraiato e con gli occhi tristi.

«Ehi piccoletto» dissi avvicinandomi.

E di colpo iniziò a scodinzolare come un forsennato, provando a leccarmi le dita attraverso la gabbia. Il cuore mi esplose di gioia, ma non potei non notare che alzava solo le zampe anteriori appoggiandosi sul sedere.

«Calmati, eh» gli dissi quando aprii la gabbia e lo presi in braccio. Subito si calmò.

Era pelle e ossa e pesava pochissimo. Mi sedetti a gambe incrociate, con lui fra le braccia, e per un po' restammo così, insieme in silenzio.

Mi dissi che di solito la felicità è qualcosa che pretendiamo da qualcun altro, ma se invece arrivasse nel momento in cui la doniamo?

«Devo trovarti un nome, piccoletto. Non posso chiamarti così per sempre. Un giorno sarai grande.»

Lui mi guardava con gli occhi blu e a un certo punto abbaiò con il tono acuto e infantile dei cuccioli.

«E se ti chiamassi Blu? D'altronde hai gli occhi blu. Ma sì... ti chiami ufficialmente Blu.»

Decisi di appoggiarlo per terra, per vedere se riusciva a muoversi. Riusciva a tenere dritte le zampe anteriori, ma come avevo già sospettato vedendolo in gabbia quelle posteriori restavano inerti. Sia quella destra, fasciata, che quella sinistra. Provai a tirarlo su qualche volta, ma puntualmente lui ricascava.

La porta si aprì e io e Blu ci girammo per vedere chi fosse. In cuor mio, per un istante sperai che fosse Emma. Invece era il veterinario tedesco.

«Perché lo hai tirato fuori dalla gabbia?» mi chiese con aria frustrata.

«Scusa, non dovevo...»

«In realtà hai fatto bene» disse lui buttandosi su una sedia e sbuffando mentre si massaggiava le tempie.

«Questo cane non aveva solo una zampa rotta. Ha un problema motorio.»

«Un problema motorio?»

«Sì. Ma è di natura psicosomatica.»

«Cosa significa?»

Il veterinario fece un lungo sospiro.

«Questo cane non ha più di sette o otto mesi di vita. La zampa se l'è rotta molto presto e quindi ha sviluppato una sorta di convinzione psicologica, sicuramente dovuta al dolore fisico che ha provato: pensa di non poter utilizzare le zampe posteriori. Per il dolore ha smesso prima di appoggiarne una e poi anche l'altra. Usa solo quelle anteriori, trascinandosi.»

«È terribile» dissi guardando Blu, che sembrava tranquillo come sempre.

«Già.»

«Ma può guarire?»

Il veterinario si grattò la testa e assunse un'espressione insicura.

«Probabilmente sì, ma ha bisogno di un supporto costante per i prossimi giorni, che sono cruciali dopo l'operazione. Purtroppo non ho abbastanza volontari per farlo seguire come dovrei... non so, faremo quello che riusciremo.»

Guardai il cane e lui mi guardò di rimando con i suoi occhioni blu. No, non potevo lasciarlo lì, in balia delle buone speranze.

«Gliela faccio io la riabilitazione» dissi.

Il veterinario mi guardò con un'aria stupita. Sembrava non dormire da sempre.

«Ma tu non sei qui in vacanza?»

«Non importa. Ci tengo, lo voglio fare.»

Il veterinario si avvicinò a me con decisione. Mi guardò dritto negli occhi, con l'aria di chi ha combattuto mille battaglie e ne ha perse parecchie.

«Come ti chiami?»

«Luca.»

«Sentimi bene, *Lukka*. Questo cane ha già sofferto abbastanza, e l'ultima cosa di cui ha bisogno è essere pure abbandonato. Quanti giorni mi garantisci?»

«Cinque giorni almeno» dissi senza esitazioni.

Mancava più di una settimana alla mia partenza per l'Australia, ma con tutto quello che era successo quel biglietto aereo non mi sembrava neanche più reale.

«Va bene» disse l'uomo dopo aver riflettuto un istante. «Promettimi che te ne prenderai cura.»

«Lo prometto.»

«Va bene» ripeté. «Gli esercizi sono molto semplici: devi sollevarlo facendo in modo che allunghi le zampe posteriori e le appoggi a terra. Vedrai che lui crollerà come se non avesse forza, ma lo fa solo perché è condizionato psicologicamente. La radiografia dice che le zampe posteriori non hanno alcun problema e anche la frattura era di piccola entità. Se lo tiri sulle quattro zampe abbastanza volte, alla fine capirà. E quando si reggerà anche solo un po' sulle zampe, fallo camminare. Fallo camminare, maledizione! Al resto ci pensiamo noi: deve mettere su peso, è fortemente denutrito.»

«Okay, tutto chiaro. Grazie.»

L'uomo annuì e se ne andò senza aggiungere altro e senza chiudersi la porta alle spalle.

Io tornai a concentrarmi su Blu. Decisi che la riabilitazione gliel'avrei fatta cominciare subito. Andai avanti per un po', alzandogli la parte posteriore del corpo e sperando, per ora invano, che si mantenesse sollevato anche su quella, finché non mi sembrò stravolto, allora decisi di lasciarlo in pace.

Gli feci una carezza sulla testa e lo rimisi nella cuccia dentro la gabbia. «Sarà dura» gli dissi fissandolo negli occhi. «Sarà maledettamente dura, ma ti prometto che non me ne andrò da questa isola prima di vederti camminare da solo.»

Mi alzai e mi fermai ancora un attimo a guardarlo, rendendomi conto con un pizzico di preoccupazione di quanto mi stessi affezionando a lui.

Quando mi voltai, mi accorsi che non ero da solo.

Sulla porta c'era Emma, camice e retina in testa. Mi guardava sorridendo.

«Ma... non avevi detto che...» feci io.

Si avvicinò, mi prese il volto tra le mani e mi baciò. Non riuscii nemmeno a reagire o a ricambiare il bacio, confuso e felice com'ero. Lei si staccò e mi guardò negli occhi. Il mio cuore martellava come il batterista di un gruppo punk.

«Non so chi tu sia, ma sei una bella persona. Ed è bello che tu sia comparso nella mia vita così... dal nulla. Scusa per ieri, ti devo delle spiegazioni. Andiamo a fare un giro insieme?» disse tutto d'un fiato.

«Sarebbe fantastico» mormorai soltanto. Non ci credevo, Emma era di nuovo lì, insieme a me. Mi sembrava di essere sulle montagne russe, ma non avevo alcuna intenzione di scendere.

«E... se ti aspettassi qui? Così tengo compagnia a Blu.»

«Blu?» chiese lei.

«È il nome del cane.»

«E chi l'ha scelto?»

«L'ho scelto io. È perché ha gli occhi blu.»

«Mi piace come nome. Comunque va bene, io stacco tra poco.» Stava già per andarsene, quando aggiunse: «Sei mai stato al Campuhan Ridge Walk?».

«Non so cosa sia.»

«Perfetto, allora ti porto lì. Dammi venti minuti e sono da te.»

Quando uscimmo dall'ambulatorio, Emma mi chiese dove avessi parcheggiato lo scooter.

«Sono venuto a piedi» risposi.

«Davvero? Stai facendo di tutto per farti piacere?» rispose.

«Perché?» chiesi io sentendomi un po' tonto.

«Mi piacciono le persone che camminano. Le persone che amano camminare salveranno il mondo.»

«Be'... voglio essere onesto: usavo l'automobile per ogni cosa fino a poco tempo fa. Sto iniziando a camminare tanto da quando sono a Bali.»

«Mi piace.»

«Il fatto che cammino?»

«Che vuoi essere onesto con me.»

La seguii sul lato dell'ambulatorio, dove c'era il vecchio scooter nero, senza parabrezza. Nella parte anteriore era attaccato l'adesivo dei Nirvana, mi strappò un sorriso. La sella era rovinata in più punti, la gommapiuma spuntava come erba.

«Andiamo con il mio. Però prima devo passare un attimo da casa» disse Emma.

Mi stuzzicava l'idea di vedere dove abitava, com'era fatta la sua tana.

«Forza, salta dietro!»

«Guidi tu?» le chiesi.

Lei si abbassò gli occhiali da sole e mi scrutò.

«Davvero?» chiese semplicemente, sfidandomi a dire la cosa sbagliata.

Io risi. Non mi ero mai fatto portare in giro da una ragazza.

«Se ti vuoi aggrappare a me non mi offendo» disse. «Anzi, potrebbe piacermi» aggiunse facendomi l'occhiolino. Mi venne voglia di chiederle: "Chi sei e perché non ti ho incontrata prima?", ma lei partì sgommando e per fortuna seguii il suo consiglio, perché dopo pochi metri avevo già capito che Emma guidava letteralmente come una pazza, del tutto incurante del pericolo: sfrecciava a pochi centimetri dalle automobili, tagliava la strada agli altri scooter, passava con il rosso.

«Ma tu sei completamente fuori di testa!» le urlai mentre zigzagava nel traffico, dando gas e inchiodando continuamente.

Lei rideva, divertita. Mentre i suoi capelli, frustati dal vento, mi schiaffeggiavano la faccia. Lo schiaffo più piacevole che avessi mai ricevuto.

Quando arrivammo, scesi di scatto.

«Ti fa per caso schifo la vita, Emma?»

«Proprio perché la amo cerco di viverla al massimo» rispose lei parcheggiando lo scooter. «E poi ormai conosco bene il traffico di Bali. Su, andiamo.»

Ci trovavamo davanti a una struttura simile alla guesthouse in cui alloggiavo io. «Entra pure, se vuoi» mi disse mentre infilava le chiavi nella serratura.

La seguii con un misto di tensione e curiosità. Mi sentivo un po' come un esploratore d'altri tempi, una sensazione che solo un uomo che entra per la prima volta nella stanza della ragazza che ama conosce.

Quando mi ritrovai dentro quelle quattro mura, rimasi a bocca aperta. Casa di Emma era... un disastro. C'erano vestiti ammucchiati ovunque, il letto era sfatto col lenzuolo per terra insieme ai cuscini, come se qualcuno fosse stato aggredito nel sonno. La scrivania, poi, era colma di cartacce, quaderni, riviste e pennarelli, c'era anche una tazza di tè vuota, ma con ancora la bustina dentro. Su una sedia vidi uno zaino simile al mio, ma completamente aperto e pieno di buste. A una parete era appeso un telo con sopra disegnato un mandala.

«L'ho fatto io» disse Emma con orgoglio.

«Davvero?» dissi.

«Sì, ci ho messo due notti. Sai, la notte mi piace stare sveglia e fare queste cose. Oppure leggere un buon libro.»

Istintivamente avevo raccolto alcuni vestiti e li stavo ripiegando. Eredità di mia madre, maniaca dell'ordine.

Lei mi fissò divertita per qualche secondo, poi mi disse: «Lasciami indovinare... sei un Toro».

«Ma come diavolo fai a saperlo?»

«Be', ti piace programmare tutto nei minimi dettagli e pensi mille volte prima di agire. Sei paziente e buono. E poi solo un Toro può piegare i vestiti con tutta quella cura.»

Risi, ma continuai a piegarli.

«E tu, invece, di che segno sei?» le chiesi.

«Sagittario.»

«E quali sono le caratteristiche del Sagittario?»

«Le mie, precise precise.»

«Cioè?»

«Il simbolo del Sagittario è il centauro, metà uomo e metà animale. Significa che ho una parte umana e una parte animalesca. Sono piena di energia e molto istintiva.»

«Onestamente non ho mai creduto all'oroscopo ma potresti avermi appena fatto cambiare idea» dissi. «Ma tu davvero riesci a indovinare i segni delle persone in questo modo? Hai un dono!»

Emma ridacchiò.

«Che c'è?»

«So che sei Toro perché l'altra sera mi hai detto che compirai trent'anni a fine aprile.»

Per un istante rimasi a bocca aperta, come un pesce lesso. Poi scoppiai a ridere, e lei con me.

Emma svuotò il piccolo zaino che aveva con sé. Prese la sua divisa da ambulatorio e disse: «Mi dispiacerà dirti addio».

«Perché dici così?»

«Non posso continuare oltre, per legge. Oggi è stato il mio ultimo giorno. Diventerebbe un lavoro e non sarebbe più volontariato. Ma passerò comunque a vedere come sta... Blu hai detto?»

«Esatto.»

Ebbi un brivido, e pensai che, se non fossi passato quel giorno, forse mi sarei dovuto imbarcare in una nuova caccia a Emma.

Che mi avesse messo alla prova?

A quel punto, senza preavviso, lei si cominciò a spogliare e annunciò: «Faccio una doccia veloce e sono pronta».

Io mi voltai di scatto dall'altra parte, probabilmente paonazzo.

Sentii che rideva.

«Perché ridi?» mormorai imbarazzato.

«Perché sei un gentiluomo.»

Mi passò vicino alle spalle completamente nuda, non la vidi ma avvertii un brivido lungo la schiena.

«Arrivo subito!» urlò da dentro il bagno.

Io quasi tirai un sospiro di sollievo, e nell'attesa mi misi a curiosare tra i suoi libri. Erano quasi tutti di spiritualità o di viaggio. C'erano anche dei quaderni, su cui probabilmente prendeva appunti, un po' come avevo cominciato a fare io. Andai alla finestra. Volevo scoprire cosa vedeva Emma appena sveglia ogni mattina. Ma, prima ancora del panorama, il mio sguardo fu catturato da due paia di mutande da donna, appese ad asciugare.

"Le mutande di Emma" pensai, e realizzai in quell'istante di essere a casa sua da solo, mentre era di là, nuda in bagno.

Mi incantai per qualche istante, sentendomi un maniaco sessuale. Poi distolsi immediatamente lo sguardo, pensando a quanto sarebbe stato imbarazzante se mi avesse visto.

Ma poi sentii: «Non mordono mica, eh Luca».

Io sobbalzai e mi voltai di scatto. Emma era lì di fronte a me, bellissima e pronta per uscire.

«Cosa non morde?»

«Le mie mutande» disse lei sorridendo con fare malizioso. «Non hanno mai morso nessuno, non avere paura.»

28

Il Campuhan Ridge Walk è un sentiero di trekking che si snoda su una collina. Emma me lo aveva descritto come uno dei pochi posti turistici di Bali che, nonostante la folla, valgono la pena di essere visitati.

Scoprii subito che Emma era piena di energie anche in fatto di camminate. Imboccò un sentiero di cemento che passava in mezzo alla fitta vegetazione e io faticai a starle dietro, nonostante avessi le scarpe da ginnastica.

«Ma tu hai sempre le infradito?» le chiesi.

«Le scarpe chiuse limitano la mia libertà personale» replicò lei.

Sorrisi e mi chiesi ancora una volta da dove arrivasse quella ragazza. Percorremmo insieme qualche centinaia di metri in salita – con lei sempre davanti e io che la seguivo a poca distanza –, finché uscimmo dal tunnel naturale formato dagli alberi e ci ritrovammo in cresta alla collina, circondati dal verde più intenso che avessi mai visto, con l'erba alta che si muoveva al ritmo del vento, sotto un cielo che più azzurro non si poteva. Sembrava un luogo persino troppo bello per essere vero.

Peccato solo per i tanti turisti impegnati a scattarsi una fotografia dopo l'altra. C'era persino un'altalena installata nel vuoto: salirci costava ventimila rupie indonesiane e farsi scattare una foto dallo staff ne costava altre trentamila. Incredibilmente, c'era la fila.

Come se mi avesse letto nel pensiero, Emma mi chiese: «È triste, vero?».

«Un po'» risposi, «ma in fondo, chi siamo noi per giudicarli?»

«Hai ragione, però i turisti sono la rovina di molti posti meravigliosi.»

«Be', anche io sono un turista. Anche tu lo sei stata.»

«No, Luca. Noi siamo viaggiatori. È una cosa molto diversa.»

«Ah sì? E qual è la differenza tra un turista e un viaggiatore?»

«Il turista parte comodo e vuole stare comodo, anche se questo significa provocare danni al luogo che visita. Per lui è tutta una questione di soldi. I turisti vengono, comprano, consumano, distruggono e se ne tornano a casa. Pensa alle migliaia di turisti che in Thailandia vogliono a tutti i costi fare il tour in sella all'elefante. Non hanno idea di cosa subiscono quegli animali... vengono allontanati da piccoli dalla madre, vengono frustati e torturati finché non si sottomettono e poi passano tutta la loro esistenza incatenati a un palo e costretti a portare in giro persone fino a morire di stenti.» Sospirò. Un sospiro carico di rabbia e sofferenza. «Ho lavorato in un centro di recupero a Chiang Mai, nel Nord del Paese. Mi veniva da piangere ogni giorno. Ho visto un elefantino morire dal dolore, tanto era stato maltrattato.»

«Che tristezza... effettivamente non li ho mai capiti quelli che si divertono a vedere animali palesemente sfruttati. Tipo quelli che ancora vanno al circo.»

Emma fece un gesto con le mani come a dire: "Esatto!".

«E il viaggiatore chi è?» le chiesi.

«Il viaggiatore è chi si immerge completamente in quel "resto" che il turista non vuole conoscere. Ci sguazza dentro, nuotando come un bambino che si tuffa per la prima volta nel mare» disse, e vidi che un bellissimo sorriso le si stava aprendo sul viso. «Il viaggiatore parte per soddisfare il suo desiderio di scoprire. Luoghi, persone, cibi, tradizioni, miti, modi di vivere. Il viaggiatore non è interessato ad apparire perfetto nelle foto, perché sa che la realtà è sporca e cruda, spesso difficile da comprendere e a volte dolorosa. Ma al viaggiatore interessa solo la realtà, perché è nella realtà che si sente vivo. E tu, Luca, sei un viaggiatore. Nessun turista si sarebbe svegliato alle cinque del mattino solo per vedere l'alba sulla spiaggia...»

Sorrisi.

Intanto, camminando eravamo arrivati al punto più alto della collina. Il sole stava iniziando a calare, ormai, e la distesa d'erba sotto di noi era immersa nella luce arancione del tramonto.

I turisti si erano diradati. In molti infatti avevano desistito e non avevano completato la scalata.

Mi voltai verso Emma e, sorridendole dolcemente, la baciai. In un attimo mi sembrò di entrare in una dimensione parallela dove non c'era spazio per il dolore e l'infelicità.

Ma ecco che quando ci staccammo la sua espressione preoccupata, la stessa che avevo visto la sera precedente, era ancora lì sul suo volto.

«Probabilmente ti devo delle scuse per ieri sera» mi disse lei prima che potessi chiederle qualcosa.

Il cuore mi cominciò a battere forte.

«Lascia stare le scuse» riuscii a dire. «Però una spiegazione la apprezzerei.»

Era così, non volevo rischiare di cadere di nuovo in quell'incertezza dolorosa.

Emma distolse lo sguardo dal mio, pensierosa.

«Come te lo posso spiegare...» sussurrò riprendendo a camminare. Sembrava combattuta e tesa, e non volevo che si sentisse in quel modo.

Le presi delicatamente una mano. «Ti ricordi cosa mi hai detto la prima volta? Io te: così come siamo. È vero, io e te non ci conosciamo da tanto tempo, ma credo che anche tu abbia sentito qualcosa. Io non ti giudicherò. Con me potrai sempre parlare liberamente.»

Mi ringraziò con gli occhi.

«È che... ho avuto tante, troppe brutte esperienze con gli uomini. Tutti quelli che ho incontrato nella mia vita mi hanno delusa. Tutti.»

Rimasi in silenzio, volevo che fosse lei a tirare fuori ciò che aveva dentro e la macerava.

«A partire da mio padre ... picchiava mia madre» disse mentre gli occhi le si facevano lucidi. Non erano lacrime di tristezza, ma di rabbia. Aveva il fuoco negli occhi. «E quando io provavo a difenderla picchiava anche me.»

«M-mi spiace... è terribile...», non sapevo che altro dire.

«Per quel motivo sono scappata appena ho potuto, a diciannove anni. Fu mia madre a incoraggiarmi: in lacrime mi disse di andarmene e non tornare, perché io potevo ancora farlo mentre lei ormai era imprigionata in quel matrimonio. Lei poteva o sopportare i suoi abusi o farsi ammazzare. Praticamente, non aveva scelta.»

Emma parlava guardando per terra e il suo accento ispanico si fece più marcato.

«Non avrei mai lasciato mia madre da sola laggiù, mai. Ma fu lei a implorarmi di non sprecare la mia vita in Argentina.»

«E ora la situazione com'è?»

Il volto di Emma si illuminò un po'.

«Oh, ora va tutto bene. Per fortuna mio padre non è più un problema. Però sono rimasta in pessimi rapporti con i suoi familiari, e anche con mio fratello maggiore, che lo ha sempre difeso. Mia madre è tornata a vivere nel suo paese, dove abitano le sue sorelle. Sta bene, mi manca da morire e non vedo l'ora di rivederla.»

Emma si fermò, era emozionata, e non faceva nulla per nasconderlo.

«Viaggiare mi ha aiutato a capire che non dovevo odiare tutti. Quando sono partita ero piena di rabbia, di dolore... Viaggiare è stata la mia terapia, perché mi ha permesso di conoscere tante persone meravigliose. Al tempo stesso però...»

«Però?»

«Diciamo che ho incontrato anche tanti ragazzi che mi hanno portato a essere la persona che sono oggi. Lo sai, ti ho già raccontato delle mie delusioni d'amore. Ci potrei scrivere un romanzo...»

«Che persona sei oggi?»

«Una che sente di stare meglio da sola che con un uomo accanto.»

Avrei voluto dirle che anche io avevo provato la stessa sensazione durante quel viaggio, ovvero che sentivo di non aver bisogno di nessun altro. E che prima avevo provato lo stesso desiderio di scappare lontano da casa, da qualche parte dove nessuno sapesse nemmeno il mio nome. Ma potevo davvero anche solo paragonare la sua situazione alla mia? Era cresciuta con un padre violento da cui era scappata appena aveva potuto... così restai in silenzio.

«Tutti i ragazzi che ho conosciuto erano schiavi del proprio ego e bugiardi. E non parlo solo di tradimenti» riprese.

«In che senso?»

«Progetti e promesse impossibili da mantenere. Così grandi da diventare inevitabilmente bugie. Perché, mi chiedo io. Perché riempirsi la bocca di tutte queste sciocchezze invece di godersi una relazione, giorno per giorno? Senza promesse, senza armature. Io e te, così come siamo.» Sollevò gli occhi verso di me. «Perché è così difficile per voi uomini essere semplicemente voi stessi?»

Mi aveva preso alla sprovvista, ma sapevo che era importante che rispondessi: «Credo che molti uomini non siano pronti ad affrontare una ragazza forte, come te, ma ne siano profondamente attratti. Forse molti di loro ti vedevano come una sfida e anche quando capivano che la relazione non aveva futuro non si arrendevano. Non volevano pensare di perdere questa ragazza così speciale e diversa dalle altre, anche se magari non ti amavano nemmeno. Credo che per molti uomini l'amore sia tutta una questione di ego, non accettano l'idea che la "loro" donna finisca con un altro. Ecco perché promettono l'impossibile.»

Non so come mi vennero quelle parole. Ma dagli occhi di Emma capii che, forse, avevo colto nel segno.

«Non ci avevo mai pensato» disse.

Io annuii.

Poi calò di nuovo il silenzio, mentre il tramonto si faceva sempre più suggestivo di fronte a noi.

«Tu, invece, hai sempre avuto relazioni sane?» riprese a parlare Emma.

«Ho avuto una sola fidanzata» risposi.

«Davvero?»

«Sì... e anche io le mentivo.»

«In che modo le mentivi?»

«Nel modo peggiore che ci sia: dicevo di amarla, quando in realtà non era vero.»

«Come fai a essere così sicuro che non la amavi?»

«Be', quando mi ha confessato di avermi tradito non ho provato niente. Niente, nemmeno un po' di dolore. Ma in realtà anche nella quotidianità già sapevo di non amarla. Eppure preferivo fare finta di sì, senza chiedermi se ci stessi insieme soltanto perché avevo troppa paura di stare da solo. Però ne sono stato sicuro in un altro momento...»

«E quale?»

Presi fiato per un istante. Sapevo di essere davanti a un punto di non ritorno. Ma non avevo alcuna esitazione e quella linea la tracciai.

«Ho capito di non aver mai amato Sara quando ho incontrato te. Incontrarti e conoscerti mi ha fatto capire che non ho mai amato veramente nella mia vita.»

Mi guardò intensamente. In quel momento avrei voluto baciarla. Perché continuare a parlare? Le parole iniziavano a diventare pesanti e tiravano fuori ricordi spiacevoli. Mi avvicinai, ma lei si ritrasse.

«Vedi» disse, «è proprio questo il motivo per cui sono scappata l'altra sera.»

«Cioè?»

«Non riesco a fidarmi completamente di te. Non me la sento.»

Le sue parole mi colpirono al petto, facendomi male. Più male di quanto avrei mai immaginato. «Be', in fondo lo capisco» provai a dire. «D'altronde ci siamo appena conosciuti.»

«Non è solo questo, Luca... io ho smesso di credere nelle relazioni. Non solo perché ogni uomo della mia vita si è dimostrato inaffidabile e bugiardo, le colpe le ho anche io.»

«Cosa intendi?»

Ebbi l'impressione che la temperatura si fosse abbassata di un paio di gradi. La conversazione era diventata tesa, le parole taglienti e difficili da gestire.

«Non posso stare qui a dire che la colpa fosse solo loro, dei miei ex. La colpa era anche mia. Non sono una ragazza con cui è facile stare.»

«Non mi dai questa impressione.»

«Dài, lo hai visto anche tu come guido lo scooter. Ecco, io vivo esattamente come guido lo scooter.»

«Non ti seguo.»

Emma si fermò a riflettere. Poi mi diede una descrizione di se stessa molto forte e inaspettata, tanto severa quanto lucida.

«Io mi annoio molto facilmente e odio tutto ciò che è abitudinario. Forse perché ho viaggiato, forse perché associo la routine a ciò che succedeva in casa quando ero bambina, ma l'idea di incontrare ogni giorno sempre le stesse facce, fare sempre le stesse cose e vedere sempre lo stesso orizzonte mi dà una sensazione di soffocamento. Quindi capisco che molti uomini li ho persi io, so di averli spinti io lontano... perché dopo un po' la mia libertà mi mancava. Mi mancava mettermi lo zaino sulle spalle e sparire, da sola.»

La ascoltavo e la terra cominciava a mancarmi sotto i piedi.

«Non è facile essere come sono io e avere una relazione. Perché le relazioni si basano sulle sicurezze, e io di sicurezze non so darne. Non sono fatta per stare seduta su un divano a guardare la televisione ogni sera, in silenzio. Certe ragazze le conquisti con i regali ma con me non funziona... mi odierei profondamente se dovessi diventare quel genere di fidanzata. Ripenserei a tutte le volte in cui da bambina mi dicevano: "Questo non puoi farlo perché sei una femmina" e io sognavo di costruirmi una vita libera e indipendente da quei pregiudizi.»

Si fermò, come per ragionare su dove stava andando il suo discorso.

«Io ho vissuto certe esperienze nella mia vita, viaggiando,

che mi hanno fatto piangere dalla felicità. Cosa me ne faccio di un paio di scarpe nuove? A me interessa sentirmi viva come quella volta in cui ho fatto bungee jumping in Nuova Zelanda oppure quando ho visto le tartarughe schiudere le uova e camminare verso il mare, all'alba, in Costa Rica. Nel tempo ho capito che queste sensazioni le posso ottenere più facilmente da sola, godendo appieno della mia libertà.»

Emma si fermò, mi guardò di nuovo.

«Ma la verità, forse, è che ho paura.»

«Paura di cosa?»

«Paura di fermarmi e scendere da questa giostra. Paura di diventare come molte mie amiche, in Argentina. Ragazze che avevano sogni e ambizioni e li hanno sacrificati nel nome di un matrimonio e della famiglia. Ragazze che potevano essere qualsiasi cosa nella vita, qualsiasi, ma hanno scelto di essere semplicemente "la ragazza di" qualcuno. E sia chiaro: non credo ci sia niente di male nello sposarsi e avere figli. Anzi, a volte invidio le coppiette innamorate in viaggio.»

Mi tornò in mente quando, rimirando il tramonto a Uluwatu, avevo visto quella coppietta abbracciata. Avevo provato la stessa sensazione.

«Il fatto è che, se ti impegni in una relazione, inizi a programmare il futuro. Io non sono brava in questo... e mi mette l'ansia. Perché cosa succede quando stai con una persona per qualche anno?»

«Inizi a pensare al matrimonio e ai figli» dissi io.

Emma aveva gli occhi leggermente spalancati. Mi guardò e annuì.

«Esatto. E spesso non ci pensi perché lo vuoi, ma perché la società ti spinge a credere che sposarsi, comprare una casa e metter su famiglia sia la strada giusta.»

«L'unica strada giusta» dissi io.

Era esattamente ciò che avevo provato io quando avevo deciso di mollare tutto e partire.

Ora, però, mi faceva male pensare che Emma potesse rimanere ingabbiata in una fuga continua, senza potersi mai fermare.

«Se c'è una grande lezione che ho imparato viaggiando è che la vita è qui e ora» riprese lei. «Può sembrare naïf, ma è la verità. Ognuno di noi ha solo il presente: questo esatto momento in cui io ti sto parlando e tu mi stai ascoltando, questo tramonto è tutto ciò che abbiamo. Non è che io non pensi al futuro, ma non voglio pianificare più di tanto. Magari domani mi vado a schiantare con lo scooter e la mia vita finisce così...»

«Questo è un discorso un po' infantile» dissi. «E tu lo sai.»

Pensavo si sarebbe offesa. E invece lei, sorprendentemente, sorrise.

«Vedi, tu mi piaci perché sembri diverso» replicò. «Non hai paura di dirmi cosa ti passa per la testa. Sai quanti uomini mi hanno parlato con questa schiettezza nella mia vita? Nessuno.»

Sorrisi.«E comunque... *vaffanculo*» disse in italiano.

Quasi sobbalzai. «Come?»

«Vaffanculo per avermi detto che il discorso sul qui e ora è infantile. Quella è roba profonda.»

Scoppiammo a ridere.

Riprendemmo a camminare, dovevamo tornare prima che si facesse completamente buio.

Dopo qualche passo ruppi il silenzio: «Emma, io e te possiamo essere diversi e stare insieme».

Lo dissi lentamente, scandendo le parole. Lei guardò altrove, come stesse pensando alla stessa cosa.

«Non lo so, Luca.»

«Hai smesso di credere nell'amore?»

«Forse sì. Ma una volta ci credevo davvero. Credevo che l'amore mi avrebbe salvata. Guarda qui.»

Girò il polso sinistro, mostrandomi un simbolo che aveva tatuato, e che già avevo notato: una ruota divisa in due parti uguali, una bianca con un puntino nero e una nera con un puntino bianco.

«Lo conosci?»

Feci di sì con la testa. «L'ho già visto... ma non so bene di cosa si tratti.»

«È il simbolo dello Yin e dello Yang. È un simbolo orientale che rappresenta la vita come risultato dell'armonia degli opposti, cioè che il giorno esiste solo perché c'è la notte, e che non può esistere il sole senza la luna, e che non si può negare il male se non si vuole negare anche il bene, perché il bene e il male fanno parte della stessa ruota. Non esiste piacere senza dolore, e felicità senza infelicità. Insomma, non esiste Yin senza Yang, perché la perfezione è nell'incontro degli opposti: il bianco e il nero si uniscono, ma senza che uno sovrasti mai l'altro. Si completano, senza annullarsi.»

«E perché nel bianco c'è un puntino nero e nel nero c'è un puntino bianco?»

«Perché in ogni cosa deve esistere anche un po' del suo opposto. Se sei Yin e non permetti allo Yang di far parte di te, anche solo con un piccolo puntino bianco, non sarai mai completo. Per esempio, se tu sei una persona molto tranquilla e razionale, ogni tanto devi permettere alla tua parte istintiva di emergere. Devi fare qualche follia, perché è quello il tuo puntino bianco nel nero. Se non lo fai, non ti realizzerai mai pienamente, ti brucerai dentro un solo colore che ti farà sempre sentire incompleto.»

«E questo cosa c'entra con l'amore?»

«Credo che il vero amore sia come lo Yin e Yang: due persone che si uniscono alla perfezione ma senza mai sovrastarsi. Un tempo credevo che ognuno di noi abbia uno Yin o uno Yang che lo aspetta là fuori. Poi, crescendo, mi sono detta che era ora di smettere di credere alle favole.»

Quella conversazione mi aveva messo un po' a disagio. «Perché siamo qui se non credi più nell'amore?» le chiesi.

Lei alzò le spalle. Non mi guardava, ma notai che aveva gli occhi lucidi.

«Perché... sembri diverso, te l'ho detto.»

«A me sembra di essere un tizio qualsiasi» dissi.

Lei fece un sorrisetto amaro. «Luca, devi imparare ad amarti di più.»

Era la stessa conclusione a cui ero giunto io alla fine della mia crisi esistenziale, quella che mi aveva portato lì all'altro capo del mondo, ma lei questo non poteva saperlo. Eppure, in qualche modo, lo sapeva.

In quel momento avrei voluto dirle che pensavo di essermi innamorato di lei, anzi mi ero innamorato di lei, e sapevo che insieme avremmo potuto fare qualsiasi cosa. "Diamoci una possibilità, una sola", le parole erano sulla punta della mia lingua.

«Sai perché ieri sera ho reagito in quel modo dopo il bacio?» riprese lei. «Perché mi è venuto il dubbio che avessi fatto tutta quella scenetta del cane salvato per fare colpo su di me. Mi è capitato anche quello, tra le mie varie disavventure d'amore: un tizio che si è finto un grande animalista, amante delle tartarughe marine, solo per portarmi a letto.»

«Ma come puoi pensare una cosa del genere?» sbottai. «Io nemmeno sapevo che lavoravi in quell'ambulatorio.»

«Hai ragione...» fece lei. «Ma te l'ho detto, non mi fido più degli uomini... non lo so. Sono combattuta. Vorrei tanto... ma non ci riesco.»

«Cosa vorresti?»

Lei non mi rispose direttamente, mi disse: «Non ho un compagno da due anni e non ne sento la mancanza. Sto benissimo da sola, questi due anni sono stati pieni e felici. Senza drammi, senza menzogne, senza tradimenti, senza quelle patetiche promesse impossibili da mantenere. Senza le notti insonni a chiedermi chi diavolo fosse *davvero* il tizio dentro al mio letto. Senza quell'angosciante desiderio di scappare, da lui e dai suoi amici e da tutti quanti, per tornare in strada a camminare, da sola, con il mio zaino in spalla.» Fece una pausa. «Mi ero proprio convinta di stare bene da sola, di aver trovato la mia dimensione. Poi sei arrivato tu.»

«Io?»

«Sì, tu. Con questi tuoi modi mai visti prima, con questo tuo essere un po' goffo, ma buono, gentile. Tu che sei preciso e ordinato, eppure una grande follia l'hai già fatta nella tua vita, mollando tutto e venendo qui. Tu che quella mattina, a Dreamland Beach, mi guardavi dentro mentre mi ascoltavi. E mi ascoltavi, per davvero.»

Mi mancò il fiato. Quindi anche lei, quella mattina, aveva provato qualcosa.

«Sai perché ti avevo detto che non sarei stata in ambulatorio?» continuò.

«Me lo sono chiesto...»

«Volevo sapere se saresti andato a trovare il cane pur sapendo che io non c'ero.»

La guardai, mi aveva messo alla prova, esattamente come avevo immaginato. E ora, dopo i racconti sulla sua vita, capivo perché.

«Mi dispiace per tutto quello che hai dovuto subire, Emma» le mormorai.

Lei non disse nulla. Decidemmo di tornare indietro, senza dircelo. Semplicemente, ci girammo e camminammo nella direzione opposta. Il vento si era gonfiato e i turisti erano quasi scomparsi. Era sera ormai.

Mi sentivo il cuore pesante, bagnato. Ma non ero andato fino a Bali per innamorarmi perdutamente e restarmene in silenzio, permettendo a quei silenzi di allontanarmi da una donna che mi faceva sentire come nessun altro era mai riuscito.

«Emma, voglio dirti una cosa.»

Si fermò. Aveva l'aria stanca, ma era bellissima.

«Perché non ci diamo un'opportunità? Non dobbiamo correre, non devi sentirti soffocare dalla mia presenza. Perché non proviamo a essere liberi... ma insieme?»

«Come si fa a essere liberi insieme? Se sei insieme a qualcuno, scendi a compromessi. Sempre.»

«Non è detto. Almeno non se due persone vanno insieme nella stessa direzione in cui andrebbero da soli. E se noi due avessimo le stesse coordinate?»

«Le stesse coordinate?»

«Già. Se noi due puntassimo nella stessa identica direzione, perché allora non tenerci compagnia durante il viaggio?»

«Luca...» mi bloccò lei. «Non ho paura di ciò che siamo ora, ma di quello che potremmo diventare.»

Quelle parole mi risuonarono come una porta che si chiude, e che poi viene sprangata. «Senti, non voglio che vada come ieri...» continuò Emma.

«Però ora devi andare» conclusi io.

Il suo sguardo era carico di dispiacere. Ma non mi contraddisse.

«E immagino anche che domani non andremo a fare surf insieme a Canggu» aggiunsi per sdrammatizzare.

Dentro, però, mi sentivo morire.

Emma fece un sorriso stanco. «È che sento il bisogno di riflettere un po' e stare un po' da sola. Devo prendermi del tempo...» disse.

«Va bene, Emma» aggiunsi. «Non ti preoccupare. Prenditi tutto il tempo di cui hai bisogno.»

Mi ringraziò con lo sguardo.

Prima di andarsene disse: «Dammi il tuo cellulare».

Obbedii. Lei memorizzò il suo numero semplicemente come "E.", e poi me lo restituì.

«Vuoi un passaggio in scooter? Prometto che vado piano.»

Ora era lei a provare a sdrammatizzare. La guardai negli occhi per un attimo, poi distolsi lo sguardo. Non mi sembrava una buona idea, pensai che me lo avesse proposto solo per gentilezza. L'idea di ritrovarci attaccati l'uno all'altra, in silenzio e con la testa piena di pensieri, non entusiasmava nessuno dei due.

«No, grazie. Cammino un po'.»

«Sei sicuro? Non mi costa niente.»

«Sicurissimo.»

Eravamo fermi di fronte allo scooter, uno davanti all'altra. In attesa di una fiamma che non si accese.

«Ciao Luca» disse senza guardarmi.

Quindi salì a bordo del suo scooter con l'adesivo dei Nirvana e partì. All'incrocio si infilò nella corsia di sinistra tagliando la strada a un altro scooter.

Io restai fermo, con le mani in tasca, a osservarla mentre si allontanava. Guardai il cielo di Bali, che era già colorato di blu scuro: niente baci quella sera, niente stelle.

29

La mattina dopo mi svegliai con uno strano sapore di malinconia in bocca.

Ma quando mi affacciai alla finestra della mia camera e vidi il cielo limpido sopra la distesa di case basse di Ubud mi sentii immediatamente meglio.

Ripensai alla vita che avevo lasciato in Italia. Vista dall'interno, era "normale", simile a quella che avevano tutti gli altri. Ma vista da quell'isola, dove tutti sorridevano e passavo la maggior parte delle giornate all'aria aperta, quella mia esistenza era un inferno.

A volte, mi dissi, sei in grado di giudicare le cose con oggettività solo quando te ne allontani. Anche con Emma, forse, era così: non avendola davanti agli occhi, era più facile capire cosa provavo per lei.

Avrei potuto stare tutto il giorno a guardarla mangiare riso e verdure o parlare con la gente del luogo. Avrei voluto avere un cd con il greatest hits delle sue espressioni miste tra inglese e spagnolo, di quel suo "emmese" che mi piaceva tanto.

Se a Bali avevo trovato il mio posto nel mondo, in Emma avevo trovato la chiave di volta per la mia felicità. Lei mi aveva mostrato che la felicità è come una fiamma: noi da soli possiamo accenderla, ma soltanto gli altri possono farla divampare o, al contrario, spegnerla.

Ora, quindi, avevo paura. Perché Emma, quella felicità, poteva spegnerla esattamente come l'aveva fatta divampare. E io come avrei reagito? Avrei trovato la forza di accontentarmi di camminare dopo aver volato così alto?

Mi feci una lunga doccia provando a pensare ad altro, ma la mente andava sempre lì, al pensiero di Emma.

«Cosa succede?» mi chiese la signora della guesthouse quando scesi per la colazione.

«Mah, niente...» mormorai io.

Lei mi guardò con un'aria dolce, ma al tempo stesso determinata, un po' come mi avrebbe potuto guardare una nonna premurosa. Nei suoi occhi leggevo una frase: "Dimmi la verità".

«Problemi di amore» sputai il rospo. «Un amore che forse non si potrà realizzare.»

La signora mi versò il tè nella tazza.

«L'amore trova sempre un modo» disse con un sorriso rassicurante.

In quel momento avrei tanto voluto abbracciarla, e mi resi conto di non sapere nemmeno come si chiamasse. Non che poi importasse così tanto, con il suo modo di essere rassicurante e attenta, quella donna si stava mostrando per ciò che era davvero: una mamma per chiunque avesse bisogno di un po' di consolazione.

Le sue parole mi furono di grande conforto quel giorno. E il giorno successivo. E il giorno ancora successivo. E quello dopo ancora.

Perché il sole continuava a sorgere ed Emma continuava a mancare.

Furono giorni in cui, nell'attesa di un messaggio di Emma che non arrivava mai, decisi di prendermi il più possibile cura di Blu, determinato a mantenere la promessa che gli avevo fatto.

Il primo giorno, nelle sei ore che trascorsi in sua compagnia nella "stanza delle gabbie", come l'avevo soprannominata, Blu non si resse nemmeno una volta sulle zampe posteriori. Non appena lo appoggiavo, quelle cedevano e lui cadeva sul sedere.

Il secondo giorno provai a incoraggiarlo a parole, guardandolo negli occhi. Una volta avevo letto che le piante crescono meglio se gli parli, quindi pensai che avrebbe potuto funzionare anche con un cane.

Gli dicevo: «Dài, piccoletto, ce la puoi fare», «Sei meglio di così, reggiti in piedi!», e altre frasi del genere.

Lui, però, mi guardava per un attimo inclinando la testa e poi cascava giù.

Era dura, ma non mollai. Finché, poco prima di andare a pranzo, Blu riuscì a reggersi sulle zampette posteriori per un paio di secondi. Era traballante, ma aveva l'espressione di chi sta vivendo una magia. E fu abbastanza per farmi urlare di gioia. Lui, in risposta, abbaiò e cominciò a scodinzolare allegro.

«Oggi pomeriggio ti porto a fare un giretto!» gli dissi.

Poi lo rimisi nella gabbia e andai a pranzo.

Mi bastò uscire da lì, staccarmi dall'entusiasmo sincero e puro di Blu, perché la mente tornasse a pensare a Emma, rabbuiandosi.

La percepivo ovunque, nel sapore ancora sorprendente di quei piatti indonesiani che mi aveva fatto scoprire, nel rumore di ogni scooter che sfrecciava sulla strada, in ogni tempio che mi ricordava quello davanti a cui ci eravamo baciati.

Emma era in ogni dettaglio di Ubud. Emma era Ubud e i suoi occhi erano il cielo sopra Bali.

Quel giorno, passeggiando dopo pranzo, mi capitò di vedere una ragazza sui vent'anni che stava uscendo di casa indossando un abito tradizionale balinese viola, stretto in vita da una fascia gialla e lungo fino alle caviglie. I capelli, neri e liscissimi, erano fermati dietro la nuca in un'elaborata acconciatura. Gli occhi erano neri e profondi. In una mano teneva una specie di bouquet di fiori. Ne avevo già visti molti in giro per Ubud e avevo notato che venivano posizionati ai piedi delle statue, spesso insieme a del cibo e a qualcosa da bere. Erano offerte alle divinità, anche se poi, molto spesso, erano i cani randagi ad avvantaggiarsene.

Anche quella ragazza posò il suo bouquet ai piedi di una statua, quindi accese dei bastoncini di incenso e, con gli occhi chiusi e recitando una preghiera, li mosse armoniosamente davanti a sé. Il fumo seguiva i suoi movimenti, creando disegni nell'aria. Era elegante, leggera, e pareva che neanche toccasse per terra.

Perché Emma non poteva essere leggera a quel modo? Perché la vita l'aveva portata a diventare così sospettosa nei confronti degli altri? Mi mancava da morire, ma in quel momento provai solo molta tristezza per lei. Era evidente che dietro al suo voler essere libera e indipendente e dietro alle sue battute si nascondesse del dolore. Il suo costante vagabondare era una fuga dalla sofferenza.

Nel pomeriggio tornai all'ambulatorio e, come gli avevo promesso, portai Blu fuori.

Di fronte al suo spavento, cercai di tranquillizzarlo. «Amico, devi solo uscire dalla tua comfort zone» gli dissi ridendo da solo.

Passammo tutto il pomeriggio in un prato non lontano dall'ambulatorio. Per ben quattro volte Blu riuscì a tenersi in piedi, ed ebbi la certezza che, insistendo, ce l'avrebbe potuta fare. Cominciai a vivere la sua riabilitazione come una sfida, da cui in qualche modo dipendeva anche tutta la mia vita.

Quella sera, tornato alla guesthouse, avrei voluto chiamare Emma, raccontarle di Blu e dirle che mi mancava.

Già molte volte mi ero ritrovato a fissare l'immagine che aveva impostato come profilo di WhatsApp. Non so chi gliela avesse scattata, né dove. Lei era di profilo, bella e abbronzata così come la conoscevo io, e guardava verso il mare con gli occhi socchiusi. La osservai incantato per dieci minuti e alla fine non le scrissi nulla, né la chiamai. Mi aveva chiesto del tempo, volevo rispettare la sua richiesta.

Mi misi a letto senza neppure cenare. Dormire, come sempre da quando ero arrivato a Bali, mi aiutava a lenire le ferite.

E, come sempre, mi addormentai in un istante.

Il giorno successivo, lì nella "stanza delle gabbie", Blu cominciò a reggersi in piedi anche per una decina di secondi consecutivi. Ero commosso.

Thomas, vedendomi alle prese con lui, per la prima volta mi regalò un sorriso mezzo storto che però valeva più di mille parole.

Nel pomeriggio lo portai nel prato e lui riuscì a stare sulle quattro zampe senza alcuno sforzo. Mi veniva da piangere. Ma dovevo insistere, ancora di più. Feci qualche passo e lo invitai a seguirmi. In quel momento le sue zampe posteriori cedettero. Io però mi avvicinai, lo presi in braccio e lo accarezzai con vigore.

«Così ce la farai, amico. Ce la farai, cazzo.»

E il mattino successivo, finalmente, Blu mosse i primi passi.

Erano ancora incerti, ma lui sembrava davvero sul punto di ritrovare il controllo del suo corpo. E come scodinzolava, stupito e felice. Nel pomeriggio riuscì perfino a seguirmi per qualche metro, trotterellando allegro.

Quando lo rimisi nella gabbia, gli sussurrai: «Domani proviamo a correre, che ne pensi?».

Come se già sapesse cosa lo aspettava, il giorno successivo Blu si fece trovare dentro la gabbia tenendosi su tutte e quattro le zampe.

Thomas mi disse che il cane pareva completamente guarito. Sia grazie all'alimentazione, che gli aveva permesso di guadagnare già due chili, sia grazie alla riabilitazione che seguiva quotidianamente con me. D'istinto lo abbracciai: lui non ricambiò, rimanendo immobile come una statua, però mi sorrise.

Un attimo dopo ero fuori con Blu. Sembrava un cane normale, adesso. Lo coccolai, gli diedi le crocchette per pranzo e gli misi un osso nella gabbia, che iniziò a rosicchiare tutto contento.

Contento come lo ero io.

Non appena lo lasciai per andare a pranzo, però, la tristezza tornò tutta insieme a pesarmi sul cuore. Mangiai poco e senza alcuna voglia, chiedendomi dove fosse finita lei. Sapevo che era una ragazza completamente fuori dagli schemi e per questo motivo, se avessi scoperto che era scappata da Bali per andare a scalare l'Everest o a fare volontariato in Congo, non mi sarei stupito più di tanto. Ma una parte di me, quella più spirituale, quella che per anni si era vista sbattere la porta in faccia dalla prepotenza delle abitudini che mi spegnevano, sentiva che era ancora lì. Ero sicuro che, senza Emma, Bali avrebbe vibrato a una frequenza diversa. Ero certo che senza di lei su quell'isola non avrei dormito così bene la notte.

Emma era lì, nel giro di qualche chilometro. Ne ero certo. Però non era con me.

Come passava le sue giornate ora che aveva finito le sue giornate di volontaria all'ambulatorio? Vedeva qualcuno? Aveva delle amiche sull'isola?

Aveva detto che aveva bisogno di pensare... e allora a cosa pensava? Le mancavo, almeno un po'?

Erano tutte domande urlate al vento, che suonavano ridicole nel momento stesso in cui le pensavo.

Allora chiesi a Bali di fare un miracolo, come quel giorno a Uluwatu, quando la pioggia e il sole insieme avevano colorato il tramonto di tutti i colori della felicità.

Una volta mio padre, grande appassionato di gioco d'azzardo, mi aveva detto che nei casinò americani c'è la credenza che si possa chiedere un unico favore alla Dea bendata. Mi spiegò che, quando senti un giocatore pronunciare le parole "one time", significa che si sta giocando quella carta che si può usare una sola volta in tutta la vita.

Anche se non ci avevo mai creduto, un pomeriggio, mentre stavo uscendo da un bar dove avevo preso un caffè ghiacciato da asporto, vidi una sagoma oltre la porta. Aprii la porta e la tenni spalancata, per far passare chiunque fosse dall'altra parte. Mi rivolsi a Bali e mormorai: «One time».

Ma non fu Emma a entrare. Passò di lì un tizio grande e grosso, probabilmente americano. Mi disse: «Thanks, dude».

Me ne andai con il cuore freddo come il caffè che avevo in mano.

Tornai all'ambulatorio. Blu mi aspettava, fissandomi con quell'attenzione che hanno solo i cani quando sono concentrati al cento per cento su un essere umano con in mano del cibo. Ma io non avevo nulla con me. C'era in ballo qualcosa di molto più importante di qualche crocchetta. Lo sapevamo entrambi.

«Sei pronto, piccoletto?» gli chiesi.

E lo portai al "nostro" prato, dove mi misi a correre zigzagando come un pazzo. A un certo punto udii Blu abbaiare, con quel suo tono da cucciolo.

Quando mi voltai vidi che non solo mi stava seguendo, ma lo faceva correndo. Correva come un cane normale, con le orecchie che sobbalzavano a ogni scatto e gli occhi puntati su di me, quella strana creatura che l'aveva soccorso mentre si lasciava morire sotto un caldo atroce, quella figura alta e grande che si era presa cura di lui senza nessun motivo.

Mi venne voglia di piangere. Per Blu, perché aveva tagliato un traguardo che sembra irraggiungibile; non era diventato altro che un cane normale, ma per chi ha sofferto tanto la normalità non è scontata, anzi, è un traguardo che a volte sembra irraggiungibile.

E poi per Emma: avevo iniziato a prendermi cura di quel cagnolino con lei. E ora avrei voluto che fosse lì con me, a correre a piedi nudi sul prato. Avrei voluto indicarle le zampette, tutte e quattro dritte e piene di forza, e dirle: "Hai visto, ce l'abbiamo fatta!". Avrei voluto condividere con lei quel successo che valeva più di tutte le lauree, gli aumenti, le promozioni e i complimenti che avessi mai ricevuto nella mia vita.

Ma Emma non c'era. Mi fermai e mi sdraiai per terra. Blu arrivò di corsa, abbaiando, mi leccò il volto.

Le lacrime, soprattutto.

30

Restammo un po' lì, io e Blu. Vicini, a guardare il cielo di Ubud su un prato verdissimo.

Una parte di me era così felice che, mi dissi, quella mia esperienza a Bali avrebbe avuto un senso anche se non avessi mai più rivisto Emma.

Mi rimanevano ricordi indimenticabili del mio viaggio, non solo legati a Blu, ma anche all'isola in sé. Il tramonto a Uluwatu, per esempio. I giri in motorino, le passeggiate in spiaggia, i riti induisti a cui avevo assistito, le notti a rigenerare la mia anima offesa dai tanti anni in cui non le avevo dato ascolto.

C'era tanto di quell'esperienza che andava oltre Emma. E soprattutto non era ancora finita.

Avevo un biglietto aereo per l'Australia, e una voglia nuova di girare il mondo, di scoprirlo in lungo e in largo, di innamorarmi delle sue mille sfumature mentre mi innamoravo ogni giorno un po' di più anche delle mie, di sfumature.

Mi dissi che non avevo bisogno di Emma. Forse era stata un'illusione, una speranza infondata e una promessa tradita fin dall'inizio. D'altronde, non potevo mica obbligarla a stare con me.

Erano trascorsi cinque giorni senza vedersi, e neanche un segnale da parte sua. Evidentemente aveva preso la sua decisione. Avrei sempre conservato il ricordo di quel bacio e, seppur agrodolce, anche dei giorni passati a cercarla sull'isola, chiedendo in giro di lei come un disperato.

Questi due ricordi erano già qualcosa. Erano già tanto.

Così, mentre Blu rosicchiava il mio orologio sportivo e io ero sdraiato a guardare le nuvole che si muovevano, decisi che la mia vita sarebbe cambiata per sempre, che quel giorno sarebbe stato un nuovo inizio all'interno di quel nuovo, grande percorso che avevo intrapreso poche settimane prima. Lo fissai sul mio calendario mentale, quello dove erano segnate le date che conoscevo a memoria. Dovevo festeggiarlo, in qualche modo.

Guardai Blu mentre correva come un forsennato, felice di poterlo fare. Me lo ricordai nel momento in cui lo avevo raccolto, solo e rantolante, magro e debole. E ripercorsi con la mente tutte le cadute che si era fatto durante la riabilitazione. Era caduto, sì, ma poi si era sempre rialzato. Fu in quel momento che mi venne un'idea. Un'idea stupida, eppure era esattamente ciò che ci voleva per festeggiare a dovere quel mio nuovo inizio.

Anche se non mettevo piede a Dreamland Beach da un po' di tempo, era proprio come la ricordavo: la spiaggia larga e apparentemente infinita, la sabbia bianca, il promontorio in lontananza.

Erano le quattro e mezzo del pomeriggio, e a quell'ora l'azzurro dell'oceano maestoso era lo stesso del cielo solcato da nuvole grandi e bianche.

Nei bar sulla spiaggia le persone si godevano l'ultimo sole della giornata davanti a una Bitang, la birra di Bali. Io però puntai verso un chiosco, davanti al quale erano ammassate alcune tavole da surf.

«Ciao!» dissi con enfasi, come per mettere a tacere la tensione che provavo in quel momento.

Il ragazzo balinese che avevo di fronte mi rivolse un saluto cordiale, mettendo in mostra denti bianchissimi.

«Vuoi prenotare una lezione?»

«Mh... no, vorrei noleggiare una tavola» risposi.

Quello mi squadrò dalla testa ai piedi.

«Ma sai surfare?»

«No. Non l'ho mai fatto. E voglio provarci da solo.»

Scoppiò a ridere, ma quando capì che ero serio disse: «Davvero? Guarda che difficilmente riuscirai a stare in piedi, anche solo una volta».

Pensai a Blu. Pensai che molti avrebbero detto la stessa cosa di lui.

«Non importa, io ci provo.»

«Non lo so, amico...» disse il ragazzo. Poi guardò verso il mare.

«Va bene, dài. Oggi le onde sono molto basse. Fai solo attenzione a non rovinare la tavola, okay?»

Gli dissi che poteva stare tranquillo. Lui, però, decise comunque di impartirmi una minilezione teorica sul surf. Forse gli facevo compassione. Poggiò la tavola per terra e mi mostrò i movimenti base, spiegandomi come prendere le onde, quando alzarmi e come posizionare i piedi.

«Buona fortuna, amico» disse alla fine. «Ne avrai bisogno.»

Non avevo la muta, solo il costume, e quando mi tolsi la maglietta dovetti mostrare addome e schiena, più bianchi rispetto a braccia e gambe ormai abbronzatissime. Non me ne importava nulla. Ero lì per un motivo ben più importante.

Presi la tavola sotto il braccio e mi diressi verso il mare. Fu a quel punto che mi sentii chiamare: «Ehi!».

A poca distanza da me, seduti nel terrazzino di un bar, c'erano i tre surfisti che avevo visto la mattina in cui avevo incontrato Emma: in mezzo il tizio capellone che mi aveva detto di non farmi mai più rivedere in giro, perché altrimenti sarebbe finita male.

Ridendo come dei ragazzini, e dandosi grandi pacche sulle spalle mentre bevevano birra, mi stavano urlando qualcosa del tipo: "Razza di sfigato, pensi davvero di poter affittare una tavola e metterti a surfare così?".

Ebbi un attimo di esitazione, ma poi pensai a Blu. Mi dissi che a lui non sarebbe importato un accidente del giudizio di quei tre idioti.

Perché noi umani, invece, ci facciamo condizionare così tanto?

No. Non ero arrivato fin lì per farmi frenare dalla paura di essere giudicato. È vero, io non sapevo surfare, mentre loro sì. Mi avrebbero deriso, insultato e preso in giro in ogni modo.

Ma non doveva importarmene. Con Emma e Blu ero riuscito a essere me stesso senza sentire il bisogno di essere all'altezza delle aspettative.

Dovevo imparare a esserlo anche da solo.

Accelerai il passo e raggiunsi il mare, sforzandomi di spegnere quelle risate che ancora mi risuonavano nella mente.

L'acqua era gelida, fu come entrare in una vasca piena di ghiaccio.

Mi posizionai sulla tavola e iniziai a remare come mi aveva spiegato il ragazzo del chiosco. Osservai attentamente i surfisti davanti a me. Memorizzai dov'erano i più bravi e mi tenni alla larga da quella zona.

Dopo cinque minuti buoni a remare in acqua, mi ritrovai in mezzo a un gruppetto di principianti. Lo capivo dal fatto che alcuni di loro erano con un insegnante. Mi sedetti a cavalcioni sulla tavola, come avevo visto fare agli altri. Origliai le indicazioni che un istruttore balinese stava dando a un ragazzo pallido e magrissimo.

«Devi nuotare dentro l'onda, non sopra, né sotto. Dentro! E quando senti la corrente che ti trascina, quello è il momento di alzarti!»

Osservai il ragazzo: ci provò cinque o sei volte, ma senza successo.

Forza, mi dissi. Dovevo tentarci anch'io. Ma, nel momento stesso in cui iniziai a nuotare, udii urlare dalla spiaggia: «Vai, campione!».

I tre surfisti si erano seduti in riva al mare, ora, e stavano sghignazzando di me.

Ovviamente non riuscii a prendere l'onda: provai a tirarmi su, ma caddi rovinosamente.

Fortunatamente le correnti mi sembravano molto deboli. Rischiavo figuracce, ma perlomeno non la vita.

Ci riprovai altre tre volte. Ogni volta che riemergevo dopo la caduta, sentivo quei tre deridermi e battersi il cinque.

«Che sfigati» mormorai. «Non avete nient'altro da fare?»

Insistetti, ma ogni volta che spingevo con le braccia per alzarmi in piedi cadevo: in avanti, indietro, di lato.

"Faccio davvero pena" pensai.

Ma non mollai. Nonostante quei tre, nonostante il sole che ormai iniziava a calare, nonostante l'acqua gelida e i miei pettorali in fiamme.

Finché, a un certo punto, presi un'onda strana, che sembrava l'incrocio tra due onde diverse. Era più bassa delle altre, ma c'era una bella forza. E così mi sembrò di entrare dentro l'onda proprio al momento giusto.

Mi alzai con le mani cercando di fare un movimento dolce e deciso al tempo stesso.

Miracolosamente, non caddi e mi ritrovai con le braccia tese.

Sembravo Blu quando riusciva a usare solo le zampe anteriori.

«Ora le gambe» mi dissi in una frazione di secondo.

Curvai leggermente il mio corpo e feci scattare i piedi in avanti. Poi mi alzai, rapidamente ma senza scatti.

Rimasi per un secondo con i piedi e le mani vicini sulla tavola, con il sedere in alto. Quindi mossi un piede in avanti e mi sollevai con il busto.

E incredibilmente, per almeno un paio di secondi interi, riuscii a stare in piedi sulla tavola che sfrecciava in mare.

Trasportato dall'onda, mi ritrovai in piedi, il sole che mi illuminava, la spiaggia davanti a me, piccola e lontana. Mi sentii libero e pieno di vita. Realizzato.

Mentre iniziavo a perdere l'equilibrio, cercai con lo sguardo i tre surfisti. Li trovai: erano sempre là, seduti. Mi guardavano, ma stavolta non ridevano. Nelle loro facce lessi sorpresa, e anche vergogna. Perché ce l'avevo fatta, cazzo se ce l'avevo fatta.

Ma non mi bastava quell'espressione di stupore. No, volevo fare qualcos'altro, volevo una maledettissima ciliegina sulla torta. Avevo mezzo secondo a disposizione e feci ciò che più mi venne istintivo: alzai il pugno destro, consapevole che così avrei perso completamente l'equilibrio. Poi tirai fuori il dito medio e glielo mostrai con orgoglio, assicurandomi che capissero bene cosa stavo facendo. E, in quel momento, mentre cacciavo un incomprensibile, primordiale urlo di esultanza caddi in mare e venni sballottato dalle onde.

Il mondo di fuori non poteva sapere quanto stessi ridendo là sotto.

31

Quando uscii dall'acqua mi sentivo stravolto. Per fortuna i tre surfisti se n'erano andati, forse sentendosi stupidi.

Il ragazzo al chiosco si congratulò con me per l'onda che avevo preso.

«L'hai vista?» gli chiesi.

«Certo che sì. Ho visto tutto.»

Scoppiammo a ridere.

Poi, prima di andarmene, mi lasciai cadere sulla sabbia, gli occhi rivolti al cielo.

Di lì a un'ora sarebbe iniziato un tramonto spettacolare, ne ero sicuro. E volevo gustarmelo prima di andarmene in Australia. Mancavano due giorni.

"Sarà un'avventura spettacolare. Però, di nuovo da solo" pensai tristemente.

"Ma va bene così. Stai benissimo anche senza nessuno al tuo fianco" mi dissi subito dopo per convincermi. "Tutta questa avventura è iniziata con il no di Sara. Sei partito da solo e finirai questo viaggio da solo. È giusto così."

Era come se da cinque giorni, da quando cioè avevo visto Emma l'ultima volta, mi trovassi di fronte a un bivio. E in quel momento, sdraiato a Dreamland Beach, guardando il cielo di Bali con occhi stanchi, avevo deciso di prendere una direzione.

Non sapevo dove mi avrebbe portato, sapevo soltanto che Emma non era lì insieme a me.

Ma l'Universo o Dio, o chi per lui, si diverte a guardarci programmare tutto nei minimi dettagli, per poi far saltare in aria le nostre fragili convinzioni proprio nel momento in cui proviamo a realizzare i nostri grandi piani.

È quando decidi di prendere una direzione al bivio che si illumina l'altra, mostrandola per ciò che è: quella giusta. Senza se e senza ma, senza dubbi. Come se l'Universo o Dio, o chi per lui, avesse aspettato che ti muovessi tutto convinto verso la parte sbagliata, e solo a quel punto, trattenendo a stento le risate, ti avesse mostrato la risposta corretta.

Perché quando mi rialzai a sedere, certo di poter iniziare una nuova vita senza Emma, me la ritrovai davanti.

E, nell'istante stesso in cui la vidi, tutti quei "ce la posso fare", tutti quei "ora riparto" e tutti quei "la dimenticherò" si sgretolarono come un biscotto che precipita sul pavimento.

Era davanti a me, a piedi nudi, le gambe abbronzate che spuntavano da un paio di shorts di jeans, la canottiera bianca su cui i suoi capelli lunghi e selvaggi sembravano più scuri del solito, e i suoi occhi... Non era il cielo a esserci riflesso, erano loro a proiettare quell'azzurro su in cielo.

Aprii la bocca, ma non trovai le parole, non ce n'erano. Mi alzai in piedi e mi tolsi la sabbia dal costume. Poi la guardai negli occhi. Sorrideva, Emma, e quando sorrideva Emma sorridevano le piante, l'erba, le nuvole, l'acqua, il sole. Sorrideva Bali. Sorridevo io.

«Sei il mio fottutissimo idolo.»

«Ehm... s-scusa?» balbettai.

«Dio, quando hai fatto il dito medio a quei tre stronzi ti avrei voluto sposare.»

Su quelle parole si accese una luce dentro il mio cuore.

«Ma dov'eri?» chiesi io, sorridendo imbarazzato.

«Ero seduta laggiù» disse indicando una panchina di legno sotto gli alberi. «Ero già qui prima che arrivassi. Pensavo proprio a te... a noi. E poi ecco che ti vedo arrivare. Non ci potevo credere. Ho pensato che fosse un segno dell'Universo...»

«E perché non sei venuta da me?»

«Non so... sembravi così determinato, e anche un po' agitato. Ero curiosa di vedere cos'eri venuto a fare qui. Quando ti ho visto entrare in acqua non potevo crederci.»

«Quindi hai anche sentito tutti gli insulti che mi sono preso dai tuoi amici.»

«Non sono miei amici. Sono degli sfigati, i classici uomini con cui ho sempre avuto a che fare nella mia vita. Egocentrici e insicuri, che mascherano le loro debolezze dietro ad atteggiamenti da bulli.»

«Mi dispiace comunque» dissi io.

«Perché?»

«Mi dispiace che hai dovuto assistere alla mia orribile performance. Scusa, davvero.»

Ridemmo. E ogni volta che provavamo a smettere, ci bastava scambiarci uno sguardo per riprendere a ridere, ancora più forte.

«Maledizione, Luca» disse alla fine Emma. Aveva gli occhi lucidi, e non riuscivo a capire se per le risate o per un'altra emozione, quella che sentivo anch'io agitarsi dentro al petto. «Sei proprio diverso tu.» Fece una pausa. «Sono io a chiedertelo ora: cosa mi hai combinato? Non riesco a dimenticarti. Sai che è proprio questo che ho provato a fare in questi giorni?»

Presi un respiro. «Dimenticarmi?»

«Proprio così. Perché so che innamorarsi in questo modo è pericoloso più del bungee jumping, più del modo in cui guido lo scooter, più di fare surf in una zona infestata dagli squali. Innamorarsi come stavamo facendo è come posizionare una bomba atomica in Paradiso.»

«Cosa vuoi dire?»

«Che insieme potremmo costruire qualcosa di inimmaginabile. Potremmo costruirci un Paradiso in terra, in qualunque posto ci troviamo insieme, ma se poi la bomba esplode, allora distruggerebbe ogni cosa: il nostro piccolo Paradiso personale, noi due. Tutto quanto.»

Non era il momento di restare in silenzio, dovevo parlare, ora che lei era a un soffio da me, ora che sentivo di poter afferrare l'amore che ci aveva unito.

«Preferirei saltare in aria sapendo di averti vissuta davvero anche solo per una settimana, piuttosto di vivere cent'anni con il rimpianto di non averci provato» dissi. «Che me ne faccio di cent'anni di vita senza di te, Emma? Ho vissuto interi anni della mia esistenza di cui non ho più di una decina di ricordi, tutti molto vaghi. Ma ricordo ogni singolo istante che ho vissuto con te sin del giorno in cui ti ho vista qui a raccogliere rifiuti. Diamo una possibilità a questo Paradiso, Emma.»

«Anche se poi dovessimo saltare in aria?»

Mi avvicinai e la guardai in quei suoi occhi profondi. Intrecciai le mani alle sue tenendole in basso, ai lati del nostro corpo.

«Anche se dovessimo saltare in aria» proseguii. «Perché io e te, Emma, possiamo essere il balsamo per le ferite che abbiamo nell'anima, quelle che abbiamo provato a curare maldestramente per tanto tempo. Possiamo essere la bussola che abbiamo sempre fatto finta di possedere. Ora ce l'abbiamo, ma solo quando siamo insieme. Possiamo essere come lo Yin e lo Yang, due opposti che si incastrano alla perfezione senza che uno sovrasti l'altro. Te lo ricordi?»

Sorrise.

«Dimmi di sì» le dissi.

«A cosa?»

«Devi fidarti di me. Se mi dici di sì, ti porto in un posto speciale.»

Emma si morse il labbro e guardò lontano. Io mi avvicinai e la baciai. Con dolcezza, ma senza esitazione. E lei ricambiò, con il desiderio che conoscevo bene, quello di chi si è chiesto per giorni interi perché dovesse stare lontano dall'unica persona che voleva vicino.

Quando ci staccammo, Emma disse una sola parola.

«Sì.»

Prendemmo lo scooter di Emma, ma stavolta guidai io.

Non conoscevo la strada per il luogo in cui volevo condurre Emma, ma avevo una sicurezza folle: Bali mi avrebbe indicato la via. E poi, mi dissi, certe cose non le ricordi alla perfezione, ma sicuramente non le dimentichi.

Ci mettemmo quaranta minuti per arrivare a destinazione, quaranta minuti trascorsi in silenzio. Non c'era bisogno di parole, ci bastava stare vicini e vedere il mondo che ci sfrecciava accanto.

Mentre Emma se ne stava col volto appoggiato alla mia schiena, e il mio cuore volava più alto che poteva, avrei desiderato che qualcuno mi scattasse una fotografia.

Nessuno lo fece, ma sentivo che mai e poi mai avrei potuto dimenticare quei momenti.

Come avevo previsto, a ogni bivio Bali mi indicò la giusta direzione attraverso piccoli segnali che solo io ero in grado di cogliere. E alla fine eccoci arrivati.

Lasciammo lo scooter sul bordo della strada, a pochi passi dal sentiero che volevo percorrere con Emma. Erano le sei di sera.

«Mi vuoi dire dove mi porti, ora?» chiese lei quando mi vide scavalcare il guardrail.

«È il mio posto speciale» dissi semplicemente io.

Ci tenemmo per mano e iniziammo a camminare, facendo attenzione a non scivolare e a non sporgerci troppo verso lo strapiombo. Ci muovevamo lentamente, un privilegio che appartiene solo ai folli e agli innamorati. Avanzammo tra arbusti e pietre, col sottofondo del rumore del mare, che lì arrivava potente e profondo.

In cima, dove arrivammo dieci minuti dopo, riconobbi quella specie di casetta in pietra traballante e senza tetto che già aveva solleticato la mia curiosità la prima volta che ero venuto lì. Mi chiesi a cosa fosse servita in passato e se qualcuno ci avesse abitato, avendo la fortuna di svegliarsi ogni mattina con l'alba su Uluwatu.

Non c'era nessuno attorno a noi. Ringraziai Bali per avermi fatto quel favore e mi sedetti con la schiena contro la parete di quella casetta.

Emma si sedette accanto a me. Entrambi avevamo il sole in faccia, ma era un sole dolce, che non ci accecava.

«È bellissimo» disse Emma. Gli occhi, un po' socchiusi, le brillavano.

Davanti a noi, il tramonto sull'oceano. Ricordai quando, proprio lì, sotto la pioggia, avevo ringraziato il cielo. Quel giorno avevo pensato che non avrei avuto bisogno di nessuno per essere felice. Ora, con Emma, sapevo che insieme a lei la felicità era moltiplicata.

Perché stavo catturando la bellezza infinita di quel momento non solo con i miei occhi, anche attraverso i suoi. E osservare il mondo attraverso gli occhi della persona che ami significa vivere due volte. Raddoppiare il tempo a tua disposizione, generare il doppio dei ricordi. Vuol dire rendere immortali e intoccabili quei momenti. Perché ora non li avrei ricordati solo io. Lo avrebbe fatto anche Emma.

«Non so cosa succederà tra di noi» le dissi. «Non so dove saremo tra un anno... nemmeno tra una settimana. Non so se saremo insieme o se saremo soli, magari in due continenti diversi. Ma so questo, e lo so per certo: un domani, ovunque sarai, verrò a trovarti e ti chiederò di raccontarmi questo momento. E poi, se ti andrà di ascoltarmi, te lo racconterò io.»

Emma mi guardava con occhi grandi e pieni di vita.

«Grazie, Emma.»

«Grazie a te per avermi portato qui» mi rispose lei.

«No, grazie a te perché, se anche non so cosa succederà d'ora in poi, quello che è successo è già abbastanza per dare un senso a tutto ciò che ho fatto nella mia vita. Ho vissuto tanto tempo con il freno a mano tirato. Con te sto vivendo in discesa. E di questo ti sarò sempre grato.»

«Vorrei che tutto questo non finisse mai» disse lei. «Non ho mai provato niente del genere, con nessuno. Ho paura del futuro, ho paura di quello che potrebbe succedere. Ma tutto questo... vorrei che durasse per sempre. Vorrei non scendere mai più da qui.»

«Durerà per sempre. Dentro di noi, da qualche parte, durerà per sempre.»

Ci baciammo e poi lei appoggiò la sua fronte alla mia. Restammo così, con gli occhi chiusi, fronte contro fronte e mano nella mano, mentre il sole ci riscaldava dolcemente per un po', ringraziando il cielo per quel momento e implorandolo di farlo durare il più a lungo possibile. Poi le misi un braccio intorno alle spalle e lei si appoggiò al mio petto.

Non avrei voluto essere nessun altro. Non avrei voluto essere in nessun domani e in nessuno ieri. Non avrei voluto essere con nessun altro, in nessun altro posto. La mia felicità era racchiusa nell'infinito di quel momento. In quel "qui e ora" che divenne eterno.

32

Quando tornammo allo scooter, mano nella mano come una coppietta di ragazzini innamorati, era quasi buio.

Mangiammo qualcosa nella via principale di Uluwatu e quando uscimmo ci accolse un cielo senza nuvole e pieno di stelle.

«Guarda che cielo» disse Emma.

Ma io guardavo lei, con il naso all'insù come una bambina. Forse era un'allucinazione dell'amore, ma avevo l'impressione che le stelle si riflettessero nei suoi occhi. In fondo, quando l'amore scende sulla tua vita e avvolge ogni cosa, tutto diventa possibile. Meno ha senso e più diventa fattibile.

«E se dormissimo in spiaggia?» dissi senza pensarci due volte.

Emma si fermò. Una persona normale mi avrebbe detto che era una pazzia, ma lei no, lei era lì e ci stava pensando.

«Sarebbe davvero bello» disse, «ma ci serve almeno un asciugamano. Certo, una tenda sarebbe perfetta.»

«Ci facciamo bastare un asciugamano, Emma. Lo andiamo a comprare ora. Che ne dici?»

Lei mi guardò sorridendo. Sorrideva con ogni parte del volto, e io mi sentii tremendamente fortunato.

Pensai che forse eravamo davvero anime gemelle e avremmo potuto diventare Yin e Yang. Ma quei pensieri, mi dissi, portavano la mia mente a un futuro a cui non volevo pensare. Così mi concentrai sul presente, che era troppo bello per non dedicargli tutte le mie attenzioni.

Prendemmo a camminare, mano nella mano.

«Non ho mai dormito in spiaggia. Hai visto che anche noi Toro siamo coraggiosi ogni tanto?» le dissi.

«I Toro sono tutt'altro che deboli» replicò lei. «Guardati: sai quanto coraggio ci vuole a fare quello che hai fatto?»

«A cosa ti riferisci?»

«Lasciare un lavoro sicuro, lasciare casa... ma in generale lasciare la strada sicura senza nemmeno sapere dove andare. Fare surf senza essere mai entrato in acqua con una tavola.»

«Tutti quelli che conosco sono convinti che tornerò a casa con la coda tra le gambe, pentito del mio colpo di testa.»

Emma si fermò e mi guardò dritto negli occhi.

«Non te ne pentirai mai. Eri infelice e hai fatto qualcosa per cercare la tua felicità» mi disse. «Qualsiasi cosa tu faccia per la tua felicità, finché non fa del male agli altri, è sempre la scelta giusta. Luca, hai fatto benissimo. Certi treni prima o poi smettono di passare, e allora non potrai fare altro che guardare i binari con nostalgia, seduto sulla banchina della stazione, rammaricandoti di non aver avuto abbastanza coraggio per salirci al volo. Tu invece lo hai avuto. Quel treno lo hai preso... e ora ti godi il viaggio. Il merito è stato solo ed esclusivamente tuo.»

«E allora l'Universo?» le chiesi col cuore gonfio d'emozione.

«In che senso?»

«Prima hai detto che vedermi ti è sembrato un segno dell'Universo. Quindi a decidere siamo noi oppure è l'Universo?»

Emma ci pensò per un istante.

«L'Universo dispone dei segnali lungo la strada. Ma sta a noi coglierli. Sta a noi essere attenti. È un po' come l'oroscopo. Io ci credo, ma non penso che la mia vita sia in mano alle stelle. Non penso sia tutto già scritto. La vita non accade per caso, siamo noi a farla accadere. Ma i segnali vanno sempre colti.»

Ci sorridemmo, non potevo essere più d'accordo.

Entrammo in un minimarket per comprare un telo da spiaggia e dell'acqua, poi tornammo, mano nella mano, allo scooter.

«Dreamland?» chiesi a Emma.

Lei mi diede un bacio a stampo che valeva un sì.

Salimmo in scooter. Guidai io. Guidare lo scooter a Bali con il buio mi sembrò incredibilmente pericoloso. Andavo piano, anche perché il motorino di Emma aveva i freni usurati.

«Quante inchiodate devi aver tirato per avere dei freni così molli?» le chiesi.

«Davvero ti preoccupi dei freni? Guidi come mia nonna!»

Le diedi una pacca giocosa sulla gamba nuda e abbronzata che vedevo sbucare da dietro. E poi tenni la mano lì e mi sentii bruciare dalla voglia di vivere e girare tutto il mondo, dall'inizio alla fine, insieme a quella ragazza. Era un desiderio che mi faceva venire il fiato corto. Avrei voluto fermare lo scooter e urlare al mondo intero quanto ero felice. O almeno dirlo a lei e dirle quanta vita mi stesse regalando. Perché non farlo, mi chiesi. E così lo feci: accostai lo scooter a lato di quella strada deserta e in discesa e mi voltai.

Emma mi guardava con occhi divertiti e sorpresi.

«Emma...» iniziai. Ma le parole non venivano fuori.

Non c'erano parole in grado di spiegare quello che avevo dentro in quel momento, il seme che il sole di Uluwatu aveva piantato nel mio cuore e che Emma continuava a innaffiare semplicemente con la sua presenza. A volte l'amore è così travolgente che le parole per descriverlo non esistono, te le devi inventare.

«Emma...» ci riprovai. Ma anche stavolta niente. Alla fine dissi una cosa così stupida, eppure vera: «Mi piacerebbe girare tutto il mondo in scooter con te».

Lei sorrise come fanno solo le donne che scoprono di essere amate per davvero. Ci baciammo nel buio, a bordo di uno scooter vecchio e senza freni, su una strada deserta da qualche parte a Bali. E così quel posto che non apparteneva a nessuno divenne nostro.

Parcheggiai lo scooter vicino al mio, che avevo lasciato lì nel pomeriggio.

Percorremmo nell'oscurità il sentiero che portava alla spiaggia, e quando mettemmo i piedi nella sabbia mi ritrovai davanti a uno spettacolo incredibile: il cielo era sgombro di nuvole, tempestato da centinaia di stelle, e la luna piena illuminava la spiaggia in un modo che non credevo fosse possibile di notte. La sua luce si rifletteva sull'oceano, venendone amplificata. Sembrava quasi che ci fossero due lune, una in cielo e una in acqua.

Stendemmo gli asciugamani e ci sdraiammo. Emma mi mise la testa sul petto, proprio sopra il cuore. I suoi capelli mi stuzzicavano il mento. Sentivo quell'odore di cocco che ormai era diventato, per me, "il profumo di Emma".

«Sai cosa mi diceva mia nonna? Che quelle increspature sulla luna sono il riflesso delle facce degli innamorati.»

Era vero, me lo diceva. Io non le davo retta, credendo fosse impossibile. Ma in quel momento mi sembrava di vederci, io e Emma, riflessi in quella meraviglia.

Emma mi guardava con occhi dolci e affascinati.

«Questa non l'avevo mai sentita. Tu ci credi?»

«Da oggi sì.»

Le diedi un bacio e lei si strinse ancora di più contro di me. Si stava bene, sotto quel cielo. Probabilmente non c'era nessuno nell'arco di chilometri e chilometri. Eravamo soli, io e Emma. Non avevamo niente, solo i vestiti che indossavamo, qualche oggetto in tasca e l'asciugamano su cui ci eravamo sdraiati. Ma non avevamo bisogno di nient'altro, avevamo tutto.

Mi chiesi cosa mi facesse perdere la testa di lei, cosa mi piacesse nello specifico. Ma una risposta specifica non c'era. Era la sua essenza, il modo in cui parlava, le cose che diceva, il suo sguardo, le sue idee, i suoi piccoli gesti. Il suo carattere, che era davvero uno Yin e uno Yang insieme: forte e diretta, ma anche dolce e sensibile.

Sentii la sua testa farsi più pesante contro di me, e poco dopo la vidi addormentarsi. Si era fatta indifesa, forse perché era sicura che io l'avrei protetta, non le avrei fatto del male come tutti gli uomini che aveva incontrato nella sua vita. Era una grande responsabilità, era un onore per me. Mi sentivo un privilegiato.

Tornai a guardare il cielo, con una lacrima di felicità che mi solcava il volto.

Iniziai a contare le stelle, ma presto mi addormentai anche io.

33

Quella notte sognai di nuovo di essere sulla spiaggia, al tramonto. Sentivo quella voce che mi chiamava.

«Luca!»

Come tutte le altre volte, all'inizio non capivo da dove provenisse, poi la vedevo, ma era un'immagine sbiadita: una ragazza con i capelli lunghi, che veniva dal mare. Il sole mi accecava e io non riuscivo a guardarla in volto.

Come sempre, i colori iniziarono a mischiarsi tra di loro: l'arancione del sole, il blu del mare, l'azzurro del cielo, il giallo della sabbia, il verde delle piante.

«Luca.»

La voce era sempre più vicina. Sapevo che di lì a poco il sogno si sarebbe interrotto e mi sarei svegliato senza riuscire a vedere il suo volto.

«Luca.»

Aprii gli occhi ed Emma era lì davanti a me, sorridente. Non in un sogno, ma nella realtà.

«Luca, svegliati» mi disse.

Mi alzai a sedere. Era ancora buio, ma non proprio buio pesto.

«Che ora è?» chiesi.

«Sono le quattro e mezzo.»

Sbadigliai. «Come fai a essere così piena di energie?» chiesi abbozzando un sorriso.

«Voglio portarti nel mio, di posto speciale, adesso» rispose lei.

«E non potevamo aspettare che fosse giorno?»

«No, perché tu mi hai mostrato il tramonto e io ti mostrerò l'alba.»

Ci alzammo e poco dopo eravamo nel parcheggio degli scooter. C'erano solo i nostri. Mi strappò un sorriso vederli vicini.

«Vieni» disse Emma. «Salta su.»

«Guidi tu?»

«Ovvio.»

Mi misi alle sue spalle, e prima che partisse deglutii in modo plateale e mi feci il segno della croce. Rise di gusto, con quella risata che appartiene solo alle ragazze sudamericane. Giorno dopo giorno stava venendo fuori il suo sangue latino, quello che all'inizio, rapito da quegli occhi azzurri da terre del Nord, non credevo nemmeno esistesse. Ma Emma era così, un vero e proprio alieno. Aveva il sangue di un'amazzone disposta a tutto per difendere la sua libertà e gli occhi azzurri di quelle regine del Nord di cui la gente parla senza sapere se esistano davvero oppure no.

«Allora, dove andiamo?»

Lei mi fece l'occhiolino. «Non ti preoccupare. Fidati di me.»

Bali intanto si stava risvegliando e il silenzio dell'isola era interrotto solo dal frastuono dello scooter scassato di Emma. I primi raggi del sole illuminavano la vegetazione e si riflettevano sull'acqua delle risaie che ogni tanto vedevamo passando. Era uno spettacolo così incantevole che anche un fotografo mediocre, facendo uno scatto in quel momento, avrebbe potuto vincere un premio.

Dopo un'ora su stradine e sentieri sterrati, arrivammo finalmente a destinazione. Davanti a noi uno spiazzo di terra e poi piante, nient'altro che piante.

«Dobbiamo entrare dentro la foresta?» domandai a Emma.

«Esatto. Attento ai serpenti.»

Non so se scherzasse o meno, ma feci una grande attenzione a dove mettevo i piedi.

«Perché non mi dici come si chiama questo posto?» chiesi per l'ennesima volta.

«Onestamente? Perché non lo so.»

«Come non lo sai?»

«Proprio così. Le ho trovate quasi per caso e quando le ho viste ho capito che non mi serviva a niente conoscerne il nome. Ci sono posti così belli che il modo in cui si chiamano è l'ultimo dei tuoi pensieri. Vedrai.»

Proseguimmo per una ventina di minuti, facendoci largo con le mani per scostare foglie e rami. Ovunque guardassi, non c'erano altro che alberi e piante.

A un certo punto, però, il terreno divenne fangoso e bagnato e udii il suono inconfondibile dell'acqua che scorre. Emma si voltò e mi fece segno di ascoltare.

Poco dopo eravamo finalmente usciti da quel tunnel naturale di fitta vegetazione. E quando alzai gli occhi, restai senza parole: davanti a noi c'era una piccola cascata completamente immersa nel verde. Sembrava il set di un film.

Il sole iniziava a filtrare dalle piante e a quell'ora colpiva l'acqua in un solo punto, alla base della cascata, dove sorgeva una piccola piscina naturale. L'acqua era cristallina.

Mi venne voglia di respirare a pieni polmoni, aprire le braccia e alzare la testa al cielo.

«Che posto stupendo» dissi con il fiato corto.

Emma annuì soddisfatta. «Te lo avevo detto, è un posto speciale.»

«Lo è» dissi sempre più affascinato.

Piccolissime gocce di acqua ci colpivano.

«Com'è possibile che non ci sia nessuno?» continuai. «Un posto del genere, a Bali, dovrebbe essere superaffollato.»

«Questo posto è *davvero* speciale» spiegò Emma. «La prima volta che ci sono venuta, una signora balinese mi ha spiegato che per loro questa cascata è magica e la puoi mostrare solo alle persone che ami, altrimenti perderai per sempre la capacità di amarle. Ecco perché non ci portano i turisti.»

«Mi sento un privilegiato a essere qui» mormorai. «Dici che possiamo fare il bagno laggiù?»

Emma mi guardò con un'aria un po' divertita, di chi ne sa una più del diavolo.

«Scherzi? Siamo venuti apposta.»

«Okay, da dove si scende?»

Mentre pronunciavo quella domanda, Emma si slegò i capelli e si sfilò la canottiera. Quel giorno, contrariamente alle sue abitudini e a quelle di moltissime ragazze a Bali, indossava il reggiseno. Quindi si tolse gli shorts. Io restai senza parole di fronte alla sua bellezza. Avrei voluto dirle che non aveva la minima idea di quanto fosse bella, ma non mi diede il tempo di farlo.

Prima ancora che riuscissi a comprendere appieno le sue parole, Emma prese la rincorsa e si lanciò verso l'acqua.

«No!» urlai mentre si tuffava, e il cuore mi prese a martellare per l'agitazione mentre aspettavo che, dopo essere entrata nell'acqua con i piedi, dritta come una lama, riemergesse sana e salva.

Quando finalmente la rividi le gridai: «Ma tu sei completamente pazza!».

«Ma piantala e buttati» rispose lei. «L'acqua è fresca, si sta da Dio!»

"Non esiste proprio che mi butti da dieci metri" pensai. "E se mi spacco la schiena? Chi mi viene a prendere qui?"

Al tempo stesso, però, mi veniva tremendamente da ridere, perché mi ero innamorato di una ragazza folle, folle per davvero. Di quelle che se te le raccontano non ci credi che esistono sul serio.

«Dài, buttati!» urlò ancora Emma.

Mi guardai intorno, non c'era nessuno. Solo lei che nuotava come una sirena.

Persino da lassù vedevo i suoi occhi azzurri brillare. Mi chiamavano.

Mi tolsi la maglietta e lei fece un urletto come se stesse assistendo a uno striptease. Sorrisi imbarazzato, poi mi tolsi i pantaloncini e rimasi in mutande.

E fu a quel punto che mi passò un pensiero per la testa: se solo tre mesi prima mi avessero detto che mi sarei ritrovato in mutande di fronte a un salto di dieci metri, davanti a una cascata meravigliosa e alla donna che mi aveva rapito il cuore, non ci avrei mai e poi mai creduto.

Ma stava accadendo sul serio, e tutto il veleno che mi ero iniettato inconsapevolmente per anni e anni era ormai fuoriuscito dal mio corpo.

La tristezza era passata, pensai. Il traffico della mia città, la casa priva di amore in cui vivevo con Sara, la mia scrivania in ufficio, ora occupata da un altro essere umano con un altro numero di matricola, ma probabilmente con le stesse occhiaie e la stessa apatia che caratterizzavano le mie giornate. Le serate gelide al calcetto, a correre per non pensare, i sabati a bere per anestetizzare il cervello, le serate domenicali in cui mi chiedevo come fosse possibile che il weekend fosse già finito.

Era passato tutto.

Ripensai alla mattina in cui avevo deciso di non andare a lavorare. Avevo detto di no, non potevo farcela. A quando, tornato a casa, mi ero strappato di dosso tutti quei ridicoli vestiti da ufficio e mi ero messo a mangiare il tiramisù completamente nudo.

Quel giorno avevo pensato che avrei davvero potuto cambiare la mia vita. Ma non potevo ancora sapere che dall'altra parte del mondo la donna della mia vita faceva già la volontaria in un ambulatorio veterinario di Bali. Non potevo immaginare che in un certo senso mi stesse aspettando, come io aspettavo lei.

E così, per celebrare il momento in cui tutto era iniziato, decisi di togliermi anche le mutande. Di ritrovarmi nudo proprio come allora.

Emma mi urlò anche qualche frase in spagnolo ridendo come una matta, e io, senza più imbarazzo, rimasi lassù per qualche secondo, completamente nudo, con un sorriso soddisfatto sulle labbra, le braccia larghe e gli occhi chiusi. Volevo consentire al suono della cascata di entrarmi dentro e riempire ogni cellula del mio corpo. Volevo permettere alla felicità di impadronirsi di me, visto che nel mio cuore non c'erano più muri né dighe.

Poi feci tre passi di corsa e mi lanciai nel vuoto, verso la mia personale dea che mi stava aspettando là sotto. Quel tuffo, per una persona riflessiva e paziente come me, era il puntino nero dello Yin nel bianco dello Yang, a cui finalmente permettevo di esprimersi.

E quando i miei piedi persero il contatto con il terreno, mi sentii davvero completo. Realizzato. Perfetto, con tutti i miei pregi e difetti.

Il volo sembrò durare un'eternità e me lo godetti tutto. Lassù stavo lasciando le preoccupazioni, la tristezza, le ansie, la depressione, le vecchie abitudini e tutto ciò che mi aveva portato a odiare l'immagine di me stesso riflessa in uno specchio. Lassù lasciavo tutta la mia infelicità.

Il mio ingresso nell'acqua fu come un battesimo. Quel giorno, Luca Ravelli, codice matricola 4815162342, era morto. Quel giorno era nato un uomo che non aveva nome, proprio come quelle cascate. Perché i nomi non servono a niente quando sei pieno di vita, amore e felicità.

Quando riemersi, Emma era davanti a me. Era lei la sacerdotessa di quel rito di rinascita.

«Hai visto? Niente di che...» mi disse ridendo.

Sembrava un miraggio, un sogno. Mi avvicinai nuotando e un attimo dopo le sue gambe erano strette intorno alla mia vita, le sue braccia intorno al mio collo. Riuscivo a toccare coi piedi, così la tenni in braccio.

Ci guardammo negli occhi per un attimo, poi ci baciammo. Fu un bacio pieno di passione e desiderio, accumulati da troppo tempo. Dopo aver fantasticato per giorni interi su quel momento, stava per diventare realtà.

Le nostre lingue iniziarono una danza armoniosa. Una danza basata su un ritmo primordiale che molto presto iniziarono a seguire anche i nostri corpi, premuti l'uno contro l'altro. Le sfilai il reggiseno, le baciai il collo e poi i seni nudi. Lei gemette e si strinse ancora più forte a me.

Il ritmo di quella nostra danza aumentò, al punto che resistere era ormai impossibile: in quel momento, nulla poteva fermarci. Nemmeno una bomba atomica in Paradiso.

Poco dopo eravamo entrambi nudi, avvinghiati e innamorati. Ci prendemmo ancora un secondo per godere appieno di ciò che stava per accadere. Era come il semaforo rosso prima della partenza di una gara automobilistica, era l'adrenalina prima di un calcio di rigore, era il dealer che sta per girare l'ultima carta. I miei occhi marroni, i suoi occhi azzurri. I nostri respiri affannati e carichi di un desiderio che non poteva essere più trattenuto.

Non esistevano più domande, non c'erano pensieri, non c'era più tempo per le parole. Se non per due parole. Le baciai il collo bagnato, assaporando quell'acqua dolce, e poi gliele sussurrai all'orecchio.

«Ti amo.»

Uno, due, tre secondi.

«Ti amo anche io.»

E subito dopo diventammo una cosa sola, come forse eravamo sempre stati dal punto di vista spirituale senza mai saperlo. Diventammo un'unica entità, che danzava al ritmo del proprio stesso amore irrefrenabile, indefinibile e incontenibile.

Un amore privo di senso, quello tra un ex impiegato di banca e una hippie vagabonda, tra un italiano cresciuto in una città grigia e un'argentina cresciuta tra silenzi assordanti, tra un uomo che aveva perso l'amore per se stesso e una donna che aveva perso la fiducia nell'amore, tra un Toro e un Sagittario, tra colui che pianifica e colei che si butta senza pensarci.

Ma in quel momento non potevamo ragionare, le nostre energie, ogni singola molecola del nostro corpo, ogni pezzetto di anima e ogni battito dei nostri cuori erano concentrati in quella danza bellissima che compivamo insieme. Una danza cullata dal suono dell'acqua, protetta dal cielo infinito e dalla vegetazione, alimentata dall'aria sacra di quell'isola straordinaria.

Ci unimmo come se non dovessimo staccarci più, e aumentammo il ritmo, come succede sul finale di quelle canzoni leggendarie che ti mettono i brividi e ti fanno venire voglia di cantare a squarciagola. Aumentammo il ritmo fino al punto in cui non eravamo semplicemente collegati, ma dipendevamo l'uno dall'altra. Non eravamo mai stati così vivi.

Diventammo una ruota perfettamente divisa tra il bianco e il nero, con un puntino bianco nel nero e un puntino nero nel bianco. Ci perdemmo nei nostri occhi, nel nostro passato, nei nostri sogni, nelle nostre paure e nella nostra felicità.

Eravamo il giorno che diventa notte e la notte che diventa giorno. Emma e Luca smisero di esistere. Diventammo due opposti che si incastrano senza annullarsi, due raggi di luce che si incontrano nello stesso punto, due fonti di energia che si uniscono in un unico flusso inarrestabile.

Così, Bali divenne il centro dell'Universo. Poi, diventammo noi stessi l'Universo.

Epilogo

E dopo?

È questa la domanda che si fecero i miei genitori e le persone che mi conoscevano quando dissi loro che non sarei tornato a casa per almeno un anno. Spiegai che stavo vivendo l'esperienza più gloriosa, positiva e indimenticabile della mia vita, e che per questo motivo volevo solo godermela al massimo.

Anche io, lo ammetto, mi posi quella domanda più volte nel corso della mia folle avventura in giro per il mondo.

Già, il mondo, perché Bali fu davvero solo la prima tappa di un sogno diventato realtà. Eppure è sull'isola indonesiana che ho appreso una preziosa lezione: la vita non va sempre come l'hai pianificata e se anche tu sei convinto che due più due faccia sempre quattro, invece a volte può fare tre, o cinque, o cento. Specialmente se c'è di mezzo l'amore.

È una scoperta improvvisa, ma le sorprese non sono sempre negative, come pensano in tanti. Lo avevo già capito riflettendo sul mio percorso. Può succedere, ad esempio, che un ragazzo con un lavoro e una fidanzata invidiabili cada in una profonda depressione dopo aver visto la propria immagine riflessa in uno specchio. Un avvenimento improvviso, inaspettato... quindi negativo, direbbero in molti.

Eppure, mentre sorseggiavo una birra osservando il tramonto sul mare in una sperduta isola nel Nord del Vietnam, pensai che quella crisi esistenziale fosse stata la più grande fortuna della mia vita.

Come anche il tradimento di Sara. Che disperazione, sulla carta, sapere che la tua donna va a letto con un altro uomo. Che tragedia. Ma poi il tempo passa, la vita va avanti e l'Universo sistema sul tuo percorso una serie di segnali per mostrarti che la felicità si trova su mille strade. Anche se sulla tua, magari, sembra non essercene traccia.

Devi essere bravo a coglierli, quei segnali. Perché durano poco, ma ti possono donare tantissimo.

E, anche in quel caso, fu la cosa migliore che potesse succedermi. Perché mi permise di incontrare Emma.

Un'anima errante che aveva scelto di percorrere da sola questo viaggio chiamato vita. E che mi insegnò, ancora una volta, che non esistono certezze.

Per quanto ogni momento vissuto con lei fosse un'esplosione di vita e felicità, per quanto mi sentissi morire e rinascere un milione di volte a ogni suo sorriso, a ogni suo abbraccio o bacio, ero sicuro che Emma potesse svegliarsi, un giorno, e dirmi che non se la sentiva più, per poi scappare via per sempre.

Ecco perché cercai di godermi ogni singolo istante con lei come se fosse l'ultimo. E persi il volo per l'Australia, pur di non perdere lei.

Ma poi successe qualcosa di inaspettato. Perché dopo aver fatto l'amore nelle cascate, gli occhi le si addolcirono. Cambiò il suo modo di muoversi, parlare, comportarsi. L'amore è quando trovi una persona che ti fa dormire bene, senza preoccupazioni, senza pensieri, senza incubi. Ed Emma dormiva bene, tra le mie braccia. E io, dormendo con lei, mi sentivo come una notte a Bali.

Di colpo non sembrava avere più alcuna fretta, quell'urgenza che le avevo visto addosso costantemente nei giorni in cui ci frequentavamo. L'erba continuava a crescerle sotto i piedi, perché il suo desiderio di viaggiare era immutato, ma per la prima volta nella sua vita quel desiderio non era una fuga. Era qualcos'altro di cui, incredibilmente, mi sentivo parte.

Ma la paura di perderla non mi aveva abbandonato.

Una paura che si fece terrore quando un pomeriggio la andai a prendere nel suo bungalow e la trovai strana, diversa, come combattuta.

Ecco, mi dissi, ero arrivato al momento dei titoli di coda e degli addii veloci e indolori, perché le ragazze come Emma non piangono. O meglio, piangono da sole, mai davanti agli altri.

Cercai di mantenere la calma e aspettare l'inevitabile. Insieme andammo sul monte Batur, proprio quello dove un tempo organizzava tour. Era pieno pomeriggio e il sole alto nel cielo.

Un milione di cose erano nate tra di noi all'alba e al tramonto, era buffo – mi dissi – che la separazione avvenisse alle tre del pomeriggio.

E invece lassù, seduti vicini, entrambi con le braccia intorno alle ginocchia, mentre le nuvole erano un tappeto bianco ai nostri piedi, il vento soffiava forte e decine di scimmie grasse e aggressive mangiavano avidamente le banane lanciate dai turisti cinesi, lei cambiò davvero le regole della matematica, dimostrandomi che due più due non fa sempre quattro. Almeno non nel mondo magico e assurdo di Emma.

«Okay, ti dico la verità» disse a un certo punto, guardando davanti a sé.

"Ci siamo" pensai abbassando gli occhi.

«Sono un po' offesa con te.»

La osservai sorpreso rialzando di colpo lo sguardo.

«E perché?»

Continuava a non guardarmi.

«Una volta mi hai detto che avevi chiesto a quella ragazza con cui stavi... quella Mara...»

«Sara.»

«Whatever. Avevi chiesto alla tua ex di girare tutto il mondo con te.»

«E allora?»

Mi guardò negli occhi.

«A me non lo chiedi?»

Il cuore mi saltò in gola. Fu come se si fosse accesa una luce nel buio più totale.

«Perché... ci verresti?»

Lei fece per parlare, ma io non aspettai.

«Emma, lo faresti il giro del mondo con me?» le domandai con tono formale.

Mi sorrise e volai più alto della cima di quel vulcano.

Una settimana dopo eravamo in viaggio per l'Asia. Abbiamo trascorso sei mesi a zonzo per il continente, tra Thailandia, Cambogia, Myanmar, Malesia e Laos.

Proprio in Laos ho festeggiato il mio trentesimo compleanno, dentro un autobus scassato che si inerpicava sulle strade del paese. Ma ero con Emma. Eravamo vicini, ci prendevamo in giro, ridevamo, ci raccontavamo storie. Non avevamo niente oltre al metro quadro in cui eravamo stretti e scomodi, ma avevamo tutto ciò che potessimo desiderare.

È stato il miglior compleanno della mia vita.

Poi, finalmente, l'Australia. Era il secondo biglietto aereo che compravo per entrare in quel Paese che proprio non sembrava volersi fare visitare da me. Io e Emma lo girammo per tre mesi, riempiendoci gli occhi della bellezza smisurata dei suoi deserti e dei suoi oceani. Ma anche, quando ci fermavamo a dormire in mezzo al nulla a bordo del nostro van, dei suoi incredibili silenzi.

Poi il Costa Rica e poi giù verso il Sud America, sempre seguendo la costa occidentale: Colombia, Ecuador, Perù, Cile. Arrivammo fino quasi in Argentina, dove però Emma non voleva tornare.

Fu lì che ci chiedemmo: e ora?

Già, dopo un'avventura del genere che si fa? Emma mi aveva insegnato a viaggiare low cost, risparmiando su ogni aspetto ma godendo comunque al massimo della meraviglia del mondo. Conosceva trucchetti di ogni tipo, ne sapeva davvero una più del diavolo.

Ma il tempo passava e i soldi diminuivano. Così quella

domanda iniziai a pormela anche io. La porsi anche a lei, che rispose senza esitazioni: «Torniamo a Bali».

Ci mancava l'isola, ci mancavano i sorrisi dei suoi abitanti, i frangipani che spuntavano dalle crepe dei muri dei templi, l'aria densa di spiritualità e tutti quei sognatori che avevano scelto Bali come casa. Ma non erano questi i motivi principali per cui decidemmo di tornare.

Tornammo per Blu.

Lo avevamo lasciato nelle mani di una famiglia giavanese, con le lacrime agli occhi. Pensavamo che fosse meglio così, non potendo garantirgli una certa stabilità. Ma poi Thomas ci aveva detto che la famiglia aveva deciso di tornare a Giava e non poteva portare Blu con sé, così io ed Emma eravamo partiti subito.

Quando lo rivedemmo, sembrava diventato enorme. Ma forse solo perché lo ricordavamo come un cucciolo denutrito. Appena ci riconobbe, si mise a correre come un forsennato verso di noi. Ci saltò addosso e noi lo stringemmo forte mentre ci leccava la faccia.

Inizialmente ci fermammo a Bali senza un piano preciso. Io e Emma semplicemente ci amavamo, conoscevamo nuove persone, viaggiavamo sull'isola e facevamo lunghi giri con Blu.

Ma poi ci rendemmo conto che erano tantissimi i cani come lui. Cani com'era stato lui. E fu così che, senza pensarci due volte, decidemmo di dedicarci anche a loro.

Cominciammo collaborando con l'associazione di cui faceva parte l'ambulatorio. Poi decidemmo di aprire una nostra associazione di volontariato. Abbiamo iniziato con una raccolta fondi sui social network, aiutata da un semplice video che mostrava la situazione sull'isola e nel quale raccontavo la mia strana storia di vita: dal lavoro in banca ai cani di cui prendermi cura a Bali. Abbiamo raccolto abbastanza soldi da aprire il nostro primo centro a Ubud. Abbiamo chiamato la nostra associazione "Blu House", Emma ne ha disegnato il logo.

Ora abbiamo tre ambulatori su tutta l'isola, contiamo su

una ventina di veterinari professionisti, metà indonesiani e metà stranieri, e centinaia di volontari che vanno e vengono da Bali. Non solo ci occupiamo di cani randagi, ma anche di gatti, di scimmie, di tartarughe e di qualsiasi animale in difficoltà. E organizziamo manifestazioni per pulire le spiagge dai rifiuti e sensibilizzare le persone sui temi ambientali. Cerchiamo di coinvolgere chi a Bali viene solo in vacanza, per trasformarli da "turisti" a "viaggiatori", come dice Emma.

Non sono diventato un veterinario come sognavo da piccolo, ma forse sono diventato qualcosa di più: oggi dedico le mie giornate ad aiutare gli animali, ma anche il pianeta e le persone che abitano Bali e la vorrebbero preservare.

Oggi faccio delle mie passioni una ragione di vita.

Non sono ricco, anzi. Ma quello che riceviamo con le donazioni basta a vivere dignitosamente a Bali. E, a pensarci bene, considerando che mi sveglio al mattino pieno di voglia di vivere e vado a dormire con il sorriso, mi sembra davvero assurdo dire che non sono ricco. In realtà possiedo una ricchezza rara e ben più importante di quella materiale: ho trovato uno scopo, il mio scopo nella vita.

Non quello deciso dagli altri. Il mio.

Ecco, in sostanza, cosa è successo "dopo".

E a chi di voi dirà che tutta questa è solo una fantasia, perché la vita è dura e difficile... be', avrei pensato anche io la stessa cosa. Prima di iniziare a viaggiare.

Viaggiare mi ha insegnato che i nostri limiti sono quasi sempre puramente immaginari e che il mondo è pieno di opportunità. Per questo non dovremmo mai smettere di sognare: se lo vuoi davvero, una strada la trovi sempre.

Viaggiare, poi, mi ha insegnato che, se sei un viaggiatore, lo sei ogni giorno. Non hai bisogno di salire su un aereo, puoi farlo anche nel puntino di mondo dove hai scelto di stabilirti. Perché viaggiare significa soprattutto due cose: scoprire ciò che non conoscevi e uscire dalla tua comfort zone. Puoi farlo anche nella città in cui vivi da sempre.

Viaggiare mi ha insegnato che se trovi la persona che si incastra alla perfezione dentro le tue crepe, la cui presenza ti avvolge come una coperta calda senza mai sovrastarti, il tuo Yin o il tuo Yang, allora hai trovato la tua "casa".

Perché il vero viaggio è quello dentro le persone che vibrano alla tua stessa frequenza. Ed è dentro te stesso.

Non devi per forza mollare tutto e partire, per evolverti verso un te stesso più felice.

È vero, io ho visto luoghi meravigliosi, ho vissuto esperienze indimenticabili e conosciuto persone straordinarie in giro per il mondo, ma il mondo non è cambiato di un centimetro.

Il vero cambiamento è stato dentro di me.

L'ho capito mentre guidavo un fuoristrada vecchio e malconcio sul Salar de Uyuni, il deserto di sale più grande del mondo, in Bolivia. Di fronte a quell'immensità, a quel luogo così bianco da non consentirmi nemmeno di vedere l'orizzonte, di colpo mi sono sentito piccolo e insignificante, una frazione di secondo dentro l'infinità del tempo e dell'Universo.

È così, il mondo non cambierà mai. Il sole sorgerà ogni mattina e tramonterà ogni sera. Le stelle decoreranno sempre il cielo. L'acqua renderà vivi i fiumi e le cascate, i mari e i laghi. Le montagne verranno erose, ma resteranno lì. Il vento e la pioggia ci saranno sempre.

Noi, invece, veniamo e andiamo.

E possiamo cambiare, sempre, mentre esploriamo il pianeta, ma anche dentro le quattro mura di casa.

Cambiare è la linea che divide la vita dalla sopravvivenza. E cambiare diventa non solo importante, ma anche fondamentale, soprattutto quando senti di star sprecando il tuo tempo.

Proprio perché siamo di passaggio e ognuno di noi ha un grande conto alla rovescia sulla testa, non puoi permetterti di sprecarlo. È l'unica cosa che non puoi accumulare, non puoi comprare, non puoi rubare né scambiare: il tempo è il bene più importante che possiedi.

Se ti va, dai retta a uno che la strada "giusta" ma infelice l'ha abbandonata, trovando la felicità sulle strade polverose e sterrate della vita.

Se fai un lavoro che odi, guardati intorno, informati, studia, cercane un altro. Se trovi un lavoro che ami, non lavorerai mai più nella tua vita.

Se hai intorno a te persone che non hanno altro che negatività da offrirti, circondati di persone nuove, diverse, simili a te. Sii tu a scegliere chi far entrare nella tua vita, non tenere la porta spalancata a chiunque passi di lì.

Se non ti piace il luogo in cui vivi, vai da un'altra parte! Le radici sono nella tua testa, tu non sei un albero.

E ricorda che la vita non dev'essere una continua sofferenza.

Non dar retta a chi ti dice che devi portare la croce, abbassare la testa e obbedire. Non ascoltare chi ti dà del viziato, dell'ingrato e dell'illuso.

Se hai un corpo funzionante, se sei libero e se hai del tempo davanti a te, hai tutto ciò che ti serve per scegliere di essere felice.

Mangia, di gusto e in compagnia.

Prepara una cena per le persone che ami.

Offri un tè a un'amica che non vedi da tempo.

Spegni il cellulare quando ti siedi a tavola.

Mangia, bevi e parla, guardando negli occhi le persone.

Vivi, lasciati andare.

Fatti trascinare dalle correnti del vento della vita.

A volte ti porteranno al caldo, a volte al freddo, a volte ti faranno volare, a volte ti faranno schiantare.

Ma è questo il bello: solo così vedrai da vicino tutte le sfumature di questa vita.

E lascia andare.

Ti prego, lascia andare.

L'odio, i fastidi, le paranoie, i dubbi, le aspettative, le delusioni.

Le scuse che non hai mai ricevuto.

Perdona, perdonati e guarda avanti.

Accetta che la vita non è sempre giusta.

Ma ricordati che potrai sempre renderla felice.

E poi viaggia, con le gambe e con la mente, di corsa e lentamente, nel mondo e da casa.

Innamorati follemente di questo mondo.

Quando non avrai più tempo, avrai solo più i ricordi.

E te li ricorderai tutti i luoghi che ti hanno emozionato.

Innamorati, follemente e senza limiti.

Perché non è amore se lo devi frenare e non ti fa fare cose senza senso.

Come inseguire una ragazza appena conosciuta per mezza Bali.

L'amore è un uragano, è un vulcano, è un'esplosione di vita.

L'amore fa danni collaterali, ma ne vale la pena.

Innamorati di te stesso.

Guardati allo specchio e regalati un sorriso.

Non sei perfetto, ne hai commessi di errori…

Ci sono cose di te che non ti sono mai piaciute, ma in fondo non sei così male.

Quelle cicatrici sulla tua anima sono il simbolo della tua unicità.

Fai pace con la persona che vedi riflessa nello specchio, perché è l'unica con cui dovrai convivere per sempre.

Innamorati però anche delle altre persone, perché solo tu puoi accendere la fiamma della tua felicità, ma solo loro possono aiutarti a tenerla accesa.

Infine ricorda: magari esiste un Aldilà, magari ci sono l'Inferno e il Paradiso. Magari ti reincarnerai in un fiore o in uno scoiattolo. Magari di te resterà solo un'anima che vaga per l'Universo.

Ma non puoi saperlo e allora, nel dubbio, prenditi cura del tuo tempo.

Non farti ossessionare dal passato, il passato non torna!

Non pensare sempre al futuro, è un'incognita che non puoi prevedere.

Goditi al massimo il presente, perché è tutto ciò che hai.

Riempilo di cose belle, quelle che ti fanno sorridere fuori e dentro.

Quei momenti di pura vita che non dimenticherai mai.

Riempilo di felicità.

Postilla

Caro lettore o lettrice,

se leggendo questo libro ti è venuta voglia di visitare Bali, ti incoraggio a farlo.

Come avrai capito, per me è un posto speciale.

Ma se visiterai Bali, ti prego, fallo con il massimo rispetto.

I suoi equilibri sono molto delicati, sotto ogni punto di vista.

Prova a comportarti come un viaggiatore, non come un turista.

Non produrre più plastica del necessario, non accettare sacchetti, cannucce, bicchieri e posate in plastica. Portati una borraccia e riempila.

La plastica sta distruggendo non solo Bali, ma tutto il pianeta.

Sii un attento osservatore, come Luca, e non cercare di plasmare la realtà di un luogo in base ai tuoi capricci. Dovremmo essere noi a adattarci al mondo, non il contrario.

Ammira i riti induisti, ma senza essere invadente.

Se vuoi scattare fotografie, prima chiedi il permesso alla gente del luogo.

Mangia cibo locale, piuttosto di servirti a un buffet internazionale, per il quale vengono sprecati quintali di cibo ogni settimana.

Non partecipare allo sfruttamento degli animali. Gli animali non sono giocattoli.

Supporta l'economia di Bali: invece di tornare a casa con la maglietta di un noto brand, perché non acquistare una statua di legno intagliato, un sarong o un ukulele prodotti localmente?

E quando camminerai su una spiaggia, in una foresta o su un vulcano, potresti fare come Emma: dedicare un po' del tuo tempo a pulire, se è necessario. È vero, la colpa di quella sporcizia non è tua, ma ogni posto del mondo è casa tua ed è giusto prendersene cura.

Così dai il buon esempio, e poi non è detto che con questo piccolo gesto di amore tu non possa trovare la tua anima gemella...

Infine, se vuoi visitare Bali, prova a farlo con gli occhi di un bambino, l'animo di un viaggiatore e i modi di un gentiluomo al primo appuntamento.

Comportandoti in questo modo, Bali ti darà molto di più di quanto tu possa immaginare.

Ringraziamenti

Grazie a Paola Violetti, la prima a crederci, ma anche chi ci ha creduto di più.

Grazie a Paolo Valentino, un vero architetto delle parole.

Grazie a Max, Monica e a tutti i veterinari che ci sono là fuori.

Grazie a Bali, per avermi regalato i sorrisi e i tramonti più belli della mia vita.

Grazie a Rasmine, Jarruh, Ayu e Lila.

Grazie a Claudia, per avermi fatto scoprire che sapore ha la felicità.

PEFC
PEFC/18-32-03

Mondadori usa carta certificata PEFC
che garantisce la gestione sostenibile delle risorse forestali